江苏现代小说家新论

董卉川 著

中国文联出版社

图书在版编目（CIP）数据

江苏现代小说家新论 / 董卉川著. -- 北京：中国文联出版社，2023.9
　ISBN 978-7-5190-5298-0

Ⅰ．①江… Ⅱ．①董… Ⅲ．①小说家－作家评论－江苏－现代 Ⅳ．① I207.42

中国国家版本馆 CIP 数据核字（2023）第 148742 号

著　　者	董卉川
责任编辑	刘　旭
责任校对	秀点校对
装帧设计	中尚图
出版发行	中国文联出版社有限公司
社　　址	北京市朝阳区农展馆南里 10 号　　邮编　100125
电　　话	010-85923025（发行部）　010-85923091（总编室）
经　　销	全国新华书店等
印　　刷	天津和萱印刷有限公司
开　　本	710 毫米 ×1000 毫米　1/16
印　　张	12.5
字　　数	160 千字
版　　次	2023 年 9 月第 1 版第 1 次印刷
定　　价	58.00 元

版权所有·侵权必究
如有印装质量问题，请与本社发行部联系调换

序

　　董卉川于五年前作为骨干成员参与到《江苏新文学史·小说编》《江苏新文学史史料选·小说编》的大型项目工作中，从那时开始便几乎以全副精力投身其间，在江苏近现代小说这片沃土上爬梳剔抉、上下求索、深耕细作。除了夜以继日的思考与写作之外，他还广泛收集文献，各方搜求资料。一般大家熟知的作家，在他这里都是求全务尽；而对于一般被忽略的作家，他更是想方设法通过文本的挖掘复原小说家的原貌。辛勤耕耘之后的收获季节如约而至，董卉川的学术专著《江苏现代小说十三家论》，主编的《江苏新文学史·小说编》第2卷已经出版，主编的相关史料卷也已完成。与此同时，他的《江苏现代小说家新论》又即将付梓，真是令人欣喜。

　　近现代时期，江苏小说家无论是在数量上，还是在题材审美等方面，都有着特别重要和独特的贡献。从清末的曾朴、刘鹗到现代的钱锺书、杨绛等，都是文学史上不可绕过的存在。相对而言，现有研究对于大部分著名的江苏小说家的关注程度较高，但对于边缘小说家的系统性研究则较少见到。董卉川《江苏现代小说家新论》一书以大量史料为基础，不仅涉及为人所熟知的著名作家，且细致钩沉文学史中被遮蔽的江苏现代小说家创作。该书集陈衡哲、平襟亚、曾虚白、徐蔚南、张闻天、周全平、李同愈、孙梦雷、叶灵凤、汪锡鹏、张天翼、葛琴、秦瘦鸥、杨绛、周楞伽、汪曾祺十六家，既是对《江苏现代小说十三家论》研究的延续、补充和扩展，也在视野方法、思想探讨与审美分析等层面上步入了一个新的境界。

一、审美特征的析毫剖厘

小说创作历史积淀深，文化意蕴厚，是深刻了解一种区域文学与地方文化互动样态与内在精神特质的重要窗口。董卉川近年来对相关文献进行的大量阅读、整理和梳理工作，为其进一步的研究打下了深厚的基础。他从浩如烟海的文卷中精心选择，捕捉文体特征，以开阔的视野对作家创作中的审美特色提出独到见解。

首先，著者在文本细读中注重对审美风格的分析，强调对作家在语言、体裁、技巧等方面表现出的个性特点和创新精神的考量。他揭示徐蔚南小说以幽默水彩滋润小说之田并结出富有哲理深思的艺术之花，以幽默助力反讽，以反讽揭示人性；剖析张闻天创作中表现出的浓郁浪漫气质，这不仅与其知识结构相关，更受到了时代影响，渴望以浪漫之风滋养生命之花，体现张扬的生命之力与顽强的抗争精神。此外，著者注意到张天翼小说中对于现代主义风格的初步尝试，其《恶梦》等作品透露出现代主义色彩，颇具现代美学建构意识；汪曾祺深受现代主义影响，擅长以现代主义的艺术技法呈现自我深刻的理性沉思和饱满诗情。

其次，著者独具敏锐的学术眼光，在文本细读中揭示作家对于表现手法的巧妙使用。得益于现代诗剧研究的经历、心得，以及对于新批评的喜爱，著作善于通过文学表现手法深入文本肌理，因此在解读江苏小说时，能够观照到平襟亚、周全平、李同愈、陈衡哲等人对于反讽、反语等写作方法的自如运用。平襟亚凭借自己丰富的社会阅历和工作经历，在《人海潮》等作品中以反讽的笔法展现、批判上海出版界、法律界、文界等以及官场中的种种丑恶世相。徐蔚南在《戏剧》中借助反讽手法将洋货店老板张仲芳这一人物形象刻画得栩栩如生，颇含人生哲理。周全平在《守旧的农人》中以反讽建构全篇，揭示出统治阶层的黑暗。而李同愈则是擅于采用反语手法，使深奥晦涩的哲理在不露锋芒的语言中得到委婉表达，最终实现理性沉思与现实描摹。此外，著者还指出陈衡哲善于将世间万物拟人化，在童趣之中蕴含深刻的人生哲思,将个体启蒙思想注入其中,以期唤醒民众,启迪民智。

除共时性的分析与探究之外,著者还注重进行历时性分析,全面展现作家的创作流变过程,尽可能地向我们展现文学的流变,引导读者全面体悟江苏作家小说作品的审美特征。比如,董卉川关注到了汪曾祺从散文到散文诗的演化,指出其1941年《大公报》(重庆)版的《复仇》与1946年《文艺复兴》版的《复仇》,是一次从散文到散文诗的抒情实验。通过两部作品的对比分析指出作家行文从外延至内核均从散文指向了散文诗。对于导致这种变化的原因,著者也进行了细致的分析,即随着年岁的增长,汪曾祺对人生、人性、命运等方面的理性思索更加独到与深邃,需要更为复杂的外在诗之节奏与之配合,抒发内在的情感。这种探索与创新,还体现在《匹夫》等作品之中。这些独特的观察视角与分析方式,每每给人耳目一新之感。

二、理论视域的大力拓展

小说研究自带交叉融合的跨专业属性,董卉川在平日研读中注重打破文学、心理学、社会学、教育学等多个学科之间的固有壁垒,夯实专业知识积累,多个方面互相融通,齐头并进。这种对知识的渴求,对学术的刻苦,铸就他在文学研究中的跨界视野与慧眼独具。借助于多学科理论,董卉川常常能发前人之所未见。就他一度专攻的中国现代诗剧来说,诗剧研究往往需要跨越文学、戏剧学、美学等多个领域,只有积累多学科知识,丰富理论储备,才有可能取得实质性的进展。因之,理论视域的积极拓展可视为该著的重要闪光点。

董卉川从单一的纯文学视角中突破出来,从文化研究的角度综合考察现代文学,表现出"大文学"视角。例如,在心理学理论融入方面,著者在进行文本分析时,以马斯洛的需求理论为依托,从全新角度对孙梦雷小说进行解读。他指出残暴的战争给人类造成的苦痛与劫难是孙梦雷小说的母题之一,这是由于战争之下,满足人类最低层次的生理需要成为难题。而当一个人的生理需要得到满足后，他必然去追求其他的人生需要，即归属和爱的需要。因此，恋爱婚姻问题亦是孙梦雷小说的着力点，以人类的归属和爱的需要去关注女性在恋爱婚姻中的悲惨命运及苦痛孤独的精神世界。当人类的生理需要、归属和爱的需要实现后，势必会去追求自尊需要和自我实现需要，因此孙梦雷还在小说中描绘了随着社会的发展变迁，人类特别是女性如何践行自我的高层次需求。

该著还较为独到地结合了经济学理论。文学与社会经济之间有着不可脱离的重要关系，时代经济状况总是或多或少地对于文学作品的内容、形式等产生多方面影响。在对中国现代文学史上的被遗忘者——汪锡鹏的现代小说研究中，著者指出汪锡鹏在其小说中首先呈现的便是在经济压迫之下人类的精神困境。经济的衰退影响着时代人们的生活状态与心理状态，为了生计，无数人走入歧途，误入困境，这一状况在汪锡鹏的《豆花村》《穷人的妻》《结局》等小说作品中体现得尤为深刻。

著者还特别注意到了文学与教育学之间的密切互动关系。二者的交叉自古以来就受到人们的关注，兼具的人文属性也是当今研究热点话题。董卉川努力拓宽自身理论视域，将教育学理论有机融合在文学作品中。他指出秦瘦鸥20世纪40年代的小说，涉及了家庭教育、高等教育等具有超越时代特性的教育问题，其呈现和反思的内容发人深省。在其作品《给他母亲杀死的？》《同学少年》《余音》中，主人公吴三新、张颐、洪燕三人是都市堕落青年的代表，前者由于家庭教育导致了腐化堕落，后两者则在高校教育中迷失了自我。他们均化身为象征性符号，甚至成为了当下社会某些青年人的缩影，使我们对教育问题产生深入思考。著者将文学中的教育元素进行研究，体现出文学与教育学的深度对话，符合当今学科交叉的重要趋势。

著者或以新的理论方法或以新的研究视角进入江苏现代小说研究，体现出研究深度与拓展广度。索解心理学与文学的深层耦合，探讨文学与经济的复杂关联，关注文学与教育学的互动关系，体现出其开阔的学术视野与敏锐的学术眼光。

三、人格精神的深刻挖掘

文学作品自产生之日起就饱含着创作者的个人精神与浓厚的社会责任意识，具备关注现实的理性精神，江苏现代小说即为最鲜明的代表之一。陈衡哲、叶灵凤、葛琴、周楞伽等江苏现代小说家皆以真挚的人道主义精神，通过文学作品展示个人精神，通过对社会现实深入体察揭示黑暗社会世相，展现出浓厚的人文关怀精神与社会责任感。著者在结合文本的基础上，深入对作家人生道路、个人精神、思想观念与社会承担等角度的考察，试图展现出研究对象整体的人格精神。

首先，著者在进行文学作品分析时，着力挖掘不同文学作品所体现的个人化特征及蕴含其中的个人文学观念。著者指出，叶灵凤20世纪30年代的长篇创作是一种典型的个人化写作，在同时代诸多作家纷纷实现创作转向之时，叶灵凤隐匿于自我的象牙塔之中，将社会冲突让位于个人情感，沉醉于唯美浪漫的爱情迷梦。此外，著者还提到杨绛现代小说中体现的个人化精神，小说内容与家国民族、社会时代相绝缘，她沉浸在个人情感的描写和抒发中，渗透了自己对恋爱婚姻的独到见解，体现出浓郁的浪漫感伤气质。

其次，董卉川注意到陈衡哲、平襟亚、秦瘦鸥等作家所具有的人文关怀精神，他们并非将自己困于象牙之塔，而是对社会现实深入观察，渗透出对人类生存状态、生活理念的理性沉思。陈衡哲在《秋虫与蝴蝶》中将"秋虫"作为自己真诚的化身以唤醒民众的觉醒与团结；平襟亚在《人海潮》中以真挚深厚的情感暴露病态的国民精神，表现出"五四"学人强烈的人文关怀精神；汪锡鹏在《丽丽》中对人类精神困境进行细致剖析，借助对个体精神的探秘来升华为对社会现实的书写，充满了强烈的人文精神；秦瘦鸥在《危城记》中批判病态的国民劣根性，呈现并反思各种社会问题，体现出无限的人文关怀。

"五四"不仅仅是一场运动，更是一种精神，无数学人受此启蒙，在民主和科学的烛照下内心充斥着强烈的历史使命感。著者关注到江苏现代小说家们对人生世相的描摹与思考及对民族的蜕变与新生的企盼，揭示感人至深的文字背后蕴含着的责任意识。他指出，张闻天以强烈的社会责任感和历史使命感去描摹与反思现实，对青年人婚姻问题的同情，对底层贫民拮据无望生活的观照，体现出革命作家赤忱的社会关怀；周全平以严肃深刻的现实主义笔触，将落魄贫苦之人同富贵之人的生命状态进行比照，用哲学家、社会学家的眼光反思贫富差异、两极分化这一跨越时代、超越历史的社会性问题，体现其历史使命感；葛琴身处时代洪流，试图通过对底层民众精神世界的书写、挖掘与思考造成底层人苦痛矛盾、愤怒疯狂灵魂的社会及个人根源，浸润着中国现代作家的社会责任感和历史使命感；周楞伽对20世纪30年代上海复杂多样的社会矛盾、堕落黑暗的社会世相、积习病态的国民精神，进行了全方位的细致解剖，阐释了复杂的社会架构与社会关系，将强烈的社会责任感和历史使命感倾注于文学创作之中。

尽管该书在审美特征的剖析、理论视域的拓展以及人格精神的挖掘等方面展现出不俗的钻研精神和学术素养，但同时也应看到其中还存在着的一些不足。比如在思维模式与研究方法上，著者在坚持学术传统与开辟新的理论视野之间，稍嫌偏重于传统。在研究视野上，偏重于文学文本研究，文学史意识则有待继续加强深化，对于作家与时代思潮的关联、作品在文学史上的地位等尚待更深入的探究。此外，江苏现代小说家的创作如何与地域文化相联系，江苏现代小说的文化认同与审美选择在今天有着怎样的启示，也都有待于进一步思考与深化。

随着该书的问世，我相信董卉川必定会迎来更为宽阔的学术天地，进入新一阶段的学术旅程，逐步实现远大学术追求。

张光芒

2023年3月于南京

目 录

导　言 / 1

第一章　现实书写·理性沉思·启蒙热望 / 8
　　　　——陈衡哲小说创作论

第二章　平襟亚现代长篇小说创作论 / 17
　　　　——以"人"系列小说为例

第三章　"真美善"的追寻 / 29
　　　　——曾虚白小说新论

第四章　幽默风味·克制情感·心灵探秘 / 44
　　　　——徐蔚南现代小说创作论

第五章　现实书写·浪漫抒唱·心灵探秘 / 54
　　　　——张闻天小说创作论

第六章　杂糅的文风 / 65
　　　　——周全平现代小说创作论

第七章　幽默的悖论 / 80
　　　　——李同愈小说风格论

第八章　马斯洛人类需求理论视野下的孙梦雷小说研究 / 92

第九章　都市爱情书写 / 101
　　　　——叶灵凤现代长篇小说论

第十章　人类精神困境的探秘者 / 112
　　——汪锡鹏现代小说论

第十一章　多元化的实验 / 125
　　——张天翼 20 世纪 20 年代小说创作论

第十二章　底层人的精神世界书写 / 136
　　——葛琴现代小说创作论

第十三章　通俗作家的非通俗写作 / 147
　　——秦瘦鸥 20 世纪 40 年代小说创作论

第十四章　浪漫感伤的个人化写作 / 157
　　——杨绛现代小说创作论

第十五章　20 世纪 30 年代上海社会的全景建构 / 165
　　——以《炼狱》《风风雨雨》为中心

第十六章　抒情诗人的散文化与散文诗化写作 / 176
　　——汪曾祺现代小说创作论

后　记 / 188

导 言

引 言

　　江苏现代小说是中国现代小说的重要一翼，深深烙印着时代的创作印痕——在现实主义主潮下，现实主义与现代主义杂糅、社会问题透视与个人情感抒发胶葛、写实与写意并置，由此呈现出多元共存、相互争鸣的特质。在此基础上，江苏现代小说又具有着浓郁的"江苏作风"和"江苏气派"，赓续了本地的文化资源与文学传统。既有苏北风貌的全景呈现，又有苏南风情的独到展示。江苏景物的观照、风土人情的关注、方言土语的融入，彰显了江苏文学独特的地方色彩。从整体上看，江苏现代小说，在语言表述、人物形象、艺术风格、审美特质、主题内蕴等多个维度上均有着较大的突破与发展，拓宽了社会题材，掘进了心理深度，表现出了一种广阔性、多元化、民族化、现代化相杂糅的特质，在中国现代文学的发展进程中占据了重要地位。

　　作为中国现代文坛的重镇，江苏现代小说成果丰硕、名家辈出。江苏作家不仅深度参与中国现代小说的发端，还为新文学的发展做出了重要贡献。笔者在《江苏现代小说十三家论》中，对朱自清、陶晶孙、滕固、谭正璧、顾仲起、陈白尘、陈瘦竹、罗洪、鲍雨、韩北屏、程造之、无名氏、路翎的现代小说创作进行了系统论述。不过，这一名单对于群星云集的江苏现代作家群来说，显然是挂一漏万。因此，在本书中，笔者又选择了陈衡哲、平襟亚、曾虚白、徐蔚南、张闻天、周全平、李同愈、孙梦雷、叶灵凤、汪锡鹏、张天翼、葛琴、秦瘦鸥、杨绛、周楞伽、汪曾祺十六家,集为《江苏现代小说家新论》出版,试图进一步补充继而全面呈现江苏现代小说的创作风貌。上述的十六位江苏作家,风格多元、特色鲜明,既展现了江苏现代文学所独有的地域风貌,又显示出江苏现代文学同中国现代文学同步发展的趋向。

一、社会世相的深入探查

江苏现代小说自晚清发轫起,现实主义一直是其鲜明的特征。不管是江苏早期的谴责小说、科幻小说,还是鸳鸯蝴蝶派小说、狭邪小说,都表现出浓厚的现实关怀。而救亡与启蒙的主题,始终萦绕在江苏作家的心头,成为小说挥之不去的底色。作家从各自的生活体验出发,关注并表现人的生活、情感与命运,以"人的文学"为旨归,着力于人的解放与社会的解放。

陈衡哲、平襟亚、曾虚白、徐蔚南、张闻天、周全平、李同愈、孙梦雷、叶灵凤、汪锡鹏、张天翼、葛琴、秦瘦鸥、杨绛、周楞伽、汪曾祺十六家的作品,首先充溢着浓厚的现实主义色彩,作家以同情之观照,饱蘸人道主义之情感,对复杂的社会世相予以深入的反映。

以陈衡哲的《一日》为标志,"为人生"的文学观念开始流行并逐渐占据主流地位,《波儿》《巫峡里的一个女子》是对中美两国的社会底层人民,特别是对那些被侮辱被损害的底层女性悲苦命运的真实摹写。尽管陈衡哲并未加入文研会,但为"苦人"作传,是作家的自觉承担。徐蔚南的《都市的男女》《戏剧》《念二万四千》《衬衫》映射都市普通民众的心理和人生,以反讽的笔调去展现市民的矛盾心理,在平凡的社会生活中,发掘情趣、反思人性、抒发情志。汪曾祺同样对日常生活投注了深情的目光。《灯下》《猎猎——寄珠湖》《异秉》《除岁》《落魄》《膝行的人》《鸡鸭名家》《老鲁》《戴车匠》《囚犯》《白松糖浆》《邂逅》《锁匠之死》等作品再现了乡野村夫、市井小民、贩夫走卒的悲欢离合与人生世相。

在革命家张闻天的《飘零的黄叶——长虹给他母亲的一封信》中,主人公长虹为了摆脱封建家庭安排的包办婚姻，与母亲决裂，出走后又陷入了窘迫困顿的生活状态。张闻天的《嘉陵江上的晚照》描写了封建包办婚姻对青年女性蕴卿的摧残。《逃亡者》中，张闻天则展现了杂货店店主王六一家的现实生存困境。左翼作家张天翼早期的讽刺小说《新诗》《流星》《怪癖》以及"徐常云侦探案"系列侦探小说，包括《少年书记》《人耶鬼耶》《空室》《遗嘱》《玉壶》《铁锚印》《斧》《X》，在诙谐幽默的笔调中，展现出社会现实的细腻记录和忠实描写。葛琴关注现实人生、描写抗战烽火、揭露黑暗社会。她将视角集中于底层民众，如《一天》中的阿二，《蓝牛》中的蓝牛，《总退却》中的下层士兵寿长年、小金子，《雪夜》中的老路工驼五叔，《骡夫丁大福》中的丁大福……这些人饱受生活的压榨和欺凌，在无望的生活中奋力地挣扎。创造社作家周全平，表现出浓厚的现实倾向，在创造社诸人中，表现出独特的审美品质。《除夕》《中秋月》《注定的死》以严肃深刻的现实主义笔触，将落魄贫苦之人博庵、文礼、小子同富贵之人子远、赵小少爷的生命状态进行比照——贫苦凄凉、食不果腹与骄奢淫逸、纵情享乐，由此反思贫富差异、两极分化这一跨越时代、超越历史的社会性问题，反映了周全平强烈的社会责任感和历史使命感。

海派作家同样表现出强烈的社会承担。曾虚白的小说中，亦有形形色色的社会各阶层人物，有因为被家庭压迫而无路可走的年轻女性（《死飓》），有眼馋红烧肉没有吃到却挨打的小女仆（《红烧肉》），有从未关心过母亲直到母亲临死才觉醒悔悟的浪荡子（《赎罪》），有在战争中泯灭人性的士兵（《回家》），有因为金钱铤而走险最后丧命的店员（《躲避》），有孤苦无依、最后沦为大盗而被砍头的小乞丐（《法网》）……对于贫苦无告的社会下层，曾虚白表露出了极为深切的同情与观照。周楞伽则在《炼狱》和《风风雨雨》中，对20世纪30年代上海复杂多样的社会矛盾、堕落黑暗的社会世相、积习病态的国民精神，进行了全方位的细致解剖，对上海社会进行了全景式的描摹和建构。都市的腐朽奢靡与乡村的残败破落相映衬，剥削阶层的贪图享乐、纸醉金迷与被压迫阶层的凄凉煎熬、悲苦挣扎相碰撞。

即使是通俗作家，也在作品中表现出对于黑暗社会的抨击、对于人民的同情、对于社会问题的关注。平襟亚的《人海潮》《人心大变》《人海新潮》系列小说，以自述传式的纪实方式，批判上海文化教育界以及官场中的种种丑恶世相，对农民群体表达深切同情之时，也对乡民不思进取、自甘堕落的现状世相进行了反思，透视社会世相、刻画丑恶人性、暴露病态的国民精神。秦瘦鸥的《给他母亲杀死的？》《同学少年》《余音》中，有着鲜明的问题小说的指向，吴三新、张颐、洪燕三人是都市堕落青年的代表，或是在家庭教育下腐化堕落，或是在高校中迷失了自我。秦瘦鸥的长篇小说《危城记》，以抗战为创作背景，无情地暴露和批判了政治的腐败、社会的黑暗、病态的国民劣根性，呈现了普通民众在战乱年代悲惨的命运。

二、精神世界的深度刻绘

除了鲜明的现实底色，上述十六位江苏作家几乎都表现出对于"精神写作"的偏爱。所谓精神写作，即是关注人的精神世界，呈现人类心理、思想、精神、意志的复杂性，关注世界存在和真理，关注生命意义和道德实践。它是一种向内探求的冲动，也表现出小说在现代转型过程中，对于人的精神性存在认知的深化。这种倾向，是小说自身发展的内在要求。

徐蔚南《因风想》中流露出颓废悲哀的情绪，在《静夜思》和《谷润》中，将精神写作继续推进，以三小姐以及谷润的心理分析布局全篇，《逃亡者》中，张闻天着重表现了王六母亲逃亡中的失根的焦虑。在《嘉陵江上的晚照》中，张闻天描写和呈现了蕴卿无可告慰的痛苦，体现出对女性精神世界的细腻把握。孙梦雷的《奶母》《村妇》《朱心芬》《英兰的一生》等作，聚焦普通民众的生理、心理需求，关注民众——女性的精神世界和情感世界。

汪锡鹏进一步反思并揭示了造成人类精神困境的各种缘由，在于物欲的压迫、感情的缺失，以及终极根源——病态的黑暗世界。精神困境必然伴随着现实困境，汪锡鹏从个体精神困境的描摹，最终上升为对社会关系、社会矛盾和社会问题的展露挖掘,由此谱写个人与社会的双重精神史。

叶灵凤在都市男女的哀情爱恋书写中,亦表现出对于现代人精神困境的细腻把握,以华美艳异的笔触,细致道出现代男女情欲纠缠、爱而不得的痛苦。或是因为家庭阻隔,或是心意不通,或是命运乖蹇,带来了爱情的悲剧结局。《红的天使》中,婉清在自杀前,留下了一封忏悔的遗书,坦白了自己的罪行,更是将自己痛苦悲哀、嫉妒苦闷的心路历程进行了细腻呈现。《未完的忏悔录》中,韩斐君的日记里,充满了爱的甜蜜缠绵与苦痛纠葛。《永久的女性》中,也穿插着诸多秦枫谷和朱娴彼此间的通信,或诉说爱意,或诉说分离的无奈。叶灵凤以书信体和日记体相结合的形式,深入都市男女的精神世界,挖掘并呈现都市男女爱情纠葛的心路历程。在十三家中,汪曾祺的精神写作可以说是个异数。汪曾祺坦陈自己深受西方意识流的影响,因此,在《复仇》等作品中,聚焦人物的意识流动与精神、感官印象,捕捉刹那间的精神流动与生命感受,揭示生命的精神面向,表现出纯正的精神写作的气质。

女作家陈衡哲、葛琴和杨绛,更是以女性独有的细腻笔触与敏锐思维,深入人物的精神世界之中。以现实书写见长的陈衡哲,在《洛绮思的问题》中,对于新女性的家庭与社会双重角色的冲突进行了细致呈现,洛绮思在实现少年时的事业梦想后,又因为婚姻情感的缺失感到了无比的孤寂惆怅。葛琴把握底层人的精神世界、提炼底层人的精神特质、剖析底层人的精神困境,由此书写底层人精神世界的全貌。葛琴笔下的寿长年、小溜儿、李阿毛、陈国涛以愤怒的精神状态去面对和迎击黑暗社会和剥削阶层的压迫与欺侮,爆发出强大的力量。

杨绛在《璐璐,不用愁!》中,描写了主人公璐璐优柔寡断的性格特质,她的精神世界始终处于苦痛矛盾之中,在小王的宠爱与汤宓的英俊长相中左右犹豫。在《ROMANESQUE》中,已有婚约在身的叶彭年认识了MAY后,发现自己深深爱上了对方,彻夜难眠,反复思考到底应该如何选择自己的人生之路,杨绛对其精神世界进行了细致解剖。在《小阳春》中,杨绛分析了俞斌精神的无奈与压抑,他的爱欲虽然全部倾注在了校花胡若蕖之上,但又深知自己的身份地位使其不能再去追求心中的女神这种渴望激情的感性情绪和安于现状与妻子平淡共度余生的理智情感令其陷入了苦痛矛盾的境地之中。

三、多元风格的不懈探寻

在新文学运动伊始，江苏作家就表现出了高度的创造性，诞生了第一篇现代白话小说。以陈衡哲的《小雨点》为标志，"为人生"的文学观念开始流行并逐渐占据主流地位。在"为人生"的文学旗帜飘扬文坛之时，与之相对的另一股文学潮流已然蓄势待发。1921年年初，"文学研究会"的成立揭开了"人生写实派"小说创作的帷幕，1921年6月"创造社"的异军突起，使小说创作形成了鲜明的流派分野。上述十三家的小说创作，体现出现实主义、浪漫主义、现代主义多元风格的交织。

作为文学研究会的重要发起者和中坚力量，江苏人生写实派的作家，贡献出了诸多优秀的作家作品。陈衡哲、徐蔚南、李同愈等人的写作，具有温柔敦厚的江苏风格。他们关注普通民众的日常生活，以同情之笔触，展露他们所经受的困苦生活，剖析他们面对的人生问题，照拂他们挣扎的卑微灵魂，诚实袒露他们心灵的重压。革命家张闻天，左翼作家张天翼、葛琴等人，则表现出直刺黑暗现实的勇气。他们毫不留情地揭露统治阶级对人民的压迫，批判社会的腐败，观照底层民众的悲惨生活，抨击丑陋的国民性，表现出社会启蒙的热望。

平襟亚、秦瘦鸥、叶灵凤、曾虚白等浪漫抒情派的作家，则积极营构审美与心理世界，钟情于书信体、回忆录、日记体、自述传等文体，以第一人称进行情绪的抒发与心灵的演绎，以忧郁、伤感的诗意语言，细致书写个人的哀愁苦痛与不幸遭遇，抒发悲哀愁苦的心曲，风格上缠绵悲婉。周全平爱情题材的现代小说均以悲剧收场，造成爱情悲剧的决定性因素并非社会时代、制度家庭，而是性格，这与其现实书写中的社会悲剧是完全相异的。同时，爱情悲剧的书写为典型的浪漫写意，作品中诗化般的唱诗俯拾即是，比喻、夸张、感叹、重复随处可见，渗透着浓郁的浪漫抒情气质。

除了写实派和浪漫派，上述十六位作家中的不少学人也对现代主义风格进行了初步尝试，表现出可贵的探索精神，他们对于痛苦、死亡、颓废、梦境、黑暗表现出别样的偏爱，通过对现代人情感模式、感受方式、想象能力的勘探，力图构建一种现代美学。张天翼的《恶梦》《黑的微笑》《三天半的梦》等作品，以日记、书信等形式，在晦涩的意象、迷离的梦境、精神的分析中渗透作者对生命、时代、人性等方面的玄思。《梦》中则对卢俊义的梦境进行了细腻的刻画，《成业恒》融合了象征主义手法与意识流的特质，《蜜味的夜》则充满了声色、速度与光影的"新感觉"。这些早期的作品，都表现出张天翼对于现代主义的卓有成效的探索。汪曾祺更是有意识学习现代主义和意识流的手法，作为横的移植，将现代主义之花有机融入小说文本的土壤之中，捕捉思想之流，意识之流，《复仇》和《匹夫》里面对于意识流动、联想、梦境的精当描绘，辅之以幽婉的古典意象，古典与现代之美交织，体现了汪曾祺的过人才华。

结　语

江苏现代小说的创作，题材空前的开拓，表现方式的新变、人物性格的丰满，这些不仅是江苏文坛的重要收获，也为中国现代文学的发展做出了重要贡献。这种兼容并包、自由开放的文学理念，使江苏小说蕴藉着深厚的创新内驱力，不断推陈出新。总体而言，陈衡哲、平襟亚、曾虚白、徐蔚南、张闻天、周全平、李同愈、孙梦雷、叶灵凤、汪锡鹏、张天翼、葛琴、秦瘦鸥、杨绛、周楞伽、汪曾祺十六位作家的小说创作，呈现出繁茂的发展气象，对社会世相的深刻描摹，对于人的精神世界的深入体察，对于多元风格的持续探寻，正是江苏现代文学发展过程中多元风格、多彩丰姿的生动剪影，也标志着江苏现代小说的成熟，共同造就了江苏现代小说的繁盛景象。

第一章
现实书写・理性沉思・启蒙热望
——陈衡哲小说创作论

引 言

　　陈衡哲,祖籍湖南衡山,1890年7月生于江苏武进(今江苏省常州市武进区),原名燕,字乙,笔名有衡哲、哲、莎菲等。陈衡哲1920年8月30日被蔡元培聘为北京大学历史系教授,成为北京大学第一位女教授,也是中国现代教育史上的第一位女教授。除了历史学方面的杰出成就外,在文学尤其是小说创作方面,亦有非凡建树。1917年6月,陈衡哲在《留美学生季报》第4卷第2期上发表了"纪实小说"《一日》,这部白话小说比鲁迅《狂人日记》的问世还要早一年。"她是我的一个最早的同志。当我们还在讨论新文学问题的时候,莎菲却已开始用白话做文学了。《一日》便是文学革命讨论初期中的最早的作品。《小雨点》也是《新青年》时期最早的创作的一篇。民国六年年以后,莎菲也做了不少的白话诗。我们试回想那时期新文学运动的状况,试想鲁迅先生的第一篇创作——《狂人日记》——是何时发表的,试想当日有意作白话文学的人怎样稀少,便可以了解莎菲的这几篇小说在新文学运动史上的地位了。"①陈衡哲的小说创作主要集中于20世纪20年代,虽将写作小说自谦为"正业外的小玩意"②,却以严肃深刻的现实主义笔调,描绘悲惨的现实人生;以女性独有的视角和细腻的心理,对人生情感问题进行理性探讨;以"情感的至诚,与思想的真纯"③,对人生问题进行哲理沉思。

一、悲苦生活的现实书写

陈衡哲虽未正式加入文学研究会,却与文学研究会的创作理念不谋而合,"有一点'为人生的艺术'的倾向"④。描摹悲惨的现实人生,关注同情被侮辱被损害的群体,源于陈衡哲为"苦人"发声的创作动机,"那时我的心中,好像有无数不能自己表现的人物,在那里硬迫软求的,要我替他们说话。他们或是小孩子,或是已死的人,或是程度甚低的苦人,或是我们所目为没有智识的万物,或是蕴苦含痛而不肯自己说话的人……他们是我作小说的唯一动机"⑤。

《波儿》《巫峡里的一个女子》是对中美两国的社会底层人民,特别是对那些被侮辱被损害的底层女性悲苦命运的真实摹写。《波儿》的故事背景发生在大洋彼岸,主人公"波儿"家境贫寒,父亲刚刚去世,自己又患了无法医治的重病,母亲年老体衰,弟弟妹妹十分年幼,整个家庭陷入了风雨飘摇的不幸境地。小说以真实感人的对话建构文本。"爱伦娜"收到姑姑的邀请后,主动跟姐姐波儿分享这个开心的消息,实际上波儿早已从母亲"康登太太"口中知道了这件事情。她劝妹妹不要去姑姑家游玩,因为家里确实离不开她。年幼的妹妹正是处在玩心重的年纪,她向波儿诉苦:"我一天做到晚,晚上睡

---

① 胡适:《胡序》,载陈衡哲《小雨点》,新月书店1928年版,第6—7页。
② 任叔永:《任序》,载陈衡哲《小雨点》,新月书店1928年版,第11页。
③ 陈衡哲:《自序》,载《小雨点》,新月书店1928年版,第20页。
④ 茅盾:《关于"文学研究会"》,《现代(上海1932)》1933年第3卷第1期。
⑤ 陈衡哲:《自序》,载《小雨点》,新月书店1928年版,第17—18页。

的时候，骨节痛得什么似的。"①不难发现，"爱伦娜"虽然年幼贪玩，但平日已然担起了家庭的重任，为母亲姐姐分担家务，姐姐劝她不要去姑姑家，她的内心也在煎熬和斗争。最终，亲情和责任感战胜了贪玩的内心，她毅然放弃了外出游玩的机会，并要为母亲缝补破旧的衣衫。小说没有华丽的辞藻，也没有惊心动魄的情节，纯是朴素真挚的情感流露，"这篇中的情节，有一半是我亲眼看见的。我因受了他的感动，所以禁不住的来代替波儿一家人说两句话"②。

《波儿》展现的是城市底层人民的悲苦生活，《巫峡里的一个女子》则呈现了一曲中国贫苦农民的悲歌。主人公"她"的婆婆是其丈夫的继母，终日对"她"和丈夫非打即骂。家中贫困潦倒，为了生存，夫妻二人只得带着年幼的儿子逃了出来。后辗转到了巫峡上的山洞中安家，在山洞附近自耕自种、风餐露宿。丈夫不得已只能常到江边停泊的船上偷些食物、杂物。小说着重展现了丈夫离家后，"她"的心理状态，"她觉得他若走了，她就成为一个孤身了……她此刻差不多情愿被她的婆婆打骂，不愿一个人独居在荒山中了……到了晚上，她更怕了。她又怕鬼来要她的命，又怕野兽来吃她的儿子……一合眼，便看见无数的恶鬼饿兽，把她骇得叫不出声来"③。她的丈夫在一次下山偷窃后再也没有回来过，这一去就是五年，她猜想丈夫无法归来的种种理由，内心痛苦万分，只能独身一人抚养儿子长大。陈衡哲除了揭示批判造成"她"悲惨命运的黑暗现实外，还着重描写人物的心理世界，尤其是剖析了人类孤独的生存状态，小说开头与结尾以"她"的个人疑问前后呼应，呈现"她"迷惑、悲惨的人生状态，"她仿佛记得，从前她住的地方……但是现在都模糊得像梦境一样了"④——"世界上除了她和她的儿子以外，难道还有别的人吗……难道她曾经在平地上住过吗？她的儿子不能信，她自己也不

---

① 陈衡哲：《波儿》，《新青年》1920年第8卷第2号。
② 陈衡哲：《波儿》，《新青年》1920年第8卷第2号。
③ 衡哲：《巫峡里的一个女子》，《努力周报》1922年第15期。
④ 衡哲：《巫峡里的一个女子》，《努力周报》1922年第15期。

能信"①。幻想、记忆与现实的界限已经模糊不清了,这是最令人惊骇与慨叹的,对她痛苦隐秘的精神世界的挖掘剖析,进一步呈现了"她"悲惨的人生命运。

陈衡哲作为最早一批的新文学作家,自觉以"为人生"的文学观念指导自我的小说创作,以严肃深刻的现实主义笔端描摹悲惨的现实人生,展现出了"五四"学人强烈的社会责任感和历史使命感。

二、情感问题的理性沉思

陈衡哲情感小说,罕见浪漫感伤的情绪倾泻,反而处处烙印着理性客观的智性因子,感性情绪被智性因子冲淡。一方面缘于陈衡哲历史学家的身份背景,另一方面则是自我的写作追求,"感觉的敏锐……对于人生问题的见解"②。在创作过程中,陈衡哲以女性独有的视角和细腻的心理,对现代人的情感问题、人生问题进行了理性探讨。

《老夫妻》中,一对老夫妻因琐事相互埋怨,晚饭开始时,却因妻子做的苹果点心让他们回忆了年轻时的甜蜜往事,"爱娜,你可记得三十多年前的那一天,我到你家去看你,你把这个点心给我吃的情形吗?"③抱怨责备瞬间转化为甜蜜温馨。小说以寥寥数笔描写了一对老夫妻"亨利"和"爱娜"的生活片段,"亨利"和"爱娜"的日常,是社会中无数对老夫妻的生活的缩影,烦恼和幸福相伴而行,由此思考和呈现了人类最美好的情感和最幸福的人生。《孟哥哥》和《一支扣针的古事》是两个爱情悲剧。在《孟哥哥》中,"孟哥哥"和"景妹妹"是一对青梅竹马的表兄妹,在相处中,他们之间萌发出一种朦胧、纯洁的情感,这种情感介于爱情、亲情、友情之间,当他们逐渐长大后,这种情感逐渐升华为爱情。爱情悲剧的生成不是社会因素、性格因素,

---

① 衡哲:《巫峡里的一个女子》,《努力周报》1922年第15期。
② 任叔永:《任序》,载陈衡哲《小雨点》,新月书店1928年版,第13—14页。
③ 陈衡哲:《老夫妻》,《新青年》1918年第5卷第4号。

却是一种命运悲剧,"孟哥哥"发生意外,"他已经睡在云南的一个荒山里了。他是死了"①,死亡导致了这段爱情的无疾而终。在《一支扣针的古事》中,"露丝"和"马昆"是一见钟情,却未能长相厮守,"露丝"嫁给了"马昆"的好朋友"西克",成为了"西克夫人"。"露丝"和"马昆"的爱情悲剧不同于"孟哥哥"和"景妹妹"的命运悲剧,而是一种典型的性格悲剧,是"马昆"懦弱犹疑的性格缺陷所致,"我是一个懦夫,我不曾敢让我的爱情,去妨害我与他五六年的友谊。这是我对于你及我自己的一桩大罪孽……那时我的心虽然烧灼到了焦点,我的态度却始终不敢逾越到温度以上"②。

陈衡哲的创作还涉及了新兴的社会问题和现代女性的人生问题——婚姻家庭与人生追求、个人事业的冲突,"家庭的服务,不能满足少数才高学富的女子的志愿,以致在她们的生命中,要发生爱情与事业的冲突"③。在《洛绮思的问题》中,学业有成、野心极大、水平超凡、追求高远的哲学女博士"洛绮思",与自己的导师、世界闻名的哲学家"瓦德"订婚,"瓦德"从国外开会回来,"洛绮思"却主动与之解除婚约。根源在于"洛绮思"对自我的人生规划进行了一次深刻的理性沉思,她在同"瓦德"交流时明确指出,"你们男子结了婚,至多不过加上一点经济上的担负,于你们的学问事业,是没有什么妨害的。至于女子结婚之后,情形便不同了:家务的主持,儿童的保护及教育,那一样是别人能够代劳的?"④,这是她悔婚的根本原因。陈衡哲作为一个与"洛绮思"有着相似人生经历的女性学者,她也因为生育放弃了教职,内心充满了无奈与矛盾的情感。深刻思考、剖析了已婚妇女与自我事业上的冲突,"女子做了母妻之后,对于她从前的志愿和事业,却是绝对不能一无阻碍的照旧进行了"⑤。小说结尾,"洛绮思"在实现少年时的野心和希望——做

---

① 哲:《孟哥哥》,《努力周报》1922年第24期。
② 莎菲:《一支扣针的古事》,《现代评论》1926年第5卷第106期。
③ 陈衡哲:《妇女与职业:妇女问题之一》,《现代评论》1927年第二周年纪念增刊。
④ 陈衡哲:《洛绮思的问题》,《小说月报》1924年第15卷第10号。
⑤ 陈衡哲:《妇女与职业:妇女问题之一》,《现代评论》1927年第二周年纪念增刊。

了十余年的大学教授、成为著名女子大学哲学部的主任并且蜚声国际、著作等身之后，又感到了无比的孤寂惆怅，无尽的孤独感恰恰来源于自己年轻时最为鄙视又未从得到过的婚姻与家庭。小说以"洛绮思"的梦境和"洛绮思"对自己梦境的深沉思考，揭示出她此时矛盾、孤寂、惆怅甚至痛苦的心理，"绝对不容窥见这个神圣的秘密的"①。《洛绮思的问题》是现代文学中最早关涉到新女性的家庭与社会双重角色的冲突的小说②，触及女子解放后所面临的困境，因而具有重要的文学价值和思想史价值，照见出陈衡哲敏锐的洞察力与深刻的省思。

陈衡哲在写作人生情感问题的小说时，化身哲学家、社会学家、心理学家，对种种的情感问题、人生问题进行了深刻的理性思考，对女性隐秘心理的深入挖掘、细致描绘，尤为引人瞩目。

三、启蒙理念的童趣表达

陈衡哲以"情感的至诚，与思想的真纯"③——"真诚的态度"④，配以天马行空的想象，以童话、寓言的方式，将世间"没有智识的万物"⑤拟人化，在童趣之中蕴含着深刻的人生哲思，将个体启蒙思想注入其中。童话和寓言继承并改造了神话传说的"万物有灵"的核心理念，以拟人化动物故事赋予理性的含义⑥。陈衡哲的童话寓言小说，以优美清新的风格，蕴含着深刻的启蒙思想。"启蒙就是人类对他自己招致的不成熟状态的摆脱。这个不成熟状态就

---

① 陈衡哲：《洛绮思的问题》，《小说月报》1924年第15卷第10号。
② 参见任叔永《任序》，载陈衡哲《小雨点》，新月书店1928年版，第14—15页。
③ 陈衡哲：《自序》，载《小雨点》，新月书店1928年版，第20页。
④ 圣陶：《文艺谈·四》，《晨报副刊》1921年3月11日。
⑤ 陈衡哲：《自序》，载《小雨点》，新月书店1928年版，第17页。
⑥ 陈蒲清：《寓言传》，岳麓书社2014年版，第336页。

是这样的一种状态,即人们在没有别人的指点时,无力使用自己的知性。"①陈衡哲小说中的启蒙理念,同时包含着两种向度:一种是注重个体启蒙,以自由伦理为旨归;另一种是群体启蒙,更关注平等伦理。"小雨点""西风"等的转变显示出个体的觉醒轨迹,而"秋虫"和"扬子江"等形象则寄寓作者唤醒民众、启迪民智,改造国民性的热切期望和人生理想。

《小雨点》借自然界的水循环运动过程,呈现主人公"小雨点"逐渐懂得奉献牺牲,最终成长成熟的轨迹。"小雨点"刚开始懵懂胆小,面对即将枯萎的"青莲花"的求救——"你须让我把你吸到我的血管里去"②,他的反应是"吓了一大跳……回答不出话来……想了一想"③,最终仁爱之心使他鼓足勇气进入了"青莲花"的液管中去。文末的"小雨点"已不再怯懦恋家,而是勇敢投身到自然界的水循环运动中去,准备在明年春开,同哥哥姊姊一道,再去看看"青莲花"。《西风》中主人公"西风"最初孤冷高傲,不喜欢到下面的世界去,唯有"月亮"愿意去那下面的世界。具有悲天悯人苦心的"月亮"和深陷牢笼、追求自由的"少女",最终打动感化了"西风",使他由一个"厌世者"变为"悯世者",他将"少女"带到了红枫谷,让"少女"获得自由。"他此时方明白,他自己是怎样的一个自由使者,怎样的一个幸福的贡献者了……于是他便年年到下界去一次,给他们带一点自由和美感去。有时他遇着了深厌尘世的人,他便逕把他们带到红枫谷里来,叫他们去过和那少女一样的美丽生活。"④在文末,"西风"同"小雨点"一样,发生了巨大的转变,映射出作家爱的哲学理念。

《秋虫与蝴蝶》中的"秋虫"充满怜悯之心,终日为"虫儿们"的残酷遭遇——"螳螂"的屠杀而苦吟。"蝴蝶"则冷酷无情、自私自利,主张及时行

---

① [德]伊曼努尔·康德:《道德形而上学基础》,孙少伟译,江西教育出版社2014版,第71页。
② 陈衡哲:《小雨点》,《新青年》1920年第8卷第1号。
③ 陈衡哲:《小雨点》,《新青年》1920年第8卷第1号。
④ 陈衡哲:《西风》,《东方杂志》1924年第21卷第17号。

乐,见到残酷的现实就"闭上眼儿,展开翅儿,飞向天外去也"[1],只求自己"翱翔万方,何等自由,何等快乐"[2]。陈衡哲真诚的化身"秋虫",渴望用文学作品唤醒启迪民众——"蝴蝶",促成民众——"虫儿们"的觉醒与团结,"我至少希望,靠了我的不断的吟唤,未那些来的虫们,能发生一点自重之心,能大家团结起来,去把那一众螳螂灭尽"[3]。"秋虫"最后死在了"螳螂"的刀下,"为这个不平的世界,做最后的哀鸣"[4]。在《运河与扬子江》中,陈衡哲表达了积极奋斗的"造命"哲学,"她所表现的,就是这个时代青年的潜在的生命的活跃的力的爆发,抗斗的生命的基本力量"[5]。人造的"运河"不懂生命的意义,安于自己的命运,只希望做一个"快乐的奴隶"[6]。对于"扬子江"的奋斗十分不解,认为无论何种生活状态都是一样的"活着","奋斗"没有任何意义。"扬子江"告知"运河":"你的命,成也由人,毁也由人,我的命却是无人能毁的。"[7]"运河"依然无知,询问谁会来毁灭他的命,"扬子江"则向他明确指出,"你的命运你无法做主",但"运河"毫不在乎。与之相比,作为"先觉者"的"扬子江"则以奋斗的姿态,将自我的命运紧紧掌握在自己手中,"生命的奋斗是彻底的,奋斗来的生命是美丽的"[8],彰显出独立人格的重要性,流露出"五四"学人的奋斗人生观念以及追求独立人格的强音,提炼出的哲理思考,凝重深刻、扣人心弦。

陈衡哲借"小雨点"和"西风"的前后比照变化,借"秋虫"与"蝴蝶"、"扬子江"与"运河"的冲突对立,以拟人化的童话寓言故事为依托,在优美奇幻的书写中,表现出对个体启蒙、民众启蒙的热望。

---

[1] 衡哲:《秋虫与蝴蝶》,《晨报副刊·文学旬刊》1924年第52号。
[2] 衡哲:《秋虫与蝴蝶》,《晨报副刊·文学旬刊》1924年第52号。
[3] 衡哲:《秋虫与蝴蝶》,《晨报副刊·文学旬刊》1924年第52号。
[4] 衡哲:《秋虫与蝴蝶》,《晨报副刊·文学旬刊》1924年第52号。
[5] 阿英:《现代中国女作家》,北新书局1930年版,第95页。
[6] 陈衡哲:《运河与扬子江》,《东方杂志》1924年第21卷第13号。
[7] 陈衡哲:《运河与扬子江》,《东方杂志》1924年第21卷第13号。
[8] 陈衡哲:《运河与扬子江》,《东方杂志》1924年第21卷第13号。

结　语

　　陈衡哲20世纪20年代的小说创作，在现实书写的基础上，渗透着对人类生存状态、生活理念的理性沉思，对人类精神世界的深度解剖探秘，以现实关怀、理性沉思、启蒙热望，表现出作家深沉强烈的人文关怀精神。在中国现代小说史上，留下了浓墨重彩的一笔。

第二章
平襟亚现代长篇小说创作论
——以"人"系列小说为例

引 言

平襟亚，名衡，字襟亚，1892年9月28日生，江苏常熟人，有笔名襟亚阁主人、网蛛生、秋翁等。平襟亚具有多重身份——出版商、律师、评弹作家，其中最引人瞩目的便是小说家。平襟亚属于大器晚成型学人，早在新文化运动时期，就以武侠、言情等通俗短篇小说的撰写初登文坛，但直至1927年1月，以笔名网蛛生写作、由新村书社出版发行的长篇小说《人海潮》的洛阳纸贵，才使他成为鸳鸯蝴蝶派的代表作家之一，由此跻身通俗文学名家之林。1928年，平襟亚又以笔名网蛛生写作了《人海潮》续篇——长篇小说《人心大变》。1932年，平襟亚再次以笔名网蛛生写作了长篇小说《人海新潮》，又名《明珠浴血记》。《人海新潮》只是借用《人海潮》的书名便于推广售卖，内容与《人海潮》《人心大变》毫无关系。

上述三部以"人"命名的长篇小说，在艺术形式上为典型的通俗章回体小说，为了保证市场和销量，情节上不免有惊悚、低俗甚至情色的露骨描写。尤其是《人海潮》《人心大变》，其主要的创作背景为上海妓界，"叙述多近十年来海上事,凡艺林花丛以及社会种种秘幕"[1],因此,内容上难以免俗。但在通俗化、商业化的同时,平襟亚还以自叙传式的纪实方式,以真挚深厚的情感,以严肃深刻与幽默反讽相结合的笔调,描绘了黑暗悲惨的社会世相、揭示了丑恶的人性、暴露了病态的国民精神。在此基础上,试图绘制一幅东方与西方、乡土与都市碰撞交融下的畸形现代社会图景,试图书写一部中国现代社会的精神史,这源自现代学人强烈的社会责任感和历史使命感。但平襟亚的小说创作,特别是他的"人"系列长篇小说中的《人心大变》《人海新潮》,在以往罕有提及,不似鸳鸯蝴蝶派的包天笑、秦瘦鸥、周瘦鹃、张恨水、徐枕亚、吴双热、李定夷等人的创作,一直是学界研究的重点。平襟亚的现代长篇小说创作并没有得到学界充分的重视,使他成为了文学史上的被遗忘者。

一、社会世相的透视

《人海潮》《人心大变》以及《人海新潮》的扉页上分别有"上海社会真相"和"社会秘密真相"的标识,《人海新潮》的目录上还特别加注了"社会奇情长篇小说"标记,表明平襟亚试图将自己的所见所闻绘制在"'人海潮'这幅长长的社会画卷中"[2],进而以"人海镜"[3]透视社会世相,呈现并反思种种社会问题。

《人海潮》《人心大变》并不是一味描写都市上海的社会生活、百态人生,还将笔触大量着墨于农村——临近上海的江南水乡福熙镇,其原型是平襟亚的家乡——常熟辛庄镇。作品中的主人公"沈依云"的形象也是平襟亚以自己为原型塑造的。从福熙镇到大上海的世相百态,均是平襟亚的亲身经历与

---

① 袁寒云:《人海潮序文·袁寒云先生序》,载网蛛生《人海潮·第一集》,新村书社 1927 年版,第 1 页。

② 金晔:《平襟亚传》,东方出版中心 2017 年版,第 85 页。

③ 袁寒云:《人海潮序文·袁寒云先生序》,载网蛛生《人海潮·第一集》,新村书社 1927 年版,第 1 页。

所见所闻。由此来看，《人海潮》《人心大变》也可视为平襟亚从常熟到上海的一部自叙传，"我觉得，'文学作品，都是作家的自叙传'这句话，是千真万真的"①。因此，《人海潮》《人心大变》并不是单纯的通俗文学，而是掺杂了某些"纪实性"②文学的特质。

"人"系列小说中最为常见、也是平襟亚竭力描摹的社会世相，是底层人民——中国农民悲苦的生活状态。通过对农民生活状态和农村社会世相的摹写，呈现种种现实问题和社会危机。福熙镇虽是江南水乡、膏腴之地，此地农民却依然生活在水深火热之中，缘于他们同中国的其他农民一样，饱受地主乡绅、兵匪地痞的压榨迫害。小说伊始，平襟亚就对福熙镇权力架构进行了细致的解剖：乡董—乡佐—庄主—农民，"村上出了什么岔子，要受庄主裁判，村人受了什么委屈，要向庄主声诉……庄主的威权却很厉害……他就好像做了人总统元旦受贺似的，心中好不欢喜……只是裁判权谁给他的呢？便是一乡乡董。乡董是他上级机关。乡董一乡只有一个……乡董的助手叫作乡佐，一律出自县知事委任。因此，他的威权就能够控制各庄庄主，仿佛专制时代，元首股肱。万民庶政，全权遥领"③。由此呈现中国农村的社会框架以及中国农民的社会地位，揭示农民悲惨命运的缘由。处于最底层的中国农民，终日辛勤劳作，辛苦所得却悉数被地主乡绅掠夺压榨，只能勉强维持温饱，债台高筑。

农民的命运如同浮萍般凄惨，《人海潮》中的天灾——大水灾，令乡民的田地淹没殆尽，"水光接天，不分田庐阡陌。村民大哭小喊，惨不忍闻。一船一船的难民，到处劫夺，简实不成世界"④。《人心大变》中的人祸——兵匪之乱，令乡民的家园付诸一炬，"有一二百个败兵，身上统有洋枪，奸淫掳掠，无所不为……其实未必都是败兵，中间有许多光蛋、流氓、地痞、土棍，同

---

① 郁达夫：《五六年来创作生活的回顾》，《文学周报》1928年第276—300期。
② 金晔：《平襟亚传》，东方出版中心2017年版，第85页。
③ 网蛛生：《人海潮·第一集·第一回》，新村书社1927年版，第2—3页。
④ 网蛛生：《人海潮·第一集·第十回》，新村书社1927年版，第256页。

地方上游手好闲的人勾通了到镇上来骚扰……还害了四乡邻房屋也都烧得一片焦土"①。面对天灾人祸，这个最弱势最底层的群体走投无路，除了死亡只能选择远走他乡，涌向都市——上海，去寻求生路。但畸形繁荣、贫富悬殊的大上海并不是农民安家的乐园，"等到身入繁华之地，简实没有还乡之望。可怜乡间女儿，不论已扳亲未扳亲，到得海上，以身入平康为荣，衣锦归来，又招朋引类而去"②。福熙镇农民金大的女儿银珠就因天灾人祸随家人到上海谋生，为了生存最终沦落风尘，成为了达官贵人的玩物。银珠的悲惨命运如同一个缩影，折射出花丛界各个倌人的人生，她们与银珠一样，来自上海周边的乡村，原本尽是单纯的农人，为生活所迫不得已走上了出卖自己肉体和灵魂的道路，从乡村到城市却始终无法摆脱被压榨、被欺侮、被损害的悲惨命运。

平襟亚在对农民群体表达深切同情之时，也对乡民不思进取、自甘堕落的现状世相进行了描写和反思，"街坊的小茶馆，现在简实变做赌窟了，乡人在这里家破人亡的委实不少。小酒店，兴奋一般人的暴勇斗狠，乡村发生械斗血案，都在这里酿成的。街坊上鸦片烟馆，听说现在也改换牌号，一律叫燕子窠了，这其间更不容说，是乞丐的制造厂，尤其是盗贼的派出所。农民渔户，吸上了那筒福寿膏，把自己祖宗挣下的田房屋产，一起塞进小眼眼去还不够"③。在乡土文明和都市文明、农业文明和工业文明相互碰撞交融的过程中，乡土世界原本淳朴、单纯的自然性渐渐被吞没，都市文明中的种种糟粕流入乡间，与乡村原有的渣滓不谋而合，共同腐蚀着农人的人性。茶馆、酒馆、燕子窠以及妓院、舞场、旅馆，也是大都市里最为常见的娱乐消遣场所，《人海潮》《人心大变》《人海新潮》中的都市男女乐在其中，纸醉金迷、耽于享乐。都市文明中的糟粕沉渣同样腐蚀着市民的灵魂，利益金钱成为市民追逐的唯一对象。平襟亚凭借自己丰富的社会阅历和工作经历，尤擅以反讽的

---

① 网蛛生：《人心大变·第四集·第三十四回》，中央书店1934年版，第55—58页。
② 网蛛生：《人海潮·第一集·第八回》，新村书社1927年版，第194页。
③ 网蛛生：《人海潮·第一集·第八回》，新村书社1927年版，第193页。

笔法展现、批判上海出版界、法律界、文界、新闻界、教育界、投机界以及官场中的种种丑恶世相，"不知道观望风色，承迎意旨，只顾埋着头干他的笨活……办事太认真，捞钱太不会，太爱惜名声，太忠勤职务……好比不可雕的朽木，不成器的顽铁，又仿佛是粪缸里的石头，又臭又硬，做了几年芝麻绿豆官，仍旧是书生本色，没有学得一点官样，不曾吐出一丝官气，不知道回护同官，不愿意伺候上官"①。

平襟亚的"人"系列长篇小说，与历史时代紧密相连，从辛亥革命到袁世凯复辟，从北伐战争到宁汉合流，从齐卢混战到民族抗战，均有涉及。在小说中，平襟亚建构了都市—乡村的互动模式，透视了20世纪10年代至20世纪30年代，都市上海以及上海周边乡村的种种社会丑相，继而刻画剖析人性，呈现反思社会问题。

二、丑恶人性的刻画

人性是人类所特有的一种"本质属性"②。人类若拥有良好的外部环境和条件，就能够具有并保持美好的人性，"如果有'良好的环境条件'，人们就会渴望表现出诸如爱、利他、友善、慷慨、仁慈和信任等高级品质……人类如果过去和现在都生活在良好的环境条件下，那么，人类就可以保持'善'的本性，也就是通常所说的符合理论的、有道德的、正直的本性"③。由此可见，虽然外部的环境条件不是人性塑造形成的唯一要素，但绝对是决定性因素之一。反之，假若外部环境条件糟糕恶化，人性也必然会受到异化扭曲。

平襟亚的"人"系列长篇小说，首先呈现和透视了都市—农村的社会世相，揭示了这是一个弱肉强食、贫富悬殊的世界，是一个利益至上、金钱为

---

① 网蛛生：《人海新潮·第一册·第二回》，中央书店1936年版，第8—9页。
② 高建国：《人性心理学》，中国经济出版社2013年版，第17页。
③ ［英］罗伯特·艾伦：《哲学的盛宴》，刘华编译，新世界出版社2013年版，第319页。

尊的天下，是一个指鹿为马、徇私废公的寰宇，更是一个钟鸣鼎食、醉生梦死的大地。在这种社会环境之中，人性必然会被异化扭曲。在创作过程中，平襟亚虽然也刻画了某些人性的美好，但与小说呈现的主流——丑恶人性相比，显然是一股寄寓着作者世外桃源般美好企盼的支流。在都市文明、工业文明和自然文明、农业文明相互碰撞交融生成的半封建半殖民地畸形社会中，乡土世界的淳朴、善良、单纯消磨殆尽，都市社会中的民主意识、人文精神、理性情感毫无影踪。利益金钱成为了农民—市民的唯一信仰。

福熙镇的伯祥接到消息，在上海做佣人的女儿不幸身故，但当他接到老鸨送来的200元钱时，竟没有丝毫的悲伤，反而快活无比，"受了一叠钞票，心中比女儿回来快活得十万倍"[①]。银珠随父母来到上海谋生，为了生计只能沦落风尘。其母原本不忍，但当银珠赚得盆满钵满时，竟和丈夫金大一道，喜笑颜开，对引诱银珠下海的老鸨阿金千恩万谢。如果说乡人送妻女入花丛还有几分顾忌与羞耻，不同阶层、不同地位的都市人对金钱利益的狂热追逐，令其人性已然堕落扭曲至极致，"把母妹妻女一起送到生意上，组织一所没资本的公妻无限公司，他自己做公司里跑街，四处拉拢主顾，引得生张熟魏门庭若市……更有人和朋友往肉林中……叫到看看，自己一位宠妾，他依旧不慌不忙，倒杯茶他喝……那女子从容不迫，敷衍一阵，跟着那人一同回来"[②]。而遁入空门的出家人为了金钱利益也早已将灵魂卖给了魔鬼、送到了地狱，福熙镇积善寺的小和尚根云为了抢夺住持之位，竟然串通放高利贷的王大娘污蔑自己的师父印月奸淫妇女。王大娘怨恨印月借贷之后还款及时，导致自己无法继续收取高额利息，便与根云一拍即合，陷害印月。印月的另一个徒弟根涛则趁师父身陷囹圄之际，卷了寺中财物，不知去向。上海滩的达官贵人们平素作恶太多，为求心安，便请太荒和尚讲经作法，富太太们对他更是趋之若鹜，太荒和尚每日或奔波于富太太们的闺房，或应酬于酒店饭馆，讲经作法、案牍劳形、日理万机。

---

① 网蛛生：《人海潮·第一集·第一回》，新村书社1927年版，第31页。
② 网蛛生：《人海潮·第二集·第十六回》，新村书社1927年版，第129页。

上海滩的乞丐、骗子，更是阴险狡诈、穷凶极恶，为了钱财不择手段，"挂牌做乞丐，只好把死法子过活，上海有多化清客串，不挂牌乞丐，专想活法子骗钱，心思巧妙"①。乞丐将跳蚤故意扔到妇女身上，以帮助捉跳蚤之名向妇女索要钱财。孟溪在雪夜赶赴旅馆时，在街边偶遇三个乞丐。他们见孟溪打扮富贵，便见财起意，打劫行凶，"三人围将上来，手忙脚乱将孟溪穿的狐皮大衣剥下，滩皮袍子剥下，棉袄棉裤一齐剥下。再把孟溪束的一条裤带解下，将孟溪双手反缚着。三人扛到阴沟旁边，对准三尺多深的阴沟里面，抛将下去。孟溪叫喊时，一人跳下阴沟，将纸团塞住孟溪的口，然后，三人聚在一处，将剥下的衣服均分了，各自四散奔逃"②。金老二娶倌人为妻，只为骗取倌人的钱财，得手后，将家里一切东西拍卖干净，卷了现款不知所踪。寡居的秦少奶奶被俞蝶卿勾引，愿与他长相厮守。俞蝶卿作为情场老手，用甜言蜜语轻易骗取了她的信任，"亲爱的心肝，我怎舍得你离开上海，你离开上海，我就跳黄浦给你看"③。然后勾结强盗牌老三，以苦肉计让强盗牌老三抓住自己与秦少奶奶通奸的把柄，终日对秦少奶奶敲诈勒索，逼得秦少奶奶险些自尽，尽显人性之狠毒卑劣。

文人幼凤生前写的小说曾送至各个书局，均被各书局的经理们弃如敝屣。尤其是远东书局的孙经理将其贬得一文不值。幼凤染病而亡，其妻月仙女士悲伤过度香消玉殒，他们的悲情故事被上海报章杂志争相传颂后，幼凤生前的遗稿顿时洛阳纸贵、风靡全城。曾经嫌弃幼凤著作的上海滩书贾们争先恐后地出版幼凤遗作，"远东书局出版的游戏杂志上，特刊一篇幼凤遗著小说，题名是个《疟》字……当初那书局经理孙某摇头咂舌，视为绝无风趣，不肯付给润资的。现在幼凤一死，便把这篇小说，排着三号大字，当他奇货可居"④，无耻可笑至极。上海滩的大律师们，为了金钱利益，更是不顾事实正

---

① 网蛛生：《人海潮·第二集·第十六回》，新村书社1927年版，第116页。
② 网蛛生：《人心大变·第一集·第二回》，中央书店1934年版，第22页。
③ 网蛛生：《人心大变·第二集·第十四回》，中央书店1934年版，第58页。
④ 网蛛生：《人海潮·第四集·第三十七回》，新村书社1927年版，第129页。

义，混淆黑白、指鹿为马。孙士刚是个中翘楚，他不仅善于颠倒是非，更是心狠手辣、人面兽心。紫竹庵住持净修师太是孙士刚小妾的好友，孙士刚觊觎紫竹庵的房产，先是取得净修师太信任，将紫竹庵的地契保管在自己律所之中，然后设计诬陷净修师太与一个假和尚在旅馆通奸，再带人捉奸，以此威逼净修师太远离上海。一番巧取豪夺，便霸占了紫竹庵的地契，转手将房屋地产倒卖，赚得盆满钵丰。《人海新潮》中，两颗明珠便使姐妹反目、朋友交恶、家人决裂，一场场的凶杀命案均因两颗明珠——金钱利益而起，"饱暖思淫欲，饥寒起盗心……顿时扰动了许多贪人败类，穷鬼奸徒，一个个红眼黑心，绞肠呕血，都想有这两粒明珠到手，就可以脱胎换骨，一跃而为世界上有数的大富翁"[①]。因此，小说又名《明珠浴血记》，在作品中，平襟亚充分刻画揭示了异化扭曲的人性之恶。

平襟亚不仅注重刻画剖析人性，并揭示出人性的扭曲异化与外部的社会关系、现实环境息息相关，"上海人的眼皮，本来比竹衣还薄，你只要会得替他弄钱进门，他替你倒尿瓶都情愿。一等到你急难临头，就是叫他一声亲爹爹，他也未始肯答应你"[②]。正是糟糕恶劣的外部环境条件进一步加速了乡民——市民灵魂的腐化堕落。

三、病态国民性的暴露

通过透视社会世相、刻画丑恶人性，平襟亚试图去剖析复杂的社会关系，去反思造成黑暗世相、人性丑恶的社会问题。平襟亚在其"人"系列长篇小说中还十分注重暴露中国国民精神的病态和缺陷——愚昧无知、麻木冷漠、奴性十足，并揭示病态的国民性是导致社会黑暗、人性丑恶的重要因素之一。上述的国民性弱点，"不仅使他们成为'毫无意义的示众的材料和看客'，而且常常成为'吃人'者无意识的'帮凶'……'吃人'的封建思想已经深深

---

① 网蛛生：《人海新潮·第四册·第三十一回》，中央书店1936年版，第12页。
② 网蛛生：《人海潮·第三集·第二十六回》，新村书社1927年版，第132页。

地渗透到民族意识和文化心理结构之中，成为历史的惰性力量，无形地吞噬灵魂，销蚀民族精神。大量的受害者往往并不是直接死于层层统治者的屠刀之下，而是死于无数麻木者所构成的强大的'杀人团'不见血的精神虐杀之中"①。

近代国家的建立，"话说中国幸亏辛亥年几个热血健儿抛却头颅，博得个锦绣河山还吾汉族，革命成功，共和奠基"②，近代都市——上海的迅猛发展和急遽繁荣，标志着近代中国政治经济的巨大变革、社会的发展进步。但启蒙民众、启迪民智，改造国民性的历史使命仍未完成，从都市到乡村，病态的国民精神依然积重难返。

《人海潮》和《人心大变》中的福熙镇虽然紧邻中国最为开放发达、现代化程度最高的大都市上海，但依然同中国其他广袤的农村地区一样，闭塞封建、保守落后。愚昧的看客是平襟亚"人"系列长篇小说中常见的描写对象，也是福熙镇——中国农村中最为常见的群体。金二妻子在上海某总长请人家做帮佣，总长与情人有了孩子后，为了掩人耳目。便让金二妻子将其私生子带到福熙镇隐匿抚养。乡民——看客得知此消息后，争相观看总长的私生子，"男男女女，跟着五六十人……又哄动了全镇的闲人，把狭狭一条街塞得水泄不通……一众看客，男男女女，各恭恭手，笑嘻嘻站在旁边……一路看客人山人海，从此金二三间草屋门口，人像潮水一般涌了好几天"③。在都市中，愚昧的看客也是极为常见，丁剑丞赶到高新街探查案情时，"四面围着瞧看热闹的人，口讲指画，议论纷纭……看热闹的闲人，闹嚷嚷一阵大乱"④。这些乡村——都市中的愚昧看客，恰如鲁迅在《药》中描述的群体，"却只见一堆人的后背；颈项都伸得很长，仿佛许多鸭，被无形的手捏住了的，向上提着"⑤。

---

① 张光芒：《中国近现代启蒙文学思潮论》，山东文艺出版社2002年版，第272页。
② 网蛛生：《人海潮·第一集·第一回》，新村书社1927年版，第2页。
③ 网蛛生：《人海潮·第一集·第一回》，新村书社1927年版，第23—25页。
④ 网蛛生：《人海新潮·第一册·第三回》，中央书店1936年版，第11—14页。
⑤ 鲁迅：《药》，载《鲁迅全集·第一卷·呐喊》，人民文学出版社2005年版，第464页。

麻木的庸众不仅是中国农村也是中国都市中最为常见的群体，亦是平襟亚笔下的常客。大水灾暴发后，哀鸿遍野、饿殍遍地，作为乡绅之女的醒狮女士，却对水灾和难民漠不关心，直言天气炎热，应该再多下些雨水降温，"天气闷热异常，最好再落下十天雨，把天空里的水蒸气消散一消散，就凉爽得多"①。醒狮女士不仅在苏州受过现代高等教育，后来还搬去上海定居，她的身份背景与市民无异，她麻木冷漠的嘴脸代表了一众乡村——都市的庸众。丁幼亭因捉弄张和卿怀孕的妻子，导致对方早产，张和卿相约了四五个好友，对丁幼亭进行报复殴打，周围的庸众面对斗殴，顿时围拢上来，不是为了好言相劝而是能够隔岸观火，"看客这时都围拢来看相打"②。丁幼亭直到被张和卿等人殴打得没有了气息，围观的庸众们也无人劝阻。同样，在丁幼亭捉弄张和卿怀孕的妻子以及其他妇女之时，庸众们同样置身事外、袖手旁观。最终，丁幼亭被张和卿等人群殴致死，张和卿的妻子也因早产时出血过多而亡。庸众的麻木冷漠，恰是这两起人间惨剧发生的重要缘由之一，假若有人及时劝阻，完全可以避免悲剧的生成。

平襟亚还在作品中竭力呈现了"暂时坐稳了奴隶的时代"③。金大与妻女以及秦家兄弟的关系，是中国几千年来权力关系的缩影——君臣、父子、夫妻。金大对待自己妻女的态度十分蛮横凶恶，稍有不如意便无情打骂。金大妻和女儿银珠对待金大的暴行只是忍气吞声，不敢反抗。而面对有权有势的秦炳奎、秦炳刚兄弟之时，金大则换作一副嘴脸，在妻女面前耀武扬威、颐指气使的他，变得唯唯诺诺、怯懦卑微。先后做过乡董的秦炳奎、秦炳刚兄弟对于金大——农人来说，即是"专制时代元首"④，臣民见到元首君上自然卑躬屈膝、奴性十足。这种"稳定的时代关系"在金大一家人来到都市上海谋生后，

---

① 网蛛生：《人海潮·第一集·第十回》，新村书社1927年版，第257页。
② 网蛛生：《人心大变·第四集·第三十五回》，中央书店1934年版，第71页。
③ 鲁迅：《灯下漫笔》，载《鲁迅全集·第一卷·坟》，人民文学出版社2005年版，第225页。
④ 网蛛生：《人海潮·第一集·第一回》，新村书社1927年版，第3页。

依然坚不可破，银珠将自己辛苦赚来的钱财悉数交给父亲挥霍享乐——饮酒、赌博，银珠后来为了养家，先是沦落风尘，又做了达官贵人的姜室，她却从来不知反抗，只知逆来顺受。而金大则乐得女儿变身摇钱树，对于女儿的孝敬付出认为理所应当，无情地吸血压榨银珠。金大妻虽然怜爱女儿，但一切听从金大安排，毫无主见。兵匪之乱后，乡董秦炳奎被兵痞杀害，其弟炳刚接任乡董，乡董人选的变更，并未影响稳固的权力架构，农人们依然处于权力架构中的最底层，早已麻木并欣然接受。乡间看戏时，丁幼亭捉弄一位妇女，妇女对其一顿臭骂，骂声打扰了炳刚看戏，炳刚对该妇女随手就是两记耳刮子。妇女回家向丈夫哭诉，丈夫得知是乡董打人，便不敢再问询，而是把自己的妻子又打个半死。这次事件再次印证了中国几千年来稳定的社会关系，以及牢固的权力架构，只因妇人处于社会关系和权力架构的最底层，只能"无处申冤"①，忍气吞声，并成为了一种生活习惯，"我们极容易变成奴隶，而且变了之后，还万分欢喜"②。

平襟亚在其"人"系列长篇小说中，以看客—庸众—奴隶的叙事线索，暴露病态的国民性，尤其对病态的奴性和畸形的社会关系进行了深刻反思，并以水乡鹚鹚为主人捕猎鱼类进行隐喻，"赶着那鸟，那鸟便向一片碧波中，穿花蝶蛱似的和鱼类奋斗。鱼类见它便失却抵抗能力，给它生吞活咽，任意摧残。可是它虽负了水国军阀的威望，只恨不能把鱼类咽下肚子，可怜它每日挨饥忍饿，供人类的驱使，毫没实惠"③。这也是"五四"以来，以鲁迅为代表的"五四"学人在文学创作中持续关注的问题，充分体现了平襟亚强烈的社会责任感和历史使命感。

---

① 网蛛生：《人心大变·第四集·第三十五回》，中国书店1934年版，第70页。
② 鲁迅：《灯下漫笔》，载《鲁迅全集·第一卷·坟》，人民文学出版社2005年版，第223页。
③ 网蛛生：《人海潮·第一集·第三回》，新村书社1927年版，第63页。

结 语

长期以来，平襟亚的现代小说特别是长篇小说研究一直被学界忽视。他的"人"系列长篇小说创作，以自叙传式的纪实方式，以真挚深厚的情感，以严肃深刻和幽默反讽相结合的笔调，透视社会世相、刻画丑恶人性、暴露病态的国民精神，表现出了"五四"学人强烈的人文关怀精神以及社会责任感、历史使命感。除了创作长篇小说，平襟亚还撰写了大量的短篇小说，既有通俗的武侠、言情，也有历史新编。他的历史短篇小说主要创作于抗战时期，与另一位擅于撰写历史短篇小说的江苏籍作家谭正璧类似，均是将口耳相传、耳熟能详的历史传说、历史传奇，以"故事新编"的方式进行重新演绎，从而达到以古喻今、以古讽今的创作目的。平襟亚的文学创作，特别是现代小说写作，为中国现代文学尤其是江苏文学的发展做出了重要贡献，他的文学创作特别是小说写作实属一座有待开掘的文学富矿。通过对平襟亚"人"系列长篇小说创作的阐释回溯，不仅能够钩沉还原其完整的文学创作风貌，重审其文学史地位，对于中国现代文学来说，平襟亚的"重新发现"，亦是一种有益的补充。

第三章
"真美善"的追寻
——曾虚白小说新论

引 言

曾虚白,1895年4月生,江苏常熟人,原名焘,字煦白,曾朴之长子,有着文学家、出版家、翻译家、新闻家、政府高官、学者等多重身份。他的小说主要有《德妹》《魔窟》《潜炽的心》等小说集,长篇小说《三棱》等。曾虚白不仅发表了翻译理论,还亲自操刀,翻译了大量英美作品,包括《娜娜》《鬼》《目睹的苏俄》《断桥》《英雄与英雄崇拜》等。作为"唯美派"的重要支柱,曾虚白协助父亲曾朴在1928—1931年担任《真善美》主编,刊发了大量唯美主义小说,推动了唯美主义在中国的发展。不过,曾虚白的小说长期受到学界忽视。陈子善简要地概述过他的小说,而薛家宝、赵鹏、李雷等人,在研究中国现代唯美主义小说时,对于曾虚白的小说也只是做了简单的考察[①],王西强考察了曾朴曾虚白父子的文学活动,但并没有对曾虚白的创

---

① 参见薛家宝《唯美主义与中国现代文学》(中国社会科学出版社2015年版);赵鹏《海上唯美风:上海唯美主义思潮研究》(上海文化出版社2013年版);李雷《审美现代性与都市唯美风——"海派唯美主义"思想研究》(文化艺术出版社2013年版)。

作进行审美分析①。因此，重新打捞曾虚白的小说，梳理其特色与内蕴，挖掘其文化意涵，有助于丰富学界对于曾虚白小说的认知。

曾虚白生于簪缨之家，"禀赋是与生俱来的浪漫主义者，也就是与生俱来的除旧更新的革命斗士"②。曾虚白对于文学有着明确的主张与偏好，他和父亲曾朴受法国文学影响颇深，共同推崇"真美善"的文学主张，被时人目为中国的"仲马父子"。他与父亲曾朴一起，借助开出版社、办刊物、译介作品、文艺创作等活动，力图在上海打造一块独特的文化公共空间，"造成一种法国式沙龙的空气"③，团结了一批作家如邵洵美、徐蔚南、绿漪、傅彦长、张若谷、叶鼎洛、孙席珍、崔万秋、顾仲彝、马仲殊、谢康、朱雯等，积极宣传"真美善"的文艺主张。真是文学的"体质"，将"事实或情绪"恰如其分地写来；美是文学的"组织"，"布局和章法句法字法"；"善"是文学的"目的"，是"不超越求真理的界限"。这一主张，包含了"文体学、形式审美、艺术真实、文学的目的和发展变化的文学史观"④。在曾虚白看来，中华民族"受了几千年礼教的束缚，把精神上的感应性慢慢变成了麻木"，而读者们也并没有发达的审美。因此，要拯救这种颓势，需要改革目下的文学。在他看来，"文艺是没有时间性也没有阶级性的一个整个，不论它为的是人生或为的是艺术，永远是一个拆不开的整个，决不能给人家鸡零狗碎地切成了片段来供给某一时代或某一部分人所独享……文艺不是一件工具……凡要硬给文艺规定某种目标的举动，是错认了文艺，不，简直侮蔑了文艺"⑤。他承认文艺的目的性，追求文学"为人生"和"为艺术"的统一，反对文艺的"阶级化""工具化""时代化"。曾虚白以个人的创作实践，对心灵之真、形式之

---

① 参见王西强《中西融通与文学互鉴：曾朴、曾虚白父子与"真美善作家群"研究》，科学出版社 2015 年版。
② 曾虚白：《曾虚白自传》，联经出版事业公司 1988 年版，第 15 页。
③ 儿子：《曾孟朴先生年谱》（下），《宇宙风》，1935 年第 4 期。
④ 王西强：《中西融通与文学互鉴：曾朴、曾虚白父子与"真美善作家群"研究》，科学出版社 2015 年版，第 35 页。
⑤ 虚白：《给全国新文艺作者一封公开的信》，《真美善》1928 年第 2 卷第 1 号。

美、救世之善表现出执着的追寻。

一、心灵之真的刻绘

作为唯美主义的代表作家,曾虚白的作品往往热衷以"幻想来表现一切"①。在他看来,"所谓人生,所谓宇宙,只不过是这一颗神秘的心儿所幻造出来的景象吧?我们的心儿有知觉时感到了色,声,香,味,触,法,种种景象,幻成了宇宙,组成了人生"②。这种观念既糅合着佛教的观点,同时又重视心灵、情感意志,显示出驳杂的精神资源。

曾虚白认为人生就是表现"灵魂的经验"③,火的本体只蕴藏在灵魂的深处,默默地潜炽着,这潜藏在心里的火,要将现代社会心灵所遭受的困厄尽情地宣泄、抒发,方才为真实的体现。要纾解现代人这种愤懑、忧闷、孤独、压迫的心境,只有依靠文艺的宣泄,"我愿一切人把蕴藏在内心的火焰畅快地宣泄出来,烧断了一切束缚,吓退了种种呵喝,挺着胸,凸着肚,坦白无私地赤裸裸进行在人生的大道上"④。

对于现代人复杂心理状态的细腻捕捉,是曾虚白的拿手好戏。《偶像的神秘》讲述了两个站街女在黄昏中谈心的细节,轻俏圆熟的传授另外一个经验,只有神秘而高贵,才能得到男性的保护,"你只要两脚腾空老给他们个看得见,摸不到,男子们就当你个耶教的安琪儿,佛教的菩萨,哼着诗句赞美你,奏着音乐护从你,就叫他们磕头礼拜多是心服情愿的"⑤。此处,曾虚白以女性的视角,对于世俗男子的心理做了精妙的捕捉。《死飓》是一封瑛写给表妹纹妹的遗书,与顾仲起的《最后的一封信》有异曲同工之妙。信中充满激情的控诉、痛苦的自陈与灵魂的哀吟。瑛饱尝生活的痛苦,因为"逼闷""窒息",

---

① 曾虚白:《自序》,载《潜炽的心》,上海真美善书店1929年版,第1—2页。
② 曾虚白:《自序》,载《潜炽的心》,上海真美善书店1929年版,第1—2页。
③ 曾虚白:《自序》,载《潜炽的心》,上海真美善书店1929年版,第5页。
④ 曾虚白:《自序》,载《潜炽的心》,上海真美善书店1929年版,第6页。
⑤ 虚白:《偶像的神秘》,《真美善》1928年第1卷第7号。

要"尽情地宣泄","我要攻击一切,我要咒咀一切,我要揭破每个人脸上的假面具,叫他们无可掩藏地呈露出各人自私的丑相"[①]。

严酷的现代社会带来心灵的苦痛,是曾虚白着意的地方。当连生押上一切想在赌场里赢钱解决危机却被骗输光一切时,他"黑苍苍的脸蛋立刻变成了猪肝色,面颊肉像小儿抽风般地起了波浪,勉强把两张嘴唇嘻开了,算是微笑的表示"[②]。他看到赌场的那些人如夜叉鬼,"狞笑的夜叉头又在黑影里边飘荡过来"[③]。灵魂上的煎熬还有肉体上的宰割同样让《苦闷的尊严》中的陆县长痛苦不堪。当原本忠于职守、受人爱戴的陆县长面对美艳的少妇不能自持,与其发生关系而险些干扰司法公正时,"他觉得自己是一座莹洁的石像,受着许多人的膜拜,课时肚子里爬满了花脊的毒蛇,泥污的虾蟆,和各种最恶浊的动物;他又觉得自己是一朵庄严的莲花,在水面上卖弄它高洁的风姿,可是花心里却钻满了又臭又丑的蛆虫"[④],个人在理智和情感中煎熬、撕扯。《意外的收获》则以调侃的笔触展示了一个受制于社会风习、传统观念的懦夫的复杂心理。妻子和车夫偷情,懦弱的他知道真相后要捉奸,结果听到妻子怀孕的消息,又开始犹豫。他因为常年无后被大哥欺凌,霸占产业,而今妻子怀孕,但孩子又不是他的。他舍不得财产,想要儿子,但又要承受众人的讥笑与谩骂,他陷入"焦灼,彷徨,手足无措"[⑤]的境地,可怜可悲复可叹。

《三棱》中,对于质夫的精神状态有着细致的深描。倩娘是肉欲式爱情的拥趸,而丽娟则是精神恋爱的信徒,质夫苦苦追寻"灵肉合一"的理想爱情境界,但却在倩娘和丽娟两人的撕扯下左右摇摆。他痛恨倩娘对自己的诱惑,但自己却也沉溺于这狂热的肉欲;他爱丽娟的纯洁,但又无法忍受禁欲的痛苦,甚至不惜以多次自杀威胁,换得欲望的满足。"他歆羡光明,可是光明已

---

① 虚白:《死飓》,《真美善》1929年第3卷第3号。
② 虚白:《躲避》,《真美善》1927年第1卷第2号。
③ 虚白:《躲避》,《真美善》1927年第1卷第2号。
④ 虚白:《苦闷的尊严》,《真美善》1928年第2卷第5号。
⑤ 曾虚白:《意外的收获》,《金屋月刊》1929年第1卷第3期。

拒绝了他;他痛恨黑暗,可是黑暗又抓紧了他。肉乐的沉醉,在他已成了自己也十分厌恶的癖习,可是这鸦片般富有麻醉性的毒物,自有一种令人咬着牙齿热恋的魔力……他何尝不恨,何尝不悔,然而这是清醒时理智的警告,在肉乐的面前,理智只能算腐草堆里的一点萤光,怎当得那月华般灿烂的肉香酒色呢?于是他一次接一次的悔了又犯,犯了又悔,直到昨晚到底崩溃破裂,把他从山崖上跌到黑暗的深潭里来了。"①在愤怒,嫉妒,焦急,怨毒的感情中,质夫病倒了,精神错乱中,他仿佛看到丽娟一丝不挂呈现着羊脂白玉般透明白皙的肉体,微笑地望着他,在迷狂之下,质夫投湖而死,"小西湖莹洁的镜面上暂时起了一阵纷扰;一堆浪花播散出了几圈水纹之后,仍旧在月光斜照中,平平整整地看不出一丝裂痕"②。在这永久的平静中,质夫熄灭了欲望之火,余波散尽,一切归空。

《贡献》中,表哥表妹相处两年,朝夕相伴,两人情投意合,耳鬓厮磨,让他在"寒冷的人生"感到了"暖意",然而表妹突然转换了态度,不再与他亲昵。他找父亲诉说心中的痛苦,父亲向他揭示,自己早早就爱上了表妹。"我感激她的慈悲,我膜拜她的芳洁"③。父亲无意间窥见表妹的身体"薄纱影里,我窥见她半裸的肉身;精莹,滑润,在水银般的月光中,发着诱惑的光辉"④。在冲动中,父亲占有了表妹。事后,父亲也陷入了忏悔与痛苦,表妹竟又怀孕。父亲碍于"道德的监督和法律的干涉"⑤,无法娶表妹。表哥为了拯救父亲的名誉和表妹的贞操,主动提出娶表妹,但实际让表妹当父亲的妻子。结婚当天,表哥痛苦不已,灵魂处于剧烈的矛盾苦闷中。"他感觉到阴森森地包裹在死气里,眼看着明天照旧这样……还有数不清无穷无尽的明天也是刻板地顺序轮流着给他磨难"⑥,对于表哥而言,他将永远生活在耻辱与折磨中,

---

① 曾虚白:《三棱》,世界书局1933年版,第21—22页。
② 曾虚白:《三棱》,世界书局1933年版,第333页。
③ 虚白:《贡献》,《真美善》1928年第3卷第1号。
④ 虚白:《贡献》,《真美善》1928年第3卷第1号。
⑤ 虚白:《贡献》,《真美善》1928年第3卷第1号。
⑥ 虚白:《贡献》,《真美善》1928年第3卷第1号。

父亲与表妹乱伦,享受快乐的是他们,而恶果要他一人承担,他被一切人利用和抛弃,"踟蹰在四无人迹的沙漠里面"①。婚宴结束之后,父亲悄悄把新娘接走,而表哥也在当晚发疯。

在曾虚白看来,现代社会中,人的心灵受到种种的钳制,"铁铮铮的礼教,死板板的道德,严肃的国家,无情的社会,幸灾乐祸的智者,盲从瞎闹的庸俗,层层叠叠束缚他,形形色色啁喝他,禁止他宣露出灵魂的本相,于是他不得不忍受着种种苦痛,在人生的剧场上扮一个不是自己的傀儡"②。这种重压之下心灵的苦闷,灵魂的真实写照,正是曾虚白在小说中深入探索和积极表现的。

二、情欲之美的沉醉

曾虚白长期浸淫于欧美浪漫主义文学,与父亲曾朴一起翻译了法国的戈蒂埃、果尔蒙、即波德莱尔、皮埃尔·路易,英国的罗赛蒂、王尔德、乔治·摩尔,意大利的邓南遮和美国的爱伦·坡等唯美主义作家的作品,推动了唯美主义思潮在中国的传播。唯美主义推崇康德的批判哲学、叔本华的唯意志论、尼采的强力意志论,张扬个性,聚焦灵肉冲突,主张"艺术与利害无涉",表现丑陋、邪恶、忧郁、怪诞、神秘。"平生主张,艺术不当有其他目的,艺术之目的,即是艺术,即是写美;凡艺术家之头脑中,一涉及道德政治,所谓有功世道,或文以载道等言说,即失其美之价值,艺术即失其独立性矣。故艺术为艺术之学说,L'art pour l'art 首创者,戈恬也。"③ 在戈蒂埃看来,艺术意味着自由、享乐、放荡,而情欲书写则是唯美主义的重要题材。这种观念被曾式父子推重。曾虚白在《美与丑》中指出:"艺术的美是绝对的,是超自然的,是万劫不磨,古今如一的……不论哪种丑恶,不论哪种

---

① 虚白:《贡献》,《真美善》1928年第3卷第1号。
② 曾虚白:《自序》,载《潜炽的心》,上海真美善书店1929年版,第4—5页。
③ [法] 戈恬:《鸦片烟管》,东亚病夫译,《真美善》1927年创刊号。

污浊，一投进这只无所不容的熔炉里，立刻就变成了灿烂的鲜花。"①

在唯美主义作家中，皮埃尔·路易的小说《肉与死》（原名为《阿佛洛狄忒》）对曾氏父子影响极深。小说充满了颓废唯美的气质，在浓艳的肉欲中诉说爱与死的纠缠。曾朴的爱情小说《鲁男子》就有《肉与死》的影子，曾虚白同样对该小说推崇至极，认为其"美化丑恶的艺术真是纯洁高超到了不可思议的境界"②，"这本书把人类最丑恶的事材，例如变恋性欲、卖淫杂交、狂乱、蛊惑、嫉忌等等，在他思想的园地里，细腻地、绮丽地、渐渐蜕化成了一朵朵珍奇璀璨的鲜花，令人觉得浮在纸面上的只是不可言说的美"③。曾虚白的爱情小说同样美艳缠绵，在丑中发现美，是典型的波德莱尔《恶之花》式的手法。当然，还应该指出，曾虚白对于唯美主义的接受带有鲜明的传统烙印，是"从中国的旧文人角度来理解西方唯美主义的倾向"④。曾虚白的文学品味，在唯美颓废之中显示出浓厚的士大夫情调。

对于女性身体之美的精细描摹，是中国古典小说的特色，亦是唯美主义派的拿手好戏，曾虚白在其中调和了中西文学的笔法，形成一种古典又现代的情调。《苦闷的尊严》中，曾虚白着力刻画刘王氏的丰腴与性感，充满了古典的韵味："……一个最白润，最莹洁，备具了最停匀曲线的肉身。微俯的颈项弯弯地像个曲颈的花瓶盛着朵红白相间玫瑰般的脸庞；低垂着抚弄衣襟的手腕，像两条在水面上游泳的白鳝，软绵绵地自由动荡；鼓鼓的前胸，像水浪般耸起两个饱满的乳房，配着下面丰腴的臀部，刚形成一对极完整S状的凸弧线；弯弯的腰肢，配着小肚子底下内旋的曲线，又形成一对拱状的凹弧线；这两对凹凸的圆弧，相互地环抱着，把她全身的肌肉幻成一种球般圆，绵般软的映象。"⑤这里刘王氏具有古典美人的含蓄，同时又充满了摩登女郎的

---

① 虚白：《美与丑》，《真美善》1929年第4卷第1号。
② 虚白：《美与丑》，《真美善》1929年第4卷第1号。
③ 曾虚白：《曾虚白自传》，台北联经出版事业公司1988年版，第91页。
④ 吴福辉：《都市漩流中的海派小说》，复旦大学出版社2009年版，第98页。
⑤ 虚白：《苦闷的尊严》，《真美善》1928年第2卷第5号。

诱惑。她既性感又妩媚，在纯良的外表下，又压抑着强烈的激情，饱满、绵软、白润的躯体，散发着诱惑的气息。除了刘王氏，倩娘、表妹、翠姑等女性的身体，无不是在纯洁柔美中饱含了强烈的性吸引力，"她身上只剩水绿色的胸衣和短裤了。这醉人的衣色衬着红喷喷的白肉，仿佛是叶影里掩映着含苞的花朵。可是那轻薄的绸子并没有掩蔽了这奇花的色相，整个儿曲线停匀的肉体已差不多卸尽了庄严，尽情地施放它魔媚的神力"[1]。这样充满美与欲的身体叙事，显示出叙事者新旧羼杂的审美偏好。

曾虚白的爱情小说弥漫着浓厚的"颓加荡"气息——对于肉体的崇拜，对爱欲的赏玩式描写于迷恋，是其唯美主义风格的突出表现。《三棱》哀感顽艳，以诗意的笔调，叙事了一出情欲纠缠的恋爱悲剧。军事养成所教练官杨质夫，是个英俊潇洒但性格懦弱的青年。15岁时受到表嫂倩娘引诱，此后一直在灵肉之间挣扎。后来，质夫爱上了纯洁美丽的徐丽娟，要和倩娘划清界限。倩娘不甘心，便唆使与自己鬼混的丽娟的表哥王人俊去离间质夫和丽娟的关系。两人在波折中最终举行婚礼，不料倩娘大闹婚礼，使两人受尽讥讽和嘲笑。丽娟在新婚之夜与质夫分居，质夫痛苦万分，自杀未遂。同床后，丽娟因无法忍受，便离家出走，质夫苦苦寻觅，最终精神失常，坠湖而死。而第二天丽娟的信寄到，说自己决心回家与质夫和好如初，不曾想两人已是天人永隔。在写到倩娘与质夫的性爱细节时，曾虚白调用各种蛇、田鸡、癞狗怪异的现代性意象，以此象征两人畸形的不伦之恋。"这一对搏战在肉乐中的裸体，瞧它们怎样地拥着，搂着，翻腾着，嘶吼着，呈现出种种痉挛的怪相！这一个周身蒸腾着臭汗，那一个各部喷射着粘液，湿漉漉地胶住了皮肤。摩擦，抽搐像蛇盘着田鸡，在泥淖里打滚，嘶喘，呻吟，像横躺在街头的两条癞狗。"[2] 这里的描写，充满了现代性，于怪诞、丑陋、奇异中揭示人性的隐秘与幽微，也暗示出这种畸形肉欲最终会给两人带来毁灭。

曾虚白对于痛苦、死亡、颓废、黑暗表现出别样的偏爱，通过对现代人

---

[1] 曾虚白:《三棱》，世界书局1933年版，第14页。
[2] 曾虚白:《三棱》，世界书局1933年版，第18页。

情感模式、感受方式、想象能力的勘探，力图构建一种现代美学。他小说中的人物，如《躲避》中割腕的连生，《死飓》中蹈海的瑛，《三棱》中坠湖的质夫，《贡献》中发疯的表哥，这些或者是软弱可笑地死去，抑或被动地走向灭亡，都是这一疯狂世界中黑暗和撕裂的彰显，也体现出叙事者对于荒诞世界的批判意识。受惠于象征主义，曾虚白调用对于色彩、气味、声响等十分敏感，赋予被遗忘的事物以声音和形象，并与主体情绪相契合。在波德莱尔那里，世界是一座象征的森林，人与世界相互契合，语言是启发性的巫术，赋予事物广泛普遍的"寓意"，"洞察人生的底蕴"，展现世界的本质。"契合"可分为水平契合与垂直的契合，前者指声音、色彩与气味的交感，即为通感或联觉，"芳香、颜色和声音在互相应和"①。曾虚白喜欢用象征手法来表现情欲的声色。在描摹丽娟对于性爱的初次尝试的恐惧时，他用各种声响来表现丽娟内心的震荡，充满了华丽的颓废的美感。"整个儿宇宙是个风狂浪急的大海，阴沉的黑雾充塞了空间，冥冥濛濛中只感到轰轰般的涛声，猎猎般的风声，天在旋，地在转，渺小柔弱的身躯，这下子只有打成齑粉，化作微尘的份儿的了。"②而面对倩娘的诱惑，质夫恐惧不安又沉醉其中，曾虚白的笔力亦是独到，"他的灵魂像大风中的烛火般摇曳着。背脊上一股灼热的沸流通过每一节脊椎，直灌到他的尾间，同时胸臆间却塞满了郁郁勃勃的烦懑，胀得他气也喘不过来。他索索地周身发抖、颤颤地微声道：你……要我的命！"③

曾虚白对于灵肉冲突醉心把玩，尽管在情欲的张扬中凸显出对于个性解放的推崇，但也不免有耽溺的成分，而过度追求"幻想的技巧""情节的技巧""心理的技巧""文字的技巧"，不免也使得作品失去了对于人物"性格与举止的体贴"④，最终也不免失去了对于生活、社会复杂本相的深刻揭示。

---

① ［法］夏尔·波德莱尔:《恶之花》，郭宏安译，安徽文艺出版社2013年版，第15页。
② 曾虚白:《三棱》，世界书局1933年版，第296页。
③ 曾虚白:《三棱》，世界书局1933年版，第15页。
④ 德妹、曾虚白:《介绍批评与讨论》，《狮吼》1928年复刊第11期。

三、道德之善的承担

曾虚白出身常熟世家,曾家在地方上是"领袖阶层",一直着力于培养子孙"领导群伦,服务社会"①的能力。这种家学传统,让曾家子弟都养成了一种人格锻炼的自觉:"应该跳进社会里,抱着不满现实,发奋革新的精神,来做一个领导群伦,服务社会的有用读书人。"②儒家的入世情怀,深藏在曾虚白的人格结构中,因而,在提倡唯美主义、新浪漫主义的同时,曾虚白始终未能忘怀文学的伦理关切,这种充满"永不荒芜的,是他那颗不失望的心"③。因此,曾虚白的《魔窟》《三棱》等作品中,鲜明地显示出中国传统小说叙事伦理的影响,在艺术的追寻之外,不忘道德的承担。

1928年4月到12月,曾虚白创作了《檴果》《傀儡》《鬼子》《徐福的下落》《孝子》《魃诉》六篇神话小说,并于1929年结集为《魔窟》出版。苏雪林为这部书写了序言:"篇篇带着象征的色彩,含蕴着庄严的意味,深沉的悲哀,尖刻的讽刺,痛愤的诅咒,作者两眶热泪,一腔热血都融化在牛鬼蛇神的墨痕里。"④《魔窟》文如其名,曾虚白将内心对于黑暗社会的愤懑投射到神话故事中,实现了神话故事的现代转换,并跳脱了原有的固化意涵,以尖锐的讽刺和悲愤之心刻写乱世众生相,塑造了一个充满丑恶、欺骗、罪恶的魔窟世界,表现出作者的强烈批判意识与现实关怀。

《檴果》刻画了六尾六翼的生性和气、长袖善舞、三头六尾、八面玲珑的小鹟鹟的形象。不论多么乖张暴戾的强徒,听了他"软绵绵悦耳的笑声"⑤就会被他软化。由于他保护了猷鼠,猷鼠为了感激他,搬进他住的山洞,每天给他带来三餐食物。猷鼠有着"猎犬般的齿力,狡兔般的脚劲,扑灯蛾般的

---

① 曾虚白:《曾虚白自传》,台北联经出版事业公司1988年版,第15页。
② 曾虚白:《曾虚白自传》,台北联经出版事业公司1988年版,第26页。
③ 虚白:《友谊的花朵》,《田家》1948年第14卷第18期。
④ 苏梅:《序文》,载曾虚白《魔窟》,真美善书店1929年版,第12页。
⑤ 虚白:《檴果》,《真美善》1928年第1卷第11号。

勇气，采花蜂般的耐苦性"①，像贤内助一样为鹝鹝服务着。而当猷鼠抱怨时，他却用道德绑架骗取猷鼠继续为自己服务："真正好朋友只该问自己怎样做，不该问人家怎样报答我。"②由此，猷鼠母子对他心悦诚服。鹝鹝利用猷鼠帮他得到长生不老的櫰果。在得知櫰果成熟后，他想出了一个调虎离山计，让猷鼠母子钻在草丛里吸引看管櫰果的老驳，老驳对着草丛喷火，自己趁机飞上树吃掉櫰果变成了九头鸟，而猷鼠母子却葬身火海。《櫰果》讽刺了如鹝鹝一般伪善自私的人。有学者认为，鹝鹝是影射北洋政府总统黎元洪③。《魃诉》拆穿了黄帝的假面，刻画出一个自私阴狠的帝王形象。魃吸干了洪水，杀死了蚩尤的弟兄，使得百姓生活重归安宁。然而就在群众顶礼膜拜之时，黄帝因为嫉妒而心生怨恨，大声斥责百姓："这不是天仙，这是一个鬼，是一切乖戾所钟的魃鬼。"④此外，黄帝偷去了的灵符，这就使永远失去了被天帝援救的机会。黄帝以阴险残忍的手段成就了自己的"圣明"。《孝子》⑤中史是让虚伪的舜无处遁形。舜不是纯良无私的人，他在表面维持孝子的美名，暗地里却为逃脱陷害做了充分准备。仓库着火，他驾着两顶像翅膀一样的大草帽从廪顶飞下，逃离险境；挖井被埋，舜便立马逃到提前挖好的地道里，暗自庆幸，"笑一切人的愚傻"。此处，舜处心积虑营造"孝心"形象的用意也昭然若揭。《鬼子》中，颛顼帝重鬼轻人，三个儿子借其威名荼毒生灵，变成了三大恶鬼：疟鬼、魍魉鬼和小儿鬼。小儿鬼残害儿童，疟鬼吞食灵魂，却美其名曰"改造人生"，魍魉鬼吸食人精血，却号称"养成我的体力去谋大多数人群的幸福"⑥，这些鬼子，不难让人联想到民国政坛上的大小军阀。《傀儡》将原本穆天子和西王母浪漫的约会，改写为一出阴谋剧。二人在玉山分手时，

---

① 虚白：《櫰果》，《真美善》1928年第1卷第11号。
② 虚白：《櫰果》，《真美善》1928年第1卷第11号。
③ 祝宇红：《"老新党的后裔"——论苏雪林〈天马集〉与曾虚白〈魔窟〉对神话的重写》，《现代中文学刊》2011年第2期。
④ 虚白：《魃诉》，《真美善》1928年第3卷第2号。
⑤ 虚白：《孝子》，《真美善》1928年第2卷第6号。
⑥ 虚白：《鬼子》，《真美善》1928年第2卷第1号。

西王母假意答应穆天子全力扶持他，特意安排机巧多变的机器人送给他做帮手，保证他每战必捷。没想到机器人有了思想，觊觎穆天子的地位，打死了护卫甚至要取代穆天子，真正的傀儡却是穆天子。① 而在《徐福的下落》中，曾虚白的讽喻现实之用意就十分明显了。徐福途中遭遇海难后靠岸到犬封国。这里的矮人姓狼，是恶狗盘瓠的后代。盘瓠本是一个老妇人脸上的肉瘤，被割下后变成了狗，"比狼还狠，比狐还狡"②，在替高辛氏打败犬戎后，强迫高辛氏将女儿嫁与它，但终因恶狗难调，最后高辛氏决定让他们远离大陆，用大船将女儿和狗婿送到了会稽东南的国上定居，后来称为犬封国。此后，这里出生的男人都脱不了阴狠残酷的本性，而且遗传了喜吃人肉的狼性。他们虽和秦朝人有些相像，但是却丑陋得多，"弯曲八字式分开的腿"③，"仿佛酷肖一种日常惯见的动物"④，他们居住的房子矮小简陋像是"秦人烧给鬼住的纸房子"⑤，建筑的材料粗制滥造，在这个小人国里"女人……算不了什么……随便使唤"⑥。这些都是国人对日本的日常想象，流露出对日本帝国主义的强烈的谴责，也表现出拳拳的爱国忠心，这正是深受儒家影响的曾虚白在家国危机面前展现出的自觉承担。

如果说神话的重述表现出曾虚白借古人之酒杯浇胸中之块垒的用意，那么在《德妹》《潜炽的心》中的部分小说，亦能看出作者对于底层生活的关切。在这些小说中，有形形色色的社会各阶层人物，有因为被家庭压迫而无路可走的年轻女性，有眼馋红烧肉没有吃到却挨打的小女仆，有从未关心过母亲直到母亲临死才觉醒悔悟的浪荡子，有在战争中泯灭人性的士兵，有因为金钱铤而走险最后丧命的店员，有孤苦无依、最后沦为大盗而被砍头的小乞丐……对于贫苦无告的社会下层，曾虚白表露出深切的同情与观照。

---

① 虚白：《傀儡》，《真美善》1928 年第 1 卷第 12 号。
② 虚白：《徐福的下落》，《真美善》1928 年第 2 卷第 4 号。
③ 虚白：《徐福的下落》，《真美善》1928 年第 2 卷第 4 号。
④ 虚白：《徐福的下落》，《真美善》1928 年第 2 卷第 4 号。
⑤ 虚白：《徐福的下落》，《真美善》1928 年第 2 卷第 4 号。
⑥ 虚白：《徐福的下落》，《真美善》1928 年第 2 卷第 4 号。

《死飓》中,父亲外出几年,母亲和隔壁教书先生王伯伯偷情。"我"不小心说出了真相,父亲与母亲大闹。母亲暴打"我"一顿,此后一直拿"我"出气。肉体的痛苦,精神的悲哀,让"我"绝望,"我"决定离家出走去投奔父亲,路上却又被"善良"的王太太骗走,卖给徐仁甫做小老婆。表妹带着父亲来捉"我"回家,丈夫怕事连夜逃走,把"我"抛弃。回家后,父母对我打骂、羞辱。我决心要逃离家庭,跳出这个"杀人的家庭"。无可依托的孤魂,投靠了曾经帮过"我"的师太,结果孩子被她偷走送给了丈夫,在这种多重的侵害下,"我"最终决定自杀。《红烧肉》中大司务做了香喷喷的诱人的红烧肉,小翠哀求吃一块却被大司务羞辱,鼓起胆子来去偷楼上的红烧肉,结果肉早被猫儿偷吃,小翠又被毒打。《赎罪》中的他是个赌徒,在母亲病重临终前才觉醒了对母亲的爱,他对自己的行迹感到深深的罪责与忏悔,然而母亲此时撒手人寰,留他在永远的追悔之中。

在罪恶黑暗的社会中堕落腐蚀的人性,而忽视了"内心的改造"的个人,沉沦在这"魔窟"当中,亦会变得丑恶不堪,变成行走的魔鬼。对于这样的人,曾虚白给予了沉痛的批判。《回家》中,纯朴的小狗子被抓了壮丁,看到弟兄如落叶般的死,新的士兵如潮水般涌来。他"豆腐般的心肠从此硬邦邦地成了铁石"[1]。小狗子成了战斗英雄,但也变得冷酷无情,他在战争中磨灭了人性,内心没有任何情感。当他回到自己的家乡时,不仅踹自己的父亲,还让士兵拿姐姐当发泄的工具,甚至听到姐姐的凄厉惨叫还拍手喝彩。叙事者在小说的最后悲切地发问:"这能是小狗子吗?"[2] 尽管叙事者并没有做连篇累牍的批判,但在这一句简短的反问中,包含了沉痛的批判,"小狗子"已经彻底堕落为"非人",他在战争中泯灭了人性与良知。《法网》里,乞丐小苦鬼因捡了钱包而被关押了十天。进拘留所后,王二安慰他,让他感到人世间罕有的温情。出来后,小苦鬼成了盗贼,偷窃又被抓,后来老李约他持枪抢劫商铺,不料老李被枪毙。饥贫交加中,又遇到王二。在王二的威逼利诱下又

---

[1] 虚白:《回家》,《真美善》1927年第1卷第4号。
[2] 虚白:《回家》,《真美善》1927年第1卷第4号。

去犯事，再次被抓砍头。小苦鬼的死，固然是社会的恶果，但与小苦鬼自我的堕落也有直接的关系。

《躲避》中，老实可靠的连生和阿珠姐姘居，阿珠因为打牌输掉了主人的十元钱，向连生要钱，连生没钱，还要供养家里遭兵燹的老娘，阿珠便要分手。无奈之中，连生只好去赌场碰运气，结果被骗输了七元，给老娘的十元汇票被抢走。回家后，受到阿珠尖刻的话语的刺激，悔恨，焦灼，在美孚灯光中看到骷髅的光影。绝望之中，连生去偷阿三的钱财，把老娘的汇票赎了出来，还想着给阿珠还钱。然而被发现了，他四处逃窜，却又被赌场的阿根盯上。这个"无告的小偷"，在走投无路之中，他去找宅心仁厚的周先生，趁着休息的空档，用菜刀自我了结，连生的自杀，具有震撼人心的悲剧性力量，正是因为他内心道德的觉醒。他意识到自我的堕落，因为缺钱而放任自我赌博、偷窃，陷溺于深渊之中，最终导致自我的毁灭。《历劫》中，进驻的军官谦恭有礼，和蔼可亲，年少英俊，"我"被撩动了春心。在迷乱中，"我"任他拨弄，正要放纵自我沉沦于欢爱之时，忽然被德哥悲怨的长叹惊醒，"我"挣脱出来，恢复了理智。德哥的长叹，是一记重锤，敲打着"我"迷乱的心，使"我"重新拾回人妻的道德。《爱的历劫》中，松亭、翠娟两人结婚之后，却因为贫困相互怨憎。翠妹做了黄金的奴隶，也逼迫松哥做了十年的牛马。不过最终两人终于觉醒，"摔脱了金钱的羁绊来受爱神的雨露"①，拥有了"干干净净，一尘不染的赤心"②，他们彼此包容相爱，"永远把爱神的银箭穿在一块，紧紧的偎倚着"③。这两部小说的结局，虽然有古典小说"大团圆"的通套，但背后其实是作者的道德立场的凸显。这样的爱情，摆脱了肉欲的纠缠，克服了金钱的诱惑，也抵挡住了时间的消磨，因而变得纯粹和永恒，它是道德的爱情，也是爱情的道德。

---

① 虚白：《爱的历劫》，《真美善》1927年创刊号。
② 虚白：《爱的历劫》，《真美善》1927年创刊号。
③ 虚白：《爱的历劫》，《真美善》1927年创刊号。

结 语

曾虚白有多样的身份,在现代文学史上,他积极参与了唯美主义在中国的传播,有着不可忽视的重要作用。对于曾虚白来说,颓废——唯美主义不只是文学的风格,更是生命理念与生活哲学。他与父亲极力在真美善出版社一块小小飞地里营造出法式沙龙氛围,投射自己的不俗的品位、优雅的格调、高尚的情趣以及上流的生活方式。他们的生活本省就是艺术化的。他们衣着得体,外语流利,喝咖啡、吃西餐、跳交谊舞、听爵士乐,举止审美被日常生活化、贵族化,不管是衣食住行,都向西方绅士靠拢,是中西文化交融的产物,也是商业主义的俘虏。不过,尽管他们对于西方文化极度向往,却也只能在十里洋场做一个"假洋鬼子"。在动荡的中国,唯美主义文学必然无法发展壮大,极力提倡唯美主义的曾虚白,最终弃文从政,背后或许也是出于对文学无力拯救社会的失望。尽管如此,却仍然需要指出,曾虚白在他的小说创作中,表现出对于真美善的坚守,表现心灵之真,情欲之美,道德之善,并以此作为拯救社会与人心的重要途径。不得不说,曾虚白为代表的唯美主义作家,"以独立和坚韧的精神,呈现出那个时期相当一批作家对艺术的执着、对美的纯朴追求。它们的存在,是中国文学现代性追求多样性和丰富性的表征"[①]。

---

① 杨联芬等编:《20世纪中国文学期刊与思潮:1897—1949》,百花洲文艺出版社2006年版,第180页。

第四章
幽默风味·克制情感·心灵探秘
——徐蔚南现代小说创作论

引 言

徐蔚南，原名徐毓麟，笔名半梅、泽人，1900年4月生于江苏吴江盛泽镇（今苏州）。1924年由柳亚子推荐，参加新南社。1925年加入文学研究会宁波分会——"散文白马湖派"，"作为二十年代中后期的一种客观存在的文派，它是文学主张、艺术见解、创作风格、美学特征大致相似和相近的'为人生派'作家群的结合，是以朱自清、夏丏尊、丰子恺为轴心，团结一批志同道合者或师承者的自然形成。这个文派似有三个作家群落组合而成：第一群落为春晖园（包括宁波四中、江湾立达学园）的同志，后又扩展至立达学会同人。属于这个群体的尚有朱光潜、李叔同、俞平伯、叶圣陶、刘薰宇、刘叔琴、胡愈之、郑振铎诸家，另有浙东硕彦经亨颐。这是'同志的集合'，是文派的主干和核心。第二群落为文学研究会宁波分会团体组织雪花社中坚王任叔、张孟闻等在春晖执教鞭的同人。第三群落为刘大白及曾客居绍兴和白马湖畔写《龙山梦痕》的徐蔚南、王世颖。总计十八家"[①]。文学研究会入会

---
① 朱惠民：《论现代散文"白马湖派"》，载王建华、王晓初主编《"白马湖文学"研究》，上海三联书店2007年版，第16页。

号为 144 号。

徐蔚南的文学创作是以散文——小品文见长,"蔚南是小品文作家,听说以前他在申报艺术界用笔名所发表的几篇谈琐细事物的小品文写得很好"①。除了写作散文,徐蔚南也撰写过多部现代小说,有短篇小说集《奔波》和《都市的男女》。作为散文家的徐蔚南在创作现代小说时,擅以恬淡闲适、幽默风趣的散文笔法,在平凡的社会生活中,发掘情趣、反思人性、抒发情志。其小说罕见激烈的矛盾冲突、波荡的情节起伏,抒情言志亦是点到即止,"以清丽细腻见胜,虽然一个极枯窘的题目,他也能娓娓动人的写了出来,他的思想平凡,生平不作奇想,而行文亦避险就夷,不作奇突之波浪。但于平凡中都饶有清丽之致,有时抓住一中心思想,作绵绵不断之解说,亦殊足动人"②。同时,又以现代小说家的敏锐触感,去描摹现代都市男女隐秘的精神世界。

一、幽默的风味

曾虚白曾指出徐蔚南的小说表现出了"微讽的笔风"③,这与徐蔚南小品文家的身份不谋而合。徐蔚南的小说颇具小品文的气质,"小品文是篇幅短小、形式活泼、内容多样化的一种杂文……现代小品文受西洋 essay(随笔)的影响很深,往往令人有幽默感……描写社会生活的各个方面。宇宙之大,苍蝇之微,无一不可以写……好的小品文常常是幽默的。幽默并不就是滑稽,滑稽只是逗笑,而幽默则是让你笑了以后想出许多道理来"④,表现出了一种典型

---

① 赵景深:《徐蔚南》,载《文人剪影》,北新书局 1936 年版,第 83 页。
② 高士:《记徐蔚南之著作生涯》,《茶话》1948 年第 21 期。
③ 虚白:《都市的男女·小曾序》,载徐蔚南《都市的男女》,上海真美善书店 1929 年版,第 8 页。
④ 王力:《平平仄仄平平仄》,天地出版社 2019 年版,第 301—302 页。

的幽默风味,而非辛辣无情的讽刺批判,"没有讽刺"[①]。

《都市的男女》描写"他"偶遇了三个貌美的年轻女子,便邀请她们先同游苏州,再共赴上海。这三位女子并非涉世未深的无知少女,而是终日混迹江湖的白相女子。她们也想试探"他"的身份钱财,以决定是否与他继续交往。到了苏州后,她们便约"他"去当地最高档的糖果铺购物,消费了40多元,谎称忘带钱包,让"他"结账。"他"抱歉地告知对方,自己只有20元钱,无法负担账单。回到酒店,三位女子马上谢绝了"他"之前提出的去上海游玩的提议。"他"便识趣地离开,走出房门前时故作惊讶地掏出一沓厚厚的钞票,告诉她们,自己忘记口袋里有钱了,使她们颇为惊讶和尴尬。小说并不是去批判人性的阴暗丑恶,也不是去暴露某些黑暗世相,而是以一个出乎意料的幽默反转,为全文的风格定调。尤其是结尾"他"的连续两句"完全忘记了"[②],更是令人捧腹,也揭示了人生的多变无常——原本被戏弄、被歧视的猎物最后竟变成了掌控全局的猎手。

《戏剧》描写了一个"呆头呆脑……不赞成赌博……很老实"[③]的洋货店老板张仲芳,也不赞成去妓院白相。即使赌博仅仅是小赌怡情,即使去妓院仅仅是为了应酬,他甚至还想成立一个"娼门绝迹会"。他平素甚少喝酒抽烟,用的烟酒也都是最便宜的国货。在生意伙伴的眼中,张仲芳绝对是一个大好人。张仲芳后来娶了一个名叫老四的妓女为妻,婚后便和老四终日混迹上海的跑狗场,最后欠下了几万元的债务。债主们纷纷上门讨债,老四便让她担任警头的寄父金人豪率领数十警察,将这些讨债的债主以涉嫌绑架张仲芳的罪名全部逮捕,当债主们第二天被释放出狱后,发现张仲芳和老四早已不见踪影。张仲芳前后的所言所行、所作所为,形成了巨大的反讽,使他的人生

---

① 徐蔚南:《都市的男女·代序》,载《都市的男女》,上海真美善书店1929年版,第5页。

② 徐蔚南:《都市的男女》,载《都市的男女》,上海真美善书店1929年版,第30页。

③ 徐蔚南:《戏剧》,载《都市的男女》,上海真美善书店1929年版,第32页。

构成一出反转的戏剧,也使全文洋溢着幽默的风味。通过描写张仲芳的"戏剧化"人生,徐蔚南以幽默反讽的笔调对人生、人性进行了哲理深思。

《念二万四千》描写了张克敏的公司前竖着巨大的广告牌,上面在宣传A字香槟的头彩有二十二万四千元之巨。张克敏认为中头彩难如登天,无异于痴人说梦,"这种买香槟票的人真可怜,痴呆呆地想发财……真是痴想梦想"①。对此嗤之以鼻的他却在看完广告后,不停幻想获奖后的奢侈生活,甚至幻想到自己变身富豪后,被匪徒绑票的情景,惊出一身冷汗。张克敏前后对待彩票的不同态度形成了典型的反讽,尤其是对自己被绑票的幻想更是令人莞尔。小说并不是去批判以张克敏为代表的都市人对金钱的沉迷追逐,作品中还描写了善良的张克敏幻想变成富人后,要去接济穷人。他深知这种幻想是不切实际的,试图努力克制这种不切实际的幻想,却发现难以抑制,内心无比矛盾。徐蔚南通过描写张克敏有趣幽默的幻想,实则揭示了都市生活的艰辛不易。张克敏做了七年店员,每月薪金只有区区四十元,生活拮据、入不敷出。他渴望能让妻子过上更好的生活,却无能为力,只能苦苦挣扎,而彩票则成为了他改变人生命运的一种不可触摸的捷径。徐蔚南以张克敏的幽默幻想去映射都市普通市民的心理和人生,以反讽的笔调去展现都市人的矛盾心理。

徐蔚南擅以幽默的水彩去滋润小说之田的创作,最终结出的是富有人生哲理的艺术之花。作品中难见奇凸的冲突或情节,而是以闲适恬淡之心,幽默风趣的谈天说地。常用反讽技法形成前后之反差,更显滑稽有趣。在幽默的风味中,渗透着自我的对人性、命运、人生等问题的理性沉思。

二、克制的情感

徐蔚南曾说过,他的小说,"没有喊穷,没有喊革命,没有喊被压迫,没

---

① 徐蔚南:《念二万四千》,载《都市的男女》,上海真美善书店1929年版,第64页。

有讽刺,没有变态的性欲,也没有颓废,所以我的小说是完全失败了"①。这既是一种幽默的自谦,也是一种对个人创作的清晰自剖。徐蔚南的现代小说不是以"喊"——激烈的矛盾冲突、波荡的情节起伏、主观情绪的肆意倾泻,去布局全篇,而是以一种"克制"的情感去建构文本。

徐蔚南的现代小说中也有对贫穷的描写,如《衬衫》展现了一个贫穷家庭的日常生活。但"他"贫穷的家境不是阶级的压迫所致,而是意外的发生,"姊夫家里的洋货店忽然失火。好几万的财产在二三小时里完全化为灰烬;当日的荣华刹那间变成为一片凄凉"②。也不是军阀混战所致,虽然作品中涉及了"第一次江浙战争"③的情节,"卢督军和齐督军的战争爆发了"④。却不同于谭正璧在《落叶》中对"第一次江浙战争"爆发后,普通民众悲惨命运的详细刻画和强烈控诉,《衬衫》对"第一次江浙战争"的描写是点到即止,"他"的家庭和家乡幸运地没有受到战火的影响。小说主要描写的是姐姐对家庭尤其是弟弟的无私奉献,终日辛勤劳作的姐姐最终因过度操劳而不幸染病离世。当姐姐发现弟弟唯一的一件衬衫有了破洞,便连夜进行了修补。这令"他"大为恼火,嫌弃穿着有补丁的衬衫去学校教课会丢面子。事后则无比自责,悔恨自己对姐姐的恶言恶行。小说意在通过修补衬衫这件事来传达一种温暖婉约的亲情,以及"他"对过世姐姐真挚含蓄的思念之情。

徐蔚南的现代小说中也有对革命的描写,如《一九二七年的李四》,就描写了大革命爆发后,一座小城里的一个革命投机分子的人生趣事。作品塑造了李四这个具有"阿Q"特质的人物形象,展现了他在革命到来之后的种种表现。李四加入革命是为了攫取权力和金钱,当他得知革命可能失败时,便迅速撇清与革命的关系,当革命胜利,他获得权力后,遂变成了一个颐指气

---

① 徐蔚南:《都市的男女·代序》,载《都市的男女》,上海真美善书店1929年版,第4—5页。
② 徐蔚南:《衬衫》,载《都市的男女》,上海真美善书店1929年版,第118页。
③ 即齐卢战争、甲子兵变。
④ 徐蔚南:《衬衫》,载《都市的男女》,上海真美善书店1929年版,第125页。

使、欺压弱小的官老爷。当读者以为徐蔚南要像张资平《青春》《石榴花》等作中那样,思考和透视"革命发生后怎样"这一复杂的社会问题之时。又或是像茅盾《蚀》三部曲中那样,呈现错综复杂的社会矛盾以及革命之路的荆棘密布之时。徐蔚南笔锋急转,转而刻画意外发生之后,李四坚定诚恳的悔过之心。命运——"果报"[①]使李四实现了自我的救赎。小说对李四的批判点到即止,情感极为克制,转而去描写他真诚的忏悔和改变,渗透着"命运对人性的影响"的哲理深思。

徐蔚南的现代小说中也有某些颓废情感的呈现,如《梅子》《珊瑚》《因风想》。三部爱情题材的创作,分别涉及了懵懂浪漫却又无疾而终的姐弟恋和师生恋。小说以悲剧——死亡终结,但悲剧的生成并非完全由家庭或社会所致,而主要是一种命运悲剧,"物理的或自然的情况所产生的冲突,这些情况本身是消极的、邪恶的,因而是有危害性的"[②]。前两部小说的女主人公梅子、顾珊瑚均因疾病而香消玉殒,而《因风想》的女主人公"她"则是为革命献身。当"我"得知介于知己与爱人之间的好友梅子、顾珊瑚和"她"去世后,"我"暗自神伤,一种颓废的情感——忧郁悲哀之情由内心自然发出。《梅子》《珊瑚》同《衬衫》《一九二七年的李四》等作品表现出的宿命论相呼应。而《因风想》中的"她"虽然冲破了封建家庭的阻挠,取得了封建思想根深蒂固的父亲的谅解,成为了一名真正独立的女性,却在革命中献出了年轻的生命,依旧没有摆脱死亡的悲剧命运。《梅子》《珊瑚》《因风想》,虽然呈现出了某些颓废——悲哀的情绪,"悲哀与寂寞已包裹了她的全身,她是人海中的孤雏"[③],却是点到即止。"我"并未同梅子、顾珊瑚和"她"成为真正的情侣,彼此只是倾慕,因此并没有爱情小说中那种常见的生离死别和悲天呼地,全篇渗透的只是人物淡淡的哀伤以及自然的怀念之情。主旨也意在揭示世事的无常、命运的捉弄,展现了徐蔚南对命运、对人生的形而上的思考,使文本

---

① 徐蔚南:《一九二七年的李四》,载《奔波》,北新书局1928年版,第67页。
② [德]黑格尔:《美学》第一卷,朱光潜译,商务印书馆1979年版,第262页。
③ 徐蔚南:《因风想》,载《都市的男女》,上海真美善书店1929年版,第98页。

仅有悲哀之情的淡淡渗透,却绝无充溢,由此凸显了作者的情感克制的文本建构理念。

作为文学研究会会员的徐蔚南,同样关注社会人生,在其现代小说中,也涉及和反映了各种社会问题,但并不是旋风式的疾呼,也并非雷霆式的呐喊,而是以一种润物无声式的方式——克制情感,去建构文本,以恬淡婉约的方式去抒情言志。同时,在诸多问题的描写和呈现中,还渗透着作者本人对命运的形而上的哲理深思,理性的深思明显超越和压制着感性情绪的倾泻。

三、隐秘的心理

徐蔚南的短篇创作,表现出了现代小说重视心灵探秘的特质,"研究现代文学的人总爱提到马赛·普洛斯特(Marcel Proust)的大名……他在探寻人物内心的活动,因此遂为现代读者所不能咀嚼而摇头了……他的小说着重于内心分析,人物的活动不过是他所要描写的精神活动的佐证而已……为现代小说着重于内心分析的大路奠下了第一块基石"[①]。在徐蔚南的某些现代小说中,情节叙述甚至完全让位于心灵探秘,剖析探究人物复杂多变的隐秘精神世界成为建构文本的主要方式。

《奔波》描写了蓝君趁学校放假,去故乡看望自己患有"歇斯坦利"症状的姐姐。小说的全部情节就是对蓝君归乡旅途中的隐秘心理的呈现与剖析。当他得知所搭乘的邮局轮船的船舱内无法点火看书,内心变得焦躁,思考如何能够消遣掉这无聊的一夜。他看着船舱内数个装满信件的布袋,内心时而紧促、时而宽舒,想象着这无数的信件里面包含的是人类无尽的悲喜哀乐。当他触碰到随身携带的书籍《你往何处去》后,虽明知即将归乡,内心却屡次向自己低问:"你往何处去?"[②] 既呈现出一种无可名状的悲哀,又是一种存

---

① 叶灵凤:《谈普洛斯特》,载《读书随笔》,杂志公司1946年版,第39—40页。
② 蔚南:《奔波》,《午钟》1924年第5期。

在主义哲学的典型发问。蓝君看着船外黝黑的山、墨青的宇宙、墨水似的河，内心颇有寒意，烦闷依旧、恐惧新增。下船后，他转乘火车，当他看着天亮后车窗外生机勃勃的景象，内心变得舒畅，暗自惊叹宇宙的庄严。当他看着坐在自己对面的妇女和小女孩时，又联想起了自己的莲姐姐与外甥女薇薇，从而将思绪转移到了莲姐姐婚后幸福与悲惨的生活对峙——与姐夫相敬如宾、琴瑟和弦，当姐夫不幸病故后，莲姐姐伤心过度，神经混乱，也揭示了世事无常。

徐蔚南在《奔波》中还设置少量蓝君与莲姐姐之间的对话，而在《静夜思》和《谷润》中，甚至将对话消解，完全以三小姐以及谷润的心理分析布局全篇。《静夜思》描写了一个雨夜，三小姐独自在屋内百无聊赖，由外面的猫叫春，而陷入了性欲的罗网之中。三小姐抱着她那有着柔软毛皮的宠物狗，将这只小狗幻想成了她的爱人"他"，进行了生平的第一次自慰，"身体像给诗趣溶化似的要颤抖起来了"[①]。作品主要以三小姐自慰时的内心和身体感受来建构文本，徐蔚南对三小姐自慰时的心灵感受、身体感受进行了诗化的、幽婉的详尽描写。除了像叶灵凤的《昙花庵的春风》《浴》等作品那样，去着重描写女性自慰时的快感、高潮之外，徐蔚南还进一步描写了三小姐高潮结束后羞耻、悔恨、空虚的心理状态，"她觉得羞耻了。她将小狗抛在一边，双手捧着她的脸，伏卧在沙发上，一动也不动。一回儿，她的眼睛里，竟流下了两滴眼泪"[②]，由此将女性隐秘的性心理，细致完整地刻画与揭示。

《谷润》描写了谷润准备与一位女子在酒店约会偷情。而与谷润约会的那位女子自始至终都未出现，徐蔚南是以对谷润赴约、等待过程中精神世界的呈现剖析，来布局全篇。谷润从公司出来，内心充满喜悦。登上电车后，当看到一个红面孔、生满胡子、戴着黑帽子、穿着黑布袍的天主教神甫正襟危坐时，偷情的喜悦转为后悔自责的恐惧。过了一会儿，他想起自己并不是天主教徒，不必担忧会被谴责和惩处，内心又再次欢喜起来。中途上来一个喷

[①] 徐蔚南：《静夜思》，载《都市的男女》，上海真美善书店1929年版，第58页。
[②] 徐蔚南：《静夜思》，载《都市的男女》，上海真美善书店1929年版，第62页。

着香水的漂亮太太，谷润看着她感到幸福与欣喜，他将这个漂亮太太暗示为自己约会的对象。下车后，谷润购买了糖果、杏仁与一本《世间周报》，来到一个宾馆，租了三楼的一个房间。看着屋内的物品与装饰，他视这里为自我隐秘的乐园。他边看《世间周报》，边关注时钟，当看到周报上裸体女子的图画时，既喜欢又茫然，想着"堕落是怎样，不堕落是怎样？"[①]的哲理性问题。三点后，他内心开始筹划与约会对象见面后的安排——如何招待她、如何与她握手讲话，想象着她的反应。当听到屋外有高跟皮鞋的声音后，又幻想着两人马上相见的场面。当发现屋外不是他所等之人，内心又变得颓然。他望着时钟，猜想她迟到的各种缘由。时间转眼来到四时十分，谷润内心逐渐变得烦躁苦恼，此时的内心已被痛苦愤怒占据。他在悲哀中又幻想着二人见面后香艳的画面，在幻想中逐渐进入梦境。醒来后的谷润，内心早已没有了期许，只剩愤怒的火焰。

《奔波》《静夜思》《谷润》，以对人物的心灵探秘来布局全篇，以"横截面"上的某个事件来展现人物的精神世界，以心理分析取代对话、情节与冲突。尤其在《静夜思》和《谷润》中，对话甚至被完全消解。而在《静夜思》和《谷润》中，虽然出场的角色也有他人，但实际的有效角色只有主人公一人。徐蔚南切入主人公——真正的唯一角色的精神世界，对其进行细致全面的剖析，由此解密现代人的复杂敏感的现代心理。

结　语

在以往的文学研究中，徐蔚南是一个典型的被遮蔽作家，学界对他的关注也多集中于他的散文——小品文写作，罕见对他的现代小说创作的研究。徐蔚南的文学创作，除散文外，还有诸多的现代小说。徐蔚南以克制的情感去写作小说，罕见对社会问题的旋风式疾呼与雷霆式呐喊，是以一种润物无

---

① 徐蔚南：《谷润》，《小说月报》1926年第17卷第8号。

声式的克制情感去建构文本，以恬淡婉约的方式去抒情言志。其创作表现出了浓郁的幽默风味，以幽默的姿态，在平凡的社会生活中发掘情趣、反思人性、抒发情志。同时，还注重剖析探究人物复杂多变的隐秘精神世界，以对人物的心灵探秘布局全篇。徐蔚南的小说写作，丰富了新生的中国现代小说创作，为中国新文学尤其是江苏文学的发展做出了重要贡献。作为一个被遮蔽的作家，徐蔚南的文学创作是一座有待开掘的宝矿，值得学界继续深入开掘。

第五章
现实书写·浪漫抒唱·心灵探秘
——张闻天小说创作论

引 言

张闻天，1900年8月30日生于江苏省南汇县六团乡朱家店张家宅（现属上海市浦东新区机场镇）。原名应皋，亦写作荫皋，字闻天，乳名阿毛。曾用过伊思美洛夫、洛甫、张晋西、张乎之、张普等化名，也用过洛、闻天等略称作为电文署名。笔名有萝蔓、飘蓬、长虹、大风、思美、刘梦云、刘云、斯勉、西曼、洛夫、罗浮、罗夫、平江、歌特、科德等。张闻天的小说创作主要集中在1923年至1925年间，1925年6月张闻天在上海加入中国共产党时，创作了他最后一篇小说《飘零的黄叶：长虹给他母亲的一封信》，从此，不再从事文学创作，而是走上了职业革命家的道路。张闻天出道即被誉为"少年文学家"，其小说类型丰富、艺术风格多样、思想内蕴深厚。茅盾曾评价道，"张闻天同志不是因为后来走上职业革命家的道路……他可能在中国新文学运动的历史上占一席之地，充分发挥出他在文学上的才华"①。

由于革命家的身份，张闻天的创作往往被研究界忽视。他在中国现代长

---

① 茅盾：《我所知道的张闻天同志早年的学习和活动》，《人民日报》1980年1月14日。

篇小说的草创期,贡献了《旅途》,"五月号里,有几篇文字,值得预告的。创作有鲁迅君的在酒楼上,庐隐女士的旧稿……还有张闻天君的一篇长篇创作旅途。旅途共有三部,所叙述的事实是很感人的,所用的叙写的方法也很好。近来长篇的小说作者极少,有一二部成了连续的演讲录而不成其为小说了。张闻天君的这部创作至少是一部使我们注意的'小说'"①。《旅途》最早开启了"革命+恋爱"小说的创作模式。②

新文化运动前后,西方的各种思想与理论涌入国内,张闻天对此明确指出:"现在我们大家晓得,切实的文化运动,不是男女恋爱的问题,不是女子剪发或衣服底问题,是切切实实有系统的介绍西洋学说。"③张闻天译介了大量国外学说,成果丰硕,也受到了各种西方文艺思想的熏陶与洗礼,加之他既是文学研究会成员,又与创造社成员交好,因此,他的小说创作,表现出了一种现实主义、浪漫主义和现代主义相互杂糅的特质,既有对悲惨现实的真实刻画,亦有对精神困境的深度探秘,以及奔放的浪漫抒情。

一、严肃的现实书写

张闻天1924年从美国回国后,加入文学研究会。④虽未在正式录入的名单中,但阿英明确指出张闻天为"小说作者。译者。文学研究会干部"⑤。文学研究会成员共享文学为人生服务的信条,认为"文学应该反映社会的现象,

---

① 张闻天:《旅途》,《小说月报》1924年第15卷第5号。
② 参见程中原《张闻天传》,当代中国出版社1993年版;王卫平、王晓晨《究竟谁是"革命+恋爱"小说的始作俑者?——兼谈张闻天〈旅途〉的意义和地位》,《中国现代文学研究丛刊》2020年第9期。
③ 闻天:《译名的讨论》,《时事新报·学灯》1920年4月17日。
④ 参见刘长鼎、陈秀华《中国现代文学运动史》,山东文艺出版社2013年版,第71页。
⑤ 阿英:《作家小传》,载赵家璧主编,阿英编选《中国新文学大系·第十集·史料索引》,上海良友图书印刷公司1936年版,第219页。

表现并且讨论一些有关人生一般的问题"[①]。"为人生"的创作理念也影响了张闻天。他以严肃深刻、真实客观的笔端，描摹现实中的种种问题，如青年男女的自由恋爱问题、封建家庭的专制问题、军阀混战下小市民小手工业者的生存问题等，展现出"为人生"的及物的文学态度。

在《飘零的黄叶：长虹给他母亲的一封信》中，主人公长虹为了摆脱封建家庭安排的包办婚姻，而与深爱自己的母亲决裂，离开家庭的庇佑后，陷入了窘迫困顿的生活状态。《嘉陵江上的晚照》描写了封建包办婚姻对青年女性蕴卿的摧残。蕴卿父母双亡后跟随哥哥和嫂子生活，哥哥和嫂子在明知蕴卿与懋如两情相悦、私订终身的情况下，还要强迫蕴卿嫁给一个旅长。一方面源于他们自私丑恶的人性，将蕴卿当作一件可以令其攀附权贵、谋得利益的工具、商品。另一方面，则是封建专制思想作祟，蕴卿父母身故后，长兄为父、长嫂为母，父母之命、媒妁之言乃天经地义，哥哥和嫂子一手包办蕴卿的婚姻、决定她的未来，完全合乎伦理人常。最为可怖的是，蕴卿周围的人同样认为由封建家长——兄嫂来安排儿女的婚姻合情合理，认为兄嫂为蕴卿安排的夫婿十分完美，"小姐福气真大，放了这样好的人户——听说是一个旅长"[②]。最终，蕴卿因郁成疾，在病痛中走向死亡，由此揭示了自私丑恶的人性以及封建伦理道德共同毁灭了蕴卿的人生，而根深蒂固、顽固不化的封建道德、专制思想扼杀了青年男女的爱情，摧残了他们的肉体和心灵。

张闻天在作品中，表达了对青年女性的深切关怀，不仅揭示传统的封建伦理道德对女性的摧残，还反思了自由恋爱中的女性是否能够收获幸福这一人生哲理问题。《恋爱了》《周先生》两部作品即思考和反映了这一问题，张闻天以反讽的笔调塑造了两个自私虚伪的知识分子形象——学生陈光德与教师周先生。他们作为受到过良好现代教育的知识分子，理应具有男女平等、尊重女性的现代思想，但其骨子里仍然深深烙印着封建伦理道德，将女性视

[①] 茅盾：《导言》，载赵家璧主编，茅盾编选《中国新文学大系·第三集·小说一集》，上海良友图书印刷公司1935年版，第4页。

[②] 张闻天：《嘉陵江上的晚照》，《夜鹰》1925年第10期。

作男性的玩物和附庸。借着自由恋爱的名头，试图欺骗玩弄女性。陈光德总是以一副悲情形象示人，骗取女性的同情，他的口头禅是："这样的人生到底有什么意义，倒还不如死了好"①，然而他绝不会为失恋而自杀，"我起初以为他真的要去自杀，很是替他担心，后来晓得他不过是这样说说的，才放了心"②。陈光德的"不幸"博取了王明珠的同情，二人由此相恋，陈光德又去追逐其他女性，令王明珠心灰意冷，最终服毒自尽。周先生更是一个典型的利己主义者，旧文化与新文艺于他而言并无不同，只是一种可以随时切换，用来包装自己的工具和外衣。去中学教学也只是为了更加便利地找寻一个女学生来做自己的妻子，"我们相信像周先生那样锲而不舍的努力去，将来一定会成功的"③。在周先生不断努力、不断成功的道路上，不知将有多少青年女性被欺骗、被损害。张闻天幽默的笔调之下，寄寓了沉痛的批判。

在《逃亡者》中，张闻天则侧重展现了小市民、小手工业者——杂货店店主王六一家的现实生存困境。为了躲避战火，王六带着年迈多病的母亲、胆小怕事的妻子和稚气未脱的女儿逃难来到上海。他们一家四口在上海一间拥挤、廉价的旅馆内拮据苟且地艰难度日。齐卢战争在上海周边爆发后，以旅馆店主为代表的商家们嗅到了商机，肆意提价，赚得盆满钵满。王六一家本就不富裕，面对每天都在涨价的租金和饭菜，王六捉襟见肘，难以为生。作为初到上海的外地人，他在大都市中难以找到维持生计的工作，只能坐吃山空。本就体弱多病的母亲又因惊吓与思乡，导致病情加重，王六还要为母亲买药治病，药店老板也同旅店老板一道，不停加价，逼得王六道尽途穷。最终，战火蔓延到上海，母亲在病痛悲哀中离世，王六的钱财消耗殆尽，故乡的田产也在战争中毁于一旦，一家人在乱世异乡中不知何去何从。王六一家人的命运如同一个缩影，象征了社会最底层的人民在军阀混战的乱世中，如浮萍般飘零无依的悲惨命运。

---

① 张闻天：《恋爱了》，《小说月报》1925年第16卷第5号。
② 张闻天：《恋爱了》，《小说月报》1925年第16卷第5号。
③ 张闻天：《周先生》，《世界日报附刊》1926年第1卷第8号。

张闻天以强烈的社会责任感和历史使命感去描摹黑暗世相，反思社会问题，对于青年人婚姻问题的同情与照拂，对于底层贫民拮据无望生活的观照，都流露出强烈的责任意识，彰显出浓厚的人道主义情怀，体现出革命作家赤忱的社会关怀。

二、高亢的浪漫抒唱

张闻天的创作表现出了浓郁的浪漫抒情气质，这与他的知识结构有关。1920年赴日本，他深受田汉、郑伯奇、康白情等人的影响。作为新文学的重要翻译家，他译介的外国著名作家有托尔斯泰、泰戈尔、罗素、王尔德、歌德、安特列夫、倍那文德、邓南遮、纪伯伦、柏格森、柯罗连科、房龙等，仅1921—1924年在《小说月报》《创造周报》《东方杂志》《少年中国》《民国日报》等报纸上发表的译著有50万余字。出版有《笑之研究》《狱中记》《伯格森之变易哲学》《但底与哥德》《近代文学》《倍那文德戏剧集》《琪珴康陶》等译著或专集。唐弢指出，张闻天有"斯丹达尔那样纵情抒发的手段，带点浪漫主义的情调"①，他撰写的重要论文《王尔德介绍》《哥德的浮士德》中，就充分流露出这种思想倾向。《王尔德介绍》这篇论文中，张闻天关注到王尔德对于灵肉冲突的深入探讨，"（王尔德）所描写的道灵·格莱正是现代人的代表，正是灵肉冲突底自白"②。并赞许王尔德"执着自己，把自己底个性充分发挥"。"起来，变动变动你们的生活吧！"③，《哥德的浮士德》中，他指出歌德是德国浪漫主义的创始者，"执着人生，充分地发展人生"④是《浮士德》的核心思想，以此呼吁国人破除"保守的，苟安的"⑤思想。这种思想倾向在张

---

① 唐弢：《良好的开端——读张闻天同志早年的文学作品》，《鲁迅研究月刊》1993年第8期。
② 闻天、馥泉：《王尔德介绍》，《民国日报》1922年4月3—18日。
③ 闻天、馥泉：《王尔德介绍》，《民国日报》1922年4月3—18日。
④ 闻天：《哥德的浮士德》，《东方杂志》1922年第15—18期。
⑤ 闻天：《哥德的浮士德》，《东方杂志》1922年第15—18期。

闻天的创作中同样流露出来。不过，与20世纪20年代诸多作家的忧郁惆怅的浪漫感伤风格不同，张闻天的浪漫主义是一种高扬生命之力的抒唱。正如他在《生命的跳跃：对于中国现文坛的感想》中所高呼的，"人生的意义只在发展人生……在奋斗的中间，在与最大的障碍物战争的中间，在为了一种理想或是一种幻想供献一切的中间，生命才达到最高潮，人生才有意义！"[1]这种积极的浪漫主义，是张闻天小说的底色，强调张扬生命之力、反抗时代的压迫、全力发展人生。

《飘零的黄叶：长虹给他母亲的一封信》，是一部典型的书信体小说。同时期顾仲起、陈瘦竹、谭正璧等人亦创作了类似的书信体小说，但笔下的"我"多因性格缺陷，最终陷入自怨自艾、悲苦彷徨的精神困境之中。"我"——"长虹"则以勇气与决心，以试图改变世界的坚强力量，向母亲宣誓，又是对自我起誓，"将认真的妥并始做一个无私的光明的找求者了……自己变做光明，照澈这黑暗如漆的世界"[2]。张闻天深知社会的黑暗，但他并不让主人公沉溺于伤感主义中，而是如浮士德一般不断奋斗改造社会。张闻天系统译介了伯格森的学说，包括《笑之研究》《伯格森之变易哲学》等，在他的创作中，同样可以明显探寻到柏格森思想的印痕。"绵延"是柏格森哲学思想的核心，柏格森认为绵延就是永恒的运动，"如果我们朝另一个方向前进，那就会达到这样一种绵延，它愈来愈使自己紧张、收缩、强化，它的极端是永恒性。这已不是概念的永恒性（概念的永恒性是一种死板的永恒性），而是一种生命的永恒性。这是一种活生生的、从而也是运动着的永恒性，我们自己的特殊的绵延将包含在这种永恒性中"[3]。在柏格森的哲学思想中，"绵延"即为无限的生命之力、生命冲动，"绵延中的自我，也就是生命的冲动，这种冲

---

[1] 张闻天：《生命的跳跃：对于中国现文坛的感想》，《少年中国》1923年第4卷第7期。

[2] 张闻天：《飘零的黄叶：长虹给他母亲的一封信》，《东方杂志》1925年第22卷第12号。

[3] ［法］柏格森：《形而上学导言》，刘放桐译，商务印书馆1963年版，第29页。

动既非精神,也非物质,而是比两者更为本原的一种实在"①。

普通的生命个体"我",绵延为"光明",由此形成了一种无法估量的生命之力,以奔涌狂放的激情去"照澈这黑暗如漆的世界"。普通的生命个体"我",又绵延为"太阳","我们的爱是无限的,我愿把它变做伟大的太阳挂在太空中,光照着一切陷在迷途中的青年"②。小我——"我",再次绵延升华为大我——"太阳",以奔涌狂放的激情去"光照着一切陷在迷途中的青年"。张闻天在《飘零的黄叶:长虹给他母亲的一封信》和《旅途》中注入了生命激情和力量源泉,体现出了一种强烈的异质色彩与生命强力。作品中所展现的巨大力量来源于个体——强大、自信的"自我",这个"自我"就是尼采所说的"超人"。张闻天将"小我"同宇宙中的"光明""太阳"并置在一起,是自我极度扩张、自我极度自信的体现。作为"超人"的"我"的浪漫抒情总是富有生命之力,因此,不见丝毫的忧郁感伤。

在《旅途》中,张闻天将自然视为某种神秘的力量、某种精神境界的象征,崇拜它,歌颂它。在张闻天看来,自然之力是一种绵延无穷的伟大力量——"伟大的自然之力"③"自然的伟大的力"④"自然的力、力的自然"⑤。那种循环往复、绵延不息的力量,是人生思想意志的外在行为表现,具有一种绵延性和永恒性,"从这心象的'绵延创化'推断生物现象的'绵延创化'以至于大宇宙全体的绵延创化"⑥。最终,小我将与大自然、小我将与大宇宙融为一体,激昂的个人情绪必然需要与之相应的外在节奏进行释放——"他将扩大他的胸襟与伟大的宇宙和合而为一"⑦"他的心情已经与蓝天的星光和月光融

---

① 曹锦清:《现代西方人生哲学》,学林出版社1988年版,第336页。
② 张闻天:《旅途》,商务印书馆1925年版,第55页。
③ 张闻天:《旅途》,商务印书馆1925年版,第134页。
④ 张闻天:《旅途》,商务印书馆1925年版,第156页。
⑤ 张闻天:《旅途》,商务印书馆1925年版,第143页。
⑥ 宗白华:《读柏格森"创化论"杂感》,载《宗白华全集》第一卷,安徽教育出版社1994年版,第78页。
⑦ 张闻天:《旅途》,商务印书馆1925年版,第132页。

合而为一了"①。小我与大我的融合同一充满了生命之力和生命冲动，使人得到"一种坚强的决心，一种不可言说的力"②。因此，这种决心和力量促使了钧凯的觉醒和重生——投身革命。

张闻天以积极浪漫主义进行创作，强调在张扬生命之力，以奔涌狂放的激情去鼓动青年读者，不断奋斗、不断革命，在反抗时代的压迫中，在坚强的意志与强力中，充分张扬自我，张扬生命意志，实现生命的价值。

三、深度的心灵探秘

除了描写人类的现实生存困境外，张闻天还特别注重呈现人类的精神困境。他深入人类的精神世界，挖掘探秘现代人困苦、孤独的心理状态，表现现代社会的疏离，尤其注重探秘解剖人类的梦境世界。通过对精神世界的深度探秘解剖，展现并思考人类的生存困境，并由此呈现出了现代主义文学的某些特质。

在《逃亡者》中，张闻天着重表现了王六母亲的精神困境。面对一触即发的险峻局势，王母并不像其他难民那样畏惧恐慌，她所关注与叩念的不是现实困境，而是担忧自己死在异乡，远离乡土，灵魂无法安适，"我觉得在外面什么都不舒服，什么都不便当，到了上海，就是我死了也没有安葬的地方……只是我恨不能死在自己的家里，死在这样无亲无戚的地方"③。在《嘉陵江上的晚照》中，张闻天描写和呈现了蕴卿无可告慰的痛苦，"在他的心里只有寂寞与孤独之感，与由这两者而发生的痛苦"④。哥嫂只是把她当作满足自我野心的牺牲品，周围人认为她能嫁给旅长简直是天大的福气，爱人懋如，在得知她是"放了人户的女孩子"⑤后，对她的爱大打折扣，最终离她远去。蕴

---

① 张闻天:《旅途》，商务印书馆1925年版，第149页。
② 张闻天:《旅途》，商务印书馆1925年版，第160页。
③ 张闻天:《逃亡者》，《小说月报》1924年第15卷第10号。
④ 张闻天:《嘉陵江上的晚照》，《夜鹰》1925年第10期。
⑤ 张闻天:《嘉陵江上的晚照》，《夜鹰》1925年第10期。

卿的痛苦不仅来源于爱情、亲情的消逝，更源于自身的孤独寂寞。这种孤寂不只是情感苦闷的表征，更是人类精神困境的生动写照。不被人理解的悲哀，带来了绵长的痛苦。

对人类精神困境的探索和挖掘，在《恶梦》中达到了新的高度。全篇尽是主人公他的梦境和心灵状态，故事情节被心灵剖析消解。在梦中，他先是到了一个完全陌生的地方，不知道回家的路，也没有人认识他、搭理他，他感到无穷的寂寞与抑郁，甚至是异常的颤抖，只想回到家中。但那个家也不是他的家，只是他的寓所，再次暗示和印证了他的孤独。后来"他"被一个人带到一所学校干起了书记员的工作，虽不情愿但十分勤恳。很多年过去了，却被大家以莫须有的罪名和莫名其妙的理由——"老年人自然要偷东西"①赶出学校。他在学校同样是无比孤独，人们跟他说的话只有"快写""明天要用"等，从早到晚机械地重复着工作。直到有人喊他有挂号信需要签收时，他才从梦中醒来。现实比梦境中还要恐怖，他收到的挂号信是父亲寄来的，却不知如何给父亲回信，他觉得自己是一个"孤零的流浪者"②，实在没有能向父亲诉说的事情，一封信也没有回过。无论在现实还是虚幻中，他都是一个孤独的人，他的人生苦痛与物质无关，而与精神相连，精神困境造就了他的恶梦。作为一个被排除在世界之外的寂寞者，他在梦中也不得沉稳的安眠。《恶梦》展现了张闻天自我的超现实、超理性的梦幻世界和无意识世界，"纯粹的精神学自发现象……不得由理智进行任何监督"③，作品着重描写"他"的恶梦，是对非客观、非理性世界的无意识反映，展现出了超现实主义文学的特征。在梦中，他对自我、对前路的探寻，与他人，以及现实中父亲的隔膜与对立，呈现出存在主义文学的特质。

在《飘零的黄叶：长虹给他母亲的一封信》中，长虹深陷于自我的精神

---

① 飘蓬：《恶梦》，《南鸿》1925年第2期。
② 飘蓬：《恶梦》，《南鸿》1925年第2期。
③ ［法］安德烈·布勒东：《超现实主义宣言》，丁世中译，载袁可嘉等编选《现代主义文学研究》上，中国社会科学出版社1989年版，第484页。

困境之中，文中反复提及的"自傲""孤高"，恰恰是造成长虹现实困境的重要缘由，孤高与自傲甚至使他陷入了两次自杀的境地。长虹始终没有屈服于自我的精神困境，而是战胜了它，实现了重生，飘零的黄叶落入泥土中，化作大地坚实的养分滋养万物。结合张闻天的现实身份和此部小说的创作时间及背景，可以推断长虹的重生即为投身革命。《旅途》的主人公王钧凯最终也战胜了自我的精神困境，实现了与长虹一样的新生。钧凯工作优渥，技术过硬，又得到了赴美工作的机会，在国内也没有封建家庭的羁绊，在中国与美国都有真心喜欢他的女子，愿与其长相厮守。钧凯却一直在逃避生活，逃避自己，逃避感情。无论是工作、生活还是恋爱，他都陷入了深深的精神困境之中——孤寂、疲倦、颓丧、悲哀、迷茫，"我不晓得我将来会变成怎样。我不敢预约我的将来……我不晓得——我不晓得我将来会变成怎样……并且带着 种深远的悲哀，他的眼睛茫然地望着前面……感觉到一种悲哀的情调……可是我现在已经疲倦了，或者我已经'颓丧'了"①。疲惫感和悲哀情调正是现代主义情绪的典型写照。玛格莱的鼓舞、克拉的温暖、蕴卿的深情，尤其是克拉和玛格莱的死亡，促使逃避一切的钧凯重生，战胜了自我的精神困境，毅然投身革命，加入"大中华独立党"，弃文从武，最后战死沙场。

  张闻天试图通过对人类苦痛灵魂的描绘，呈现个人在现代社会的困境，展现出深邃的视野与洞察的眼光，透视与剖析复杂的社会关系与社会现状，思考造成这种苦痛灵魂的社会根源与社会问题所在。不管是炼狱后的升腾还是挣扎后悲剧壮美的毁灭，在此过程中人的精神力量的迸发，心灵世界的幽深繁复，都激荡着人性的光芒，彰显出人的尊严以及人的精神高度。

结　语

  张闻天才华丰沛，思想包容，视野开阔，三次留学的经历、大量翻译的

---

① 张闻天：《旅途》，商务印书馆1925年版，第30—31页。

实践、不同文学流派的滋养，使他的作品表现出杂糅与交融的品相，也带来了多种可能。他的小说创作表现出现实主义、浪漫主义和现代主义相互杂糅的特质，既有对悲惨现实的深度描摹，亦有浪漫的热烈抒唱，同时还有对人类精神困境的细致探寻。张闻天在小说中对于社会、人性与生命的思考，至今仍闪烁着智性的光芒。小说的特质与其革命家的身份之间形成了一种强烈的反差和张力。若非选择了职业革命而放弃了文学创作，张闻天或许能取得更耀目的成就。重新梳理考察张闻天的小说创作，全面呈现作品的多元质素，发掘被遮蔽、被遗忘的面向，有助于推进张闻天研究的深化，更新学界已有的认知。

第六章
杂糅的文风
——周全平现代小说创作论

引 言

周全平，江苏宜兴人，1902年3月生。原名周承澎，号震仲，别名霆生，笔名有全平、霆声、金干、骆驼等。1924年参加创造社，先后主编《洪水》周刊、《洪水》半月刊。曾与潘汉年合编《幻洲》《小物件》等杂志。1930年加入"左联"，同年加入中国共产党。1931年4月，被"左联"开除，一度在文坛不知所踪。学界以往研究多注重周全平的编辑活动，对他的创作较少提及。而杨义的《中国现代小说史》虽然关注到周全平的创作，并将周全平列入"浪漫抒情派"进行分析，指出具有一定的现实主义色彩，但并未细致梳理所有作品。[①]不难看出，周全平的现代小说创作并没有得到学界的充分重视。由此，钩沉周全平的创作，揭示其特质，具有重要意义。

周全平的现代小说创作集中于20世纪20年代，以中、短篇见长，曾出版短篇小说集《烦恼的网》（泰东图书局1924年3月版）、《苦笑》（光华书局1927年6月版）、《楼头的烦恼》（光华书局1930年4月版），以及小说集《梦

---

① 参见杨义《中国现代小说史·杨义文存》（第2卷），人民出版社1998年版，第631—639页。

里的微笑》(光华书局1925年12月版)。作为创造社的骨干力量,周全平的创作,曾得到成仿吾的高度肯定。"尤以周全平与倪贻德二君为最有望。二君是这半年以来的最杰出的新进作家。"①与其他创造社作家比,周全平的小说具备鲜明的个人特色,形成了独特的审美特质。他的现代小说,具有浓厚的现实风格,以温厚之心比照不同个体的生命状态,以哲理深思来反映社会问题、暴露黑暗世相、讽刺丑恶人性病态国民性,呈现弱势群体的悲苦人生。

一、现实的悲愤反讽

综观20世纪20年代创造社同人的小说创作,以浪漫的自我书写为主导,如叶灵凤注重心灵的探秘与情欲的透视;如滕固注重从男性欲望中窥探个体隐秘的心理和深层次的性格;如陶晶孙、倪贻德分别注重谱写新浪漫主义的自叙传和"声嘶力竭的悲鸣"②的自叙传;又如曾受周全平大力引荐提携的潘汉年,"周全平便在经常向《洪水》投稿并前来创造社做客打杂的青年学生中挑选帮手,他将学生中最为活跃的潘汉年,引荐进他们杂志的编辑和发行工作中……在周全平的鼎力支持下,一张由潘汉年全权负责的八开四版小报《A11》诞生了"③,也实现了从乡土见闻到都市情爱的跨越。上述作家着墨于现代人的情欲世界和精神世界,或是对各种禁忌之恋的大胆描写,或是对情欲的放情高歌,或倾诉郁积心中的郁闷苦痛,关注的是自我、个体而非社会、时代。与上述作家相比,作为创造社骨干的周全平,在撰写小说时反而擅以反讽的技法暴露现实问题,呈现悲苦的现实人生。

《守旧的农人》以反讽建构全篇,小说描写东方农科大学的校长,关心民生问题,遂写成了一本通俗易懂的现代农业技术小册子,期望在农村推广以实现稻麦增收。他将中国的落后归咎于"国势的贫与弱,是由于农民的守旧

---

① 成仿吾:《终刊感言》,《创造日汇刊》1923年11月2日。
② 倪贻德:《致读者诸君》,载《玄武湖之秋》,泰东图书局1924年版,第2页。
③ 汤雄:《周全平:潘汉年的革命引荐人》,《钟山风雨》2018年第1期。

而不肯改良"①。农人盘根对此积极响应,而他的好友阿彭却冷眼相对,并罗列了一系列理由劝阻盘根不要盲目相信,因为种田"总要靠天"②。在阿彭的劝说下,盘根最终放弃了学习现代农业技术的想法,决定继续"靠天帮忙就是了"③。守旧的阿彭依然守旧,想要变革的盘根也继续守旧,二人的选择似乎印证了校长对中国国情的判断。小说表意是对不肯接受新事物、新技术的守旧农人的批判,实则却是借描写农人的"抱残守缺",揭示造成农人不敢革新、甘愿接受守旧命运的根源所在。因为每次技术的推广没有为农民带来生活的改变,却屡屡成为各层官员、乡绅、地保盘剥农民的机会。小说以侧面描写——借阿彭之口道出了之前乡董要求农民集资建铁路,结果农民的钱被收了去,铁路却始终不见踪影。又正面描写了地保在回去的路上计算向农民贩卖册子中饱私囊后的收益,称其为好差事。而且农民都身负重债,处于水深火热之中,不敢拿一家人的性命去轻易尝试,"一家的性命,安可轻于尝试呢"④。

因此,"守旧的农人"是一种典型的反讽,表意层的"农人的守旧"与内蕴层"社会的守旧"——黑暗的社会世相、吸血的统治阶层形成了强烈的对立冲突,构成了典型的反讽语境。反讽不同于讽刺,讽刺是表意层对内蕴层的一种夸张,通过扩大或缩小内蕴层来达到揶揄、调侃、嘲笑的目的,其表意层与内蕴层的意义指向是完全一致的。反讽则是"言在此而意在彼","嘴所说的和意志所指的正好相反。这里我们已经能够看到一个贯穿所有反讽的规定,即现象不是本质,而是和本质相反"⑤,反讽陈述的内容(表意层)与想要表达的思想(内蕴层)是相互对立冲突的。《舆论家教》以反讽的技法塑造了李老爷的典型人物形象。对于跳舞的态度,李老爷对他人的嘴脸为:"逛

---

① 周全平:《守旧的农人》,载《烦恼的网》,泰东图书局1924年版,第23页。
② 周全平:《守旧的农人》,载《烦恼的网》,泰东图书局1924年版,第31页。
③ 周全平:《守旧的农人》,载《烦恼的网》,泰东图书局1924年版,第33页。
④ 周全平:《守旧的农人》,载《烦恼的网》,泰东图书局1924年版,第33页。
⑤ [丹麦]索伦·奥碧·克尔凯郭尔:《克尔凯郭尔文集1·论反讽概念——以苏格拉底为主线》,汤晨溪译,中国社会科学出版社2005年版,第212页。

窑子实在太下品！至于跳舞，那都是上等人，也有大家的小姐。所谓乐，不伤雅……至少在跳舞上，他绝对赞成社交公开是合道理的。"①当得知自己的二女儿也去舞场跳舞后，他的嘴脸却是将女儿打了一顿，撕破了她所有的衣服，关在阁楼中，逼着要她寻死，由此被人称赞家教严格。李老爷对家人对外人的两副嘴脸就是典型的反讽。

《邹夏千的死》也是一部现实反讽的力作。主人公邹夏千权势威隆、声望显赫，被盛赞为"人格是一等的，地位是高超的，才学是充足的，可以用不着拘拘于小节的出入"②。农人盘根同乡邻根生因六担稻米发生冲突，便想请邹夏千帮自己讨回公道。在邹夏千的"热心帮助"下，盘根果然得偿所愿，打赢了同根生的官司，代价却是要向邹夏千支付折价为一百担稻米的银圆。邹夏千平素就是如此"行善助人"的，"他几乎未曾想到世间会有这种好人，而这样好人，有时还不免被人诅咒——原来他村上有二个穷鬼常常骂邹先生——可见好人难做了"③。最终，盘根被"热心又侠肠"④的邹夏千相逼而死，盘根死前的惨状则将邹夏千活活吓死。表意层——"一等的人格""热心又侠肠"与内蕴层——贪婪狠辣、盘剥吸血的所作所为形成了强烈的对峙，构成了典型的反讽，借助反讽，周全平揭示了农民被乡绅、乡董肆意压迫、吸血盘剥的黑暗世相。

《呆子和俊杰》《下流人的辩护者》同鲁迅的《聪明人和傻子和奴才》类似，均是以反讽布局全篇，蕴含着作者对人性特别是国民性的深刻挖掘剖析。《呆子和俊杰》中的"呆子"是 C 君，"他过于诚实而直爽了，因他不会装出笑脸去见不愿见的人，他不会讲着好话去赞不愿赞的人，他不会不做该做的事，他不会不辩该辩的理……一班老前辈，先觉者都说这是狂妄，无涵养，盛气凌人，甚至有人说这是不合时宜的呆脾气"，因此，"C 君"是一个"不

---

① 周全平：《舆论家教》，载《楼头的烦恼》，光华书局 1930 年版，第 10—11 页。
② 周全平：《邹夏千的死》，载《烦恼的网》，泰东图书局 1924 年版，第 63—64 页。
③ 周全平：《邹夏千的死》，载《烦恼的网》，泰东图书局 1924 年版，第 66 页。
④ 周全平：《邹夏千的死》，载《烦恼的网》，泰东图书局 1924 年版，第 71 页。

合时宜的呆子"①。《下流人的辩护者》中的"下流人"是邹傻子，他不愿结交权贵、趋炎附势，一心仗义疏财、怜贫恤苦。他的义举被人们颂赞，"像他那样的傻气，并不是一般下流人所有的傻气，而是上流人所特具的一种美德"②。但当他散尽家财、一贫如洗后，之前称赞他的人却唾骂他为"不知撙节的浪子……不事生产的愚人……不善交际的呆子"③。H 君的行事恰恰与 C 君、邹傻子相反，他懂得口是心非、见风使舵、曲意逢迎，因此，识时务的 H 君被赞为"俊杰"。"呆子""傻子"和"俊杰"的关系就像鲁迅笔下的"聪明人"和"傻子"，表意层与内蕴层是完全对立冲突的，为典型的反讽。周全平的立意也同鲁迅一致，揭示了"说要死的必然，说富贵的许谎。但说谎的得好报，说必然的遭打"④的黑暗现实，暴露了"他除了不是富绅外，有那一些是下流呢"⑤的丑恶人性、病态国民性。

反讽是周全平现代小说惯用的一种思维方式与艺术表现手法，甚至升华为一种艺术风格和建构文本的方式。周全平以反讽揭示社会问题，暴露人性国民性，反映了周全平渴望唤醒启迪民众的强烈情感。同时，反讽的应用也避免了肤浅的直接批判和感性情绪的直线倾泻。

二、生命状态的两极比照

周全平的现实书写除了反讽技法的应用外，还擅于将不同个体的生命状态进行并置比较，由此揭示社会问题，呈现人世悲剧。尤擅将落魄之人的悲苦凄凉和富贵之人的骄奢淫逸进行比照，以呈现"朱门酒肉臭，门有饿死骨"⑥这一具有跨越时代、超越历史的社会性问题。

---

① 周全平：《呆子和俊杰》，载《烦恼的网》，泰东图书局1924年版，第74页。
② 周全平：《下流人的辩护者》，载《楼头的烦恼》，光华书局1930年版，第69页。
③ 周全平：《下流人的辩护者》，载《楼头的烦恼》，光华书局1930年版，第73页。
④ 鲁迅：《立论：野草之十七》，《语丝》1925年第35期。
⑤ 周全平：《下流人的辩护者》，载《楼头的烦恼》，光华书局1930年版，第75页。
⑥ 周全平：《七月四日》，载《苦笑》，光华书局1928年版，第123页。

《他的忏悔》通过比照主人公"他"的两段婚姻状态，呈现并反思了跨越时代的热点问题——恋爱婚姻问题。青年的"他"追求自由，尤为不满父母包办的婚姻，实则是不满意妻子的丑陋、木讷和不解风情。中年的"他"在第二段婚姻中得到了梦寐以求的娇妻，娇妻美丽、时尚、浪漫。但娇妻的自私蛮横、无理取闹令"他"逐渐怀念起温柔贤惠、老实木讷的前妻，当"他"被娇妻抛弃后，更是陷入了深深的忏悔之中。不似当时流行的涉及恋爱婚姻问题的小说，《他的忏悔》不是批判封建的伦理道德也并非谴责父母包办的传统婚姻，而是通过青年的"他"和中年的"他"的生命状态的比照，来思考何种婚姻状态才是理想的。《烦恼的网》对户外的松树和温室内的紫罗兰花、大河中的银鱼和鱼缸中的金鱼、森林中的野兽和被人豢养的牛马，四组不同个体的生命状态进行了比照。前者与后者相比，虽然生存状态艰辛困苦，却拥有后者所没有的"自由"，这是最为可贵的。小说通过不同个体生命状态的并置比较，颂扬了人类应有的生活态度，"为了竞存而死，为了奋斗而死，是顶顶荣耀的事"①。

　　《落霞》中，善宝（白衣小孩）的母亲是一个洗衣工，无力给孩子购买玩具。而善宝周围的小伙伴不仅有各式各样的玩具，还有零花钱在炎热的夏季买冰淇淋吃，"'他是一样也没有的，他太穷了，他妈是替人洗衣服的。'生疥的小孩把自己的富有的宝物报告毕后，指着白衣小孩怜悯似的说，同时又向着他显出哀矜的神气"②。小说通过将不同个体的生命状态进行并置比较，表达了对以善宝为代表的弱势群体的深切同情。《苦笑》中的 C 君家境贫寒，为了帮衬家里，中学毕业后就在上海辛苦工作。失业后，为了给兄弟凑齐学费，便典当了自己仅有的一件春衣。小说详细描写春天到来后，C 君穿着冬装，与周围身穿舒适春衣的游人形成的鲜明对比。此时的 C 君正处于烦躁、窘迫、痛苦、愤恨的生命状态之中，"身上一阵阵地热起来，心里也烦燥。似乎遍身都在渗出汗来了。而且身体的各部都觉得发痒。大衣是愈变愈重了，驼在肩

---

① 周全平：《烦恼的网》，载《烦恼的网》泰东图书局1924年版，第126页。
② 周全平：《落霞》，载《楼头的烦恼》，光华书局1930年版，第53页。

上，像挑着一担重载……他用着愤恨的目光向他们紧瞅着。太阳的热力更加在他的躯体上逞威了。他被这不可抗的热闷压迫"①。与之相反，那些游人则处于幸福、轻松、愉快、欢笑的生命状态之中，"他们那种幸福的样子：有些披着轻软的绸衫，风吹时，飘飘的像天上的飞仙；有些穿着单薄的洋服，伶俐而轻快的样子，从他们的迅速的动作里可以看出。而且有些同着朋友，在高声谈笑；有些伴着女人，在浅笑轻语。他们是全无顾忌地尽量显出他们的幸福"②。通过不同个体生命状态的并置比较，更衬托出C君的悲苦人生与凄惨命运，令人唏嘘。

《除夕》中的博庵为了躲避债务，也为了谋得一份差事，在除夕夜，孤身一人来到镇江的某家旅店投宿。小说详细呈现了博庵与其他旅客的生命状态的比照。博庵的生命状态是"十分憔悴……十分萧索……十分惶愧……越觉难堪"③。其他旅客则身处除夕的欢乐之中，"笑声只是高放起来……别人无论回去不回去，都有他们的自得的乐趣"④，他们欢快轻松的生命状态，更凸显出博庵凄凉悲惨的命运和苦痛挣扎的人生。《中秋月》中的文礼同博庵一样，身负外债、食不果腹，在亲友的引荐下，来到协和会乞求会长子远能够提供一份工作以维持生计。小说详细比照了文礼与以子远为代表的协和会会员们的不同生命状态，文礼的生命状态是"心里恍惚的，慌忙的，不知是羡，是妒，是震惊，是愤恨……惶惑的，羞愧的，呆立着"⑤。协和会是有钱有势的先生们在盘剥之余组织的娱乐部，中秋之夜，子远带领协和会的会员们组织了一场赏月大会，时鲜水果、精致糕点随处可见，陈设富丽堂皇，他们的生命状态则是纵情享乐、轻松愉快，与文礼形成了鲜明的对比。看着协和会会员和家人们的狂欢，文礼发出了"朱门酒肉臭，门有饿死骨"的深度拷问，"一样的

---

① 周全平：《苦笑》，载《苦笑》，光华书局1928年版，第22—23页。
② 周全平：《苦笑》，载《苦笑》，光华书局1928年版，第23页。
③ 周全平：《除夕》，载《苦笑》，光华书局1928年版，第40—41页。
④ 周全平：《除夕》，载《苦笑》，光华书局1928年版，第44页。
⑤ 周全平：《中秋月》，载《苦笑》，光华书局1928年版，第106页。

女人,一样的儿子,这里是衣暖食饱,开心作乐;那面呢?……那面啊……唉唉!"①。

《注定的死》以宿命论的方式,比照了两个生于同一时辰的不同个体的生命状态和人生命运。天寒地冻中一座破旧的厕所里,小瘪子的母亲老乞婆瘫坐在一摊湿稻草上,艰辛生产。赵小少爷的母亲赵三太太在温暖的房间里,被众人伺候照顾,顺利生产。从出生之日起,八字相同的小瘪子和赵小少爷就始终处于不同的生命状态之下,"酷热的炎夏来了:并不因为赵家小少爷有电扇扇着,冰席凉着便多射些日光进去;也不因小瘪子遍身涂着污泥,流着汗浆便多送些清凉。严寒的冬日来了:并不因赵家小少爷围着火炉,披着暖裘便格外吹进一些冷风;也不因小瘪子住破厕,穿破絮,啜冷粥而送些暖气"②。赵小少爷在佣人的簇拥下拿着风筝尽情玩耍,小瘪子捡起掉落的风筝便被赵家佣人辱骂为"小贼骨头",又被母亲痛打。成年后,赵小少爷纵情享乐,小瘪子在乞讨中艰难谋生。后来,赵小少爷去日本求学,小瘪子做了轿夫。赵小少爷回国后,小瘪子抬着轿子送他返乡,二人摔落水中后,众人纷纷下水营救赵小少爷,小瘪子则无人理会,不幸溺毙。周全平以不同个体生命状态的并置比照,愤怒控诉了黑暗社会的罪恶,表达了对底层民众的深切同情。

《除夕》《中秋月》《注定的死》以严肃深刻的现实主义笔触,将落魄贫苦之人博庵、文礼、小瘪子同富贵之人子远、赵小少爷的生命状态进行比照——贫苦凄凉、食不果腹与骄奢淫逸、纵情享乐,由此反思贫富差异、两极分化这一跨越时代、超越历史的社会性问题,反映了周全平强烈的社会责任感和历史使命感。

三、人生哲理的深思

创造社的诸多作家在撰写小说时,已然渗透进了理性沉思的因子,主要

---

① 周全平:《中秋月》,载《苦笑》,光华书局1928年版,第110页。
② 周全平:《注定的死》,载《苦笑》,光华书局1928年版,第70页。

是思考爱情同人生、命运之间的关系，是典型的自我书写。与之相反，周全平现代小说所渗透出的浓郁智性玄思气质，同现实人生、社会问题密切相连，是典型的社会书写。周全平在撰写小说时，化身为哲学家，用哲学家的眼光来观察思考世界。尤其注重反思社会、历史、人生、人性、命运等形而上的哲理问题，挖掘世间万象之间变幻莫测的复杂关系与事物的本质。因此，在周全平的某些现代小说中，论述大于描写、议论多于抒情。

《他的忏悔》中的主人公"他"原本对包办婚姻结合的第一任妻子充满鄙夷不屑，当与自由恋爱的、极为中意的第二任妻子一起生活后，才发现第一任妻子的善良包容、温柔贤惠，却已覆水难收。在当时歌颂自由恋爱、反对包办婚姻的创作浪潮中，《他的忏悔》成为了一股罕见的"逆流"，虽也描写恋爱婚姻问题，却并非反映家庭、社会对青年的桎梏迫害，也并非挖掘呈现个人隐秘的性心理或苦闷的心灵，而是借助"他"的两段婚姻，去感悟人生、反思人性，"带了颜色的眼镜，去看世间的一切，当然没有纯白的啊！用了过分的要求，去责备世间的一切，当然不会满足的啊！我对她不是无论何事先存憎恶的观念吗？我对她不是无论何事，总过分的求全吗？"[①]"他"的忏悔，恰恰是对人生经验、人性本质的深度提纯，全篇的剧情、对话也是为"他"的哲理深思所服务。在《市声》中，更是罕有剧情、冲突和对话，全篇尽是我的所思所想——对都市、资本、阶级的理性认知，"虽然上海是大家认为繁庶而文明的，但在我周围的上海，只是简陋而污秽。虽然上海的市民是大家认为快乐而富足的，但在我周围的上海市民，只有劳苦和悲哀。虽然上海的事业是大家认为伟大的进步，且有益于中国的，但在我周围的上海的事业，只是虚伪的谦让，利己的施与，和无厌的掠夺"[②]。

《故乡》的建构方式近似于同是江苏籍作家谭正璧的《邂逅——一封寄给朋友们的信》和《舟中》两部作品，全篇展现了"我"在回乡途中以及返乡之后，与不同身份、不同阶层人的邂逅、相遇、会面。主人公"我"只是

---

① 周全平：《他的忏悔》，载《烦恼的网》，泰东图书局1924年版，第20—21页。
② 周全平：《市声》，载《烦恼的网》，泰东图书局1924年版，第35页。

一个旁观者、一个听众、一个思考者，负责将种种所见所闻、人生世相，转化为理性沉思，呈现在读者面前，"我正眠在床上思想我这两日中的见闻"①。这些见闻——深思包括：都市建立发展后，自然文明与现代文明的对立碰撞；资本文明入侵后，对普通民众的影响；地方官僚乡绅对底层百姓的盘剥吸血、无情压榨，相互之间的钩心斗角、争权夺利；庸众看客们的麻木无知、自私庸俗；传统文化、封建势力的异常顽固，新文化、新思想推广传播的艰难滞涩；带着"新文化"和"新思想"假面的青年人奋力攻击乡绅、竭力抨击旧道德，不是为了社会的进步、民众思想的解放，只是为了取而代之，攫取更大更多的利益。在《市声》《故乡》等作品中，哲理深思引导情节流转，人物对话也是为哲理深思所服务。周全平用哲学家、社会学家的眼光观察并思考社会、历史、文化、制度、时代、人生、人性等问题，这些问题与现实人生紧密相连，蕴含着作者强烈的社会责任感和时代使命感。

在周全平的小说中，失业是小市民、小知分子阶层的生活常态，"在现代的社会组织下，失业本是极平常的事"②。《苦笑》中的C君、《除夕》中的博庵、《旧梦》中的"我"、《中秋月》中的文礼、《圣诞之夜》中的"我"、《秋衣》中的"他"、《七月四日》中的"我"，都面临着或面临过失业的窘境。周全平一方面呈现这种社会态势，另一方面则反思造成这种社会问题的根源所在，"可恶的旧社会的经济组织先纵容一批强有力的恶汉瓜分了社会财产的全部，于是大部分的小百姓便生来就做了无立锥地的穷汉"③，指出这亦是造成"朱门酒肉臭，门有饿死骨"的根源所在，"不良的社会制度任意地把人类的生活鱼肉，一侧养成了许多高级的绅士，占去了全社会的养料，另一侧便只能在他们的桌下争夺一点残肴败粪。久而久之，善忘的人类，忘了原始人类的平等，反认人为的恶制度为天然的习惯了"④，并且进一步导致了人类的麻木

---

① 周全平：《故乡》，载《烦恼的网》，泰东图书局1924年版，第115页。
② 周全平：《秋衣》，载《楼头的烦恼》，光华书局1930年版，第84页。
③ 周全平：《秋衣》，载《楼头的烦恼》，光华书局1930年版，第91页。
④ 周全平：《七月四日》，载《苦笑》，光华书局1928年版，第126—127页。

与奴性，这是最为可怖的。

在《烦恼的网》中，周全平化身作品角色魔鬼的小女儿，发出拷问——哲理深思："为什么人类不喜欢用自己的能力去求命运，而要用赌博的法子去求命运呢？"[1] 在《下流人的辩护者》中，周全平再次化身作品角色呆子徐三，不仅向张二哥讲述了邹傻子的故事，还在文中以大段的个人独白展现了自我对社会、对人性的哲理深思，"一个人被社会欺骗了，他现在变成一个穷汉，他几乎穷到一无所有，没有财富，也没有地位。于是，他便要得着一个相反的批评。无论他向来的思想怎样纯洁，行为怎样光明，道德怎样高尚，都不能做他的失败的辩护。他们要说他是完全甘心堕落的下流人；说他没有创造的能力，奋斗的勇气，独立的精神；说他不识时务；说他太高傲；说他是笨人；说他是……总之，他已完全是一个下流人了！他现在的一切表现，无论如何，都是值得唾骂的。至于他从前的人格如何？贫困的原因何在？是没有考查的必要啊"[2]。上述的哲理深思，既是对邹傻子，也是对那些品格高尚，却被庸俗、麻木的世人（庸众）视为"下流人"的先觉者人生的概括与赞颂。

而到了小说《荣归》中，作者完全化身哲学家，全篇不见丝毫的社会问题、人生悲剧，周全平以超然物外的态度，以冷静深刻的抽象思维去建构感性的文学创作，去思考人生的意义所在，"他现在的努力所获到的只是现在，只是现在，他现在就占有了全世界，但抛弃了的从前是永远不能复回了"[3]，由此呈现出浓郁的智性玄思风格。

四、浪漫的爱情悲剧

在周全平的文学创作生涯中，也涉及了个人情感、自我书写的文本创作，

---

[1] 周全平：《烦恼的网》，载《烦恼的网》，泰东图书局1924年版，第129页。
[2] 周全平：《下流人的辩护者》，载《楼头的烦恼》，光华书局1930年版，第67—68页。
[3] 周全平：《荣归》，载《楼头的烦恼》，光华书局1930年版，第120页。

周全平爱情题材的小说写作，包括《圣诞之夜》《爱与血的交流》《林中》《旧梦》《楼头的烦恼》，是典型的自我书写，具有浓郁的浪漫抒情特质，同时往往以悲剧结尾，自由抒唱自我的情感，从而与其创造社骨干的身份背景同符合契。

在上述小说中，周全平将主人公奔涌的内在情绪转化为具体的外在节奏——浪漫的诗化表述，呈现在读者面前。情绪是人类感情的一种存在方式，是人类的一种心理状态，是一种水月镜花似的东西，需要借助外在的某种渠道才能呈现出来。在文本中，则需要借助节奏，节奏是传达情绪的主要方式，"文学的本质是有节奏的情绪的世界"[①]。《楼头的烦恼》中，"我"纵情高歌对房东女儿韵琴的爱恋，但这纯洁美好的爱情却被一对新搬来的租客夫妻彻底破坏了。他们住在我的隔壁，每晚做爱的响动打开了"我"内心情欲的闸门，令"我"的理性之锁崩坏。"我"在欲望的驱使下，试图对韵琴做出不轨的举动，却不幸让房东太太撞见，在含恨羞愧下，被逐出租屋。小说开篇，就是"我"自由抒唱自我痛苦悲愤的内在情绪，"我实在太卑劣了！我的自制力实在太微弱了！我近来意外获得的一些幸福，完全被我的卑劣的冲动破坏了！啊，我恨死我那放肆的情绪哟"[②]。揭示了"我"和"韵琴"爱情的终结，源于"我"没有抑制住内心的邪恶欲望。

《圣诞之夜》描写了年老的主人公"我"在圣诞之夜，拿出了年轻时写给爱人璇屏的情书，以书信和回忆相结合的方式，展现了一段无疾而终的爱情。年轻时的"我"深爱着璇屏，曾经给她写过最真挚的情书，在情书中，"我"尽情地抒发对她无尽的爱恋——浪漫的诗化叙述："璇屏啊，你是我的光明！你是我的安慰者！我希望你不要放弃你的慈爱！我愿意你永远受我忠诚的敬慕！"[③]但由于性格的懦弱，令"我"始终不敢将信寄出，同时由于二者家势

[①] 郭沫若：《文学的本质》，载《郭沫若全集·文学编》（第十五卷），人民文学出版社1990年版，第352页。

[②] 周全平：《楼头的烦恼》，载《楼头的烦恼》，光华书局1930年版，第17页。

[③] 周全平：《圣诞之夜》，载《梦里的微笑》，光华书局1925年版，第131页。

相差极大，自卑的心理也令"我"始终不敢追求璇屏。最终，璇屏嫁与他人，当下独剩一个风烛残年的麻木躯壳。《旧梦》中的"我"深爱着"她"，但由于"我"和"她"家境悬殊，令"我"始终不敢去大胆追求"她"，最终只能忍痛看着爱人嫁与他人。这完全源于"我"懦弱的性格，"我"对自己有着清醒的认知和痛恨的情绪，这情绪转化为外在的自由抒唱："我实在是太懦弱了！……我终究是太懦弱了！"[①] 这也揭示了《圣诞之夜》中的"我"和《旧梦》中的"我"的爱情悲剧，均属于典型的性格悲剧而非社会悲剧。

《爱与血的交流》描写了一出染血的爱情惨剧。徐神州和任颦珠一见倾心，徐神州的农场上司胡肇文也贪恋任颦珠的美色，还觊觎她的家势，任颦珠眼中却只有徐神州，但腼腆内敛的徐神州迟迟不敢向心上人表明心迹。胡肇文眼见求爱不成，便怂恿纨绔子弟徐玉枢去追逐任颦珠，任颦珠的父亲和继母因徐玉枢父亲棉纱大王的身份，便要强逼女儿嫁给了徐玉枢，以攫取利益。任颦珠誓死不从，以自尽抗争父母之命，终致香消玉殒。徐神州得知爱人逝世的消息后，最终手刃仇人胡肇文和徐玉枢。小说中的爱情悲剧固然有社会悲剧的因素——任颦珠父母强迫女儿嫁给徐玉枢的父母之命，以及人性悲剧的因子——阴险狡诈、冷血邪恶的胡肇文从中作梗、翻云覆雨，但造成悲剧的真正缘由却是一种性格悲剧——主人公徐神州犹疑不决、腼腆内敛的性格所致。与《圣诞之夜》中的"我"和《旧梦》中的"我"类似，徐神州由于个人性格的缺陷，在任颦珠离开农场前，错过了向心上人表明心迹的时机，只能自怨自艾地抒发心中的哀唱，"哦呀！我好像折了线的风筝，希望留在地上，忧惧慌急也留在地上，自己怀着死的绝望在空中飘荡"[②]。任颦珠和徐神州一见钟情时，胡肇文还未到农场办公，假若此时徐神州能主动表明心迹，以任颦珠独立自强的性格，定会与爱人远走他乡。

《林中》也描写了一幕爱情悲剧。仙舟、露萍、启英均是远房亲戚，其中仙舟和露萍自幼青梅竹马，启英深知二人情意相投，虽暗恋仙舟，却将这份

---

① 周全平《旧梦》，载《梦里的微笑》，光华书局1925年版，第218—224页。
② 周全平:《爱与血的交流》，载《梦里的微笑》，光华书局1925年版，第182页。

爱深埋心底。露萍的父母要将女儿嫁与他人，只因仙舟家势贫弱。最终，懦弱的露萍不敢违背父母之命，只能选择屈服，嫁给了一个纨绔子弟。本就性格阴郁的仙舟承受不了痛失爱人的打击选择远走他乡、隐遁世间，而启英也因爱人的悄然远去、杳无音信，郁郁而终、香消玉殒。仙舟、露萍、启英的悲剧虽有社会悲剧的因素存在——露萍父母的专制，但归根结底还是三人的性格缺陷所致。当露萍得知自己将要被父母像货物一样出卖后，只会自艾自怜、昼吟宵哭，"我不过是一枚飘零于大海中底浮萍啊"[①]。仙舟、露萍不敢去反抗社会和家庭的桎梏，"社会的势力，家庭的权威，哪一个人敢和它反抗呢？"[②]仙舟的性格阴郁消极，只能自怨自艾地抒唱心中的郁结与悲歌，"已把我底幻梦刺破。是的，我底幻梦已经破灭了。煊赫的豪富的贵公子在礼教底假面下夺去了我的所有。啊！残酷的礼教夺去我的所有"[③]，他只知消极避世，而不是奋力反抗。启英同样性格懦弱，在得知露萍嫁人后，始终不敢向仙舟表明心迹，令仙舟心灰意冷远走他乡，自己也郁郁而终。三人消极懦弱的性格缺陷最终导致了这幕爱情悲剧，令人慨叹唏嘘。

周全平爱情题材的现代小说均以悲剧收场，造成爱情悲剧的决定性因素并非社会时代、制度家庭，而是性格，这与其现实书写中的社会悲剧是完全相异的。同时，爱情悲剧的书写为典型的浪漫写意，作品中诗化般的唱诗俯拾即是，比喻、夸张、感叹、重复随处可见，渗透着浓郁的浪漫抒情气质。

结　语

作为创造社骨干的周全平，在创作小说时，表现出了一种异于创造社同人的倾向和风格，具有突出的个人特质。除了少数几部作品涉及自我书写、浪漫抒情外，其他作品均与社会现实密切相连。同时，罕见情绪的倾泻抒唱，

---

① 周全平：《林中》，载《梦里的微笑》，光华书局1925年版，第49页。
② 周全平：《林中》，载《梦里的微笑》，光华书局1925年版，第50页。
③ 周全平：《林中》，载《梦里的微笑》，光华书局1925年版，第53—54页。

而是以理性抑制情感，渗透着自我的哲理深思，体现出鲜明的现实指向。他对于社会、人性与生命的思考，仍闪烁着智性的光芒。周全平现代小说的特质与其创造社骨干的身份之间形成了一种强烈的反差和张力，给创造社革命浪漫主义小说带来了新质，更新了我们对于创造社小说风格的认知。

第七章
幽默的悖论
——李同愈小说风格论

引 言

  李同愈①是中国现代文学史上的失踪者，文学史中罕见其名。学界多是在论述20世纪30年代青岛的文学活动，或是20世纪30年代驻足青岛的其他知名作家时②，顺带提及或身处其中，或与之关系密切的学人李同愈。对于李同愈的文学创作，学界现有的研究更是寥寥，主要针对李同愈的短篇小说集《忘情草》进行过阐释③。除了《忘情草》中的作品，李同愈还撰写了诸多的短篇小说。沈从文曾指出李同愈是风格上学习冯文炳的青年作家之一，"在冯文炳君作风上，具同意趋向，曾有所写作，年轻作者中，有王坟、李同愈、李

---

① 李同愈（1903—1943），原籍江苏常熟。
② 参见李莹《〈避暑录话〉与1930年代中期青岛的文学生态》，《新文学史料》2020年第1期；刘涛《老舍的基督教信仰与救世观及其他——从最近发现的三篇老舍佚文谈起》，《中国现代文学研究丛刊》2010年第2期。
③ 对于《忘情草》的论述，仅有两篇论文——赵日茂：《〈忘情草〉的作者李同愈》，《新文学史料》2010年第4期；周融：《长街翠色无人识——评李同愈的〈忘情草〉》，《青岛文学》2016年第10期。

明棯、李连萃四君"①。1936年林徽因将《忘情草》中的《报复》选入京派代表作《大公报文艺丛刊小说选》。而《忘情草》还曾以"海派小说专辑之一"之名再版。纵观李同愈的小说创作,虽兼收了京派和海派的某些特质,却又有着明显独异各派的"边缘性","被各个流派所认领,游走于不同文人阵营之间,其实正说明了李同愈创作身份的边缘性——大约唯边缘性是不好投身于某一派某一报刊,反而必须尽力尝试一切,并与所有人投缘的"②,此种"边缘性"便是"幽默的悖论"之风格。逻辑悖论是一种严格意义上的悖论,是一种狭义悖论。把悖论由逻辑学、哲学引入诗学、文学、美学的范畴,并使之获得重视,则始于英美新批评派③。李同愈的小说浸润着幽默的气质,"幽默只是一位冷静超远的旁观者,常于笑中带泪,泪中带笑。其义清淡自然……幽默是冲淡的,挑剔讽刺是尖利的"④,挥洒着悖论的技法,以诙谐的反语、反讽式的思维布局、庄严的悲剧反讽,形成了一种"幽默的悖论"的艺术风格。

一、诙谐的反语

反语是语言的正话反说或反话正说,具有喜剧性、诙谐性的特质,力求把所要表达的感情和主题变得婉转、迂回和曲折,是幽默气质的一种具体表现方式与艺术手段,"使锐利的语意含蓄得不露锋芒"⑤。

---

① 沈从文:《论冯文炳》,载《沈从文全集·第16卷·文论·沫沫集》,北岳文艺出版社2002年版,第151页。
② 周融:《长街翠色无人识——评李同愈的〈忘情草〉》,《青岛文学》2016年第10期。
③ 英美新批评派所讨论和研究的悖论不是绝对意义上的悖论,是一种广义悖论,他们所关注和提倡的悖论,涵盖了文学、诗学、美学等诸多方面。理查兹、布鲁克斯等人虽然十分推崇悖论,但他们并没有给悖论下过明确的定义。在英美新批评的笔下,悖论的内涵是不断扩充与发展的,甚至等同过反讽。英美新批评派笔下的悖论包括反语、反讽、复义等。具体来说,使语言环境和结构布局形成两个甚至多个层面,这几个层面是对立冲突的,正中有反,反中亦有正。
④ 语堂:《我的话:论幽默》,《论语》1934年第33期。
⑤ 钱仁康:《论幽默的效果(下)》,《论语》1934年第46期。

在《义勇军外史》中，李同愈描写了"九一八"事变后，上海某机关成立了一支义勇军，准备"外御强敌"，这些机关成员实则均是些有着病态国民性的麻木愚昧之辈。"一·二八"事变爆发，日本海军陆战队登陆上海，闸北的夜晚火光冲天，"义勇军们"不是奋力抗敌，而是躲在家中吓得瑟瑟发抖，还将派发的军服统统扔掉，生怕被日本人发现自己义勇军的身份。第二天上班时，则装作若无其事的样子，还以此打趣，"昨晚真暖和，烧了一夜，房里不用生火炉"①。因此，"义勇军"成为了典型的反语，语表层之意是忠勇之军，内蕴层之意则是无耻的胆小鼠辈，形成了强烈的冲突。在《大时代的小角色》中，主人公孙总编辑平日自封为青年的领袖、时代的先驱，实则沉溺于爱欲之中难以自拔，是一个沽名钓誉之辈。"七七"事变后，孙总编辑的一众朋友均奔赴前线，抗敌报国，唯有孙总编辑独自留在青岛，踟蹰不前，与女友甜蜜地谈着恋爱。后来战事吃紧，女友便随家人离开了青岛，孙总编辑耐不住寂寞只能回到家乡与父母团聚，过上了"乡下人的朴实生活"②。"乡下人的朴实生活"是典型的诙谐反语，语表层指的是朴实脱俗，内蕴层则是指脱离时代、背弃家国。果然，热衷爱欲的孙总编辑在父母的安排下迅速完婚，沉浸在新婚的喜悦之中，而此时侵略者早已逼近孙总编辑家乡所在的县城。李同愈以诙谐的反语，在《义勇军外史》《大时代的小角色》等作品中，揭露嘲笑了当时一众所谓"爱国之徒"的丑恶嘴脸。

在《温雅先生的宴会》中，温雅先生所在城市的大学邀请了美国一批知名学者前来交流讲学，作为本地的著名学者，温雅先生也接到了该大学约请他参加欢迎美国学者晚宴的信件。邀请信率先被温雅先生的太太看到，她读完后醋意大发，向温雅先生发难。温雅先生误以为晚宴上会有某些佳丽出席，遂令妻子吃醋，为了安抚妻子，温雅先生便答应不出席宴会，妻子转怒为喜。温雅先生见妻子情绪好转，便无奈地向妻子诉苦，说自己失去了一个同美国学者们交流的好机会。温雅太太顿时明白自己把信中提及的"美人"二字误

---

① 李同愈:《义勇军外史》，载《忘情草》，生活书店1934年版，第228页。
② 李同愈:《大时代的小角色》，《东方杂志》1938年第35卷第18号。

作为"美丽之人"之意了,"席间有美人数位,久仰先生大名,颇思一见"①。"美人"的语表层是"美丽之人"之意,内蕴层则是"美国人"之意,语表层和内蕴层的冲突,使"美人"成为了典型的诙谐反语,正是这诙谐的反语造成了夫妻之间的误会,令人啼笑皆非。在《黄全福》中,主人公黄泉福虽是一个富家公子,却长相丑陋,天生癞痢头,女性见到他后唯恐避之不及,因此黄泉福至今还是单身。由于相亲的需要,黄泉福只得到某照相馆拍摄照片。摄影师得知黄泉福的情况后,便主动告诉他,自己能帮他修照片,只是费用较高。拍摄完成后,摄影师拿着照片给他观看,告诉他这是经过自己精心修后的效果。照片上的男子英俊潇洒、气宇轩昂,令黄泉福极为满意,更令自己无比自信,好像照片中的人就是自己。黄泉福心中暗暗立誓,要好好报答这位收取了天价照相费用的摄影师,"黄泉福心上几乎想送一块'妙手回春'金字匾来悬在门口"②。而相亲对象七小姐看到照片后,揭开了照片修后的秘密,原来摄影师根本没有修过照片,甚至没有给黄泉福拍摄过照片,只是拿了某歌舞团里男主角的照片给了黄泉福,欺骗他这是自己修后的照片。谜底的揭开,使"妙手回春"成为了典型的诙谐反语,语表层与内蕴层形成了强烈的冲突,令人捧腹。

《太太的病》和《小风波——家庭一型》是情节相同的两部作品,只是角色名称不同。主人公分别是著名医师陈亦仙和陈士明,他们均接到了社会显贵王经理和赵委员的邀请,为王经理和赵委员的妻子王太太、赵太太诊病。幽默的是,王太太、赵太太身体健康,根本没病,王经理、赵委员只是想让陈亦仙和陈士明故意诊断各自的太太身体抱恙,需要在家静养,从而避免各自的妻子从早到晚在外打牌跳舞。在诊治时,王经理和赵委员喧宾夺主,列出自己太太的种种病症,并开出药方,陈亦仙和陈士明只能频频点头附和,"是是!是之至!"③王太太、赵太太早已看穿自己丈夫的真实用意,过了几

---

① 李同愈:《温雅先生的宴会》,《中央时事周报》1934年第3卷第4期。
② 李同愈:《黄全福》,《中央时事周报》1934年第3卷第26期。
③ 李同愈:《小风波——家庭一型》,《理想家庭》1941年第3期。

日，她们如法炮制，将陈亦仙和陈士明又请到自己家中，向各自丈夫诉说陈亦仙和陈士明诊断自己后，发现应该让自己外出玩乐，才能身心康健。陈亦仙和陈士明只能再次频频点头附和，"是的是的"①。"是"就是一个典型的反语，语表层为"是"，内蕴层则为"不是"。王太太、赵太太本来无恙，却被王经理、赵委员以陈亦仙和陈士明之名说成有病。通宵打牌、喝酒跳舞本对身体有害，却被王太太、赵太太以陈亦仙和陈士明之名说成对身体有益。病人成了医生、医生成了助手，为了利益、为了生存，作为医生的陈亦仙和陈士明只能昧着良心说"是"，实则"不是"，角色的反转、诙谐的反语，使作品幽默风趣，在笑中发人深省。

诙谐反语以语表层和内蕴层的"表里不一""口是心非"，实现了讽刺、揶揄与嘲笑的功用，语言的正话反说或反话正说，把所要表达的感情和思想变得婉转、迂回和曲折，在幽默中实现理性沉思与现实描摹。

二、反讽式的思维布局

反讽有着悠久的历史，最初是由演说或谈话的诡辩术和修辞术发展而来，"西塞罗和昆体良所赋予它的比较有趣的含义，即作为论辩中对付敌手的方式和作为整个论辩的语言策略"②。"反讽"不同于"讽刺"，讽刺的语表层与内蕴层的性质是相同的，通过夸张来扩大或缩小事实从而达到揶揄、调侃的目的，"一个作者，用了精炼的，或者简直有些夸张的笔墨——但自然也必须是艺术的地——写出或一群人的或一面的真实来，这被写的一群人，就称这作品为'讽刺'"③。而反讽的语表层与内蕴层是完全对立冲突的，嘴所说的和意志所指的正好相反。"这里我们已经能够看到一个贯穿所有反讽的规定，即现象不是

---

① 李同愈：《太太的病》，《文潮》1949年第2卷第1期。
② [英] D·C·米克：《论反讽》，周发祥译，昆仑出版社1992年版，第23页。
③ 鲁迅：《什么是"讽刺"？——答文学社问》，载《鲁迅全集·第6卷·且介亭杂文二集》，人民文学出版社2005年版，第340页。

本质，而是和本质相反。"①李同愈擅以反讽式的思维，布局小说写作。

在《莫泊桑的风格》中，作家九思最近在研读莫泊桑小说中的女性角色，他的太太见状，便给丈夫九思讲述了自己的一段奇遇。奇遇中的九思太太被一个样貌丑陋却又彬彬有礼的男子吸引，这个男子主动上前搭话，告诉九思太太自己的一个朋友十分仰慕她，并为之写下了一百封情信，因得知九思太太已婚，爱而不得的好友最终自尽身亡。九思太太被这个男子朋友的行为打动，对那些情信也起了好奇之心，便主动提出想要阅览情信的要求。这个男子便带着九思太太来到一处隐秘的住所，声称情信收藏在此，九思太太进入房间后，这个男子凶相毕露，原来自尽的朋友、一百封情信之说均是他的杜撰，只为欺骗无知女性，他无耻凶恶地强暴了九思太太。当九思得知自己的太太被侮辱后，瞬间失去理智，由知书达理的温润之辈变成了暴戾恣睢的狂躁之徒，"'我同他拼命去！这个魔鬼！我同他拼命！'九思一个人咆哮着。他用力拍了一下桌子，桌上的钢笔也滚落到地下了"②。当九思太太看到丈夫暴怒后，告知了他实情，以上的遭遇均是自己的杜撰，只为激发丈夫的写作灵感，帮其构思新的作品。通过反讽式的思维和布局，小说中出现了两个"九思太太"——讲故事的九思太太和故事中的九思太太，讲故事的九思太太通过讲述故事中九思太太的不幸遭遇，并在最后揭开谜底，使原本儒雅的丈夫瞬间变得失态，又由失态变为笑逐颜开，悲剧瞬间又演变成一出喜剧。九思形象的反差、悲喜结局的对立，形成了典型的反讽，借助幽默的反讽布局，李同愈呈现并思考了夫妻关系、人类心理等问题。

在《某夜》中，石申是一个未曾露面的主人公，他为大家外出办事迟迟未归，因此众人纷纷抱怨起来，并对其借钱不还、好占便宜、自私吝啬、不讲卫生的种种恶习进行了指责批判，王葫芦甚至扬言要枪毙石申。老木对群情激愤的众人进行了劝慰，并给大家讲了一段自己乘船时的亲身经历。与老

---

① ［丹麦］索伦·奥碧·克尔凯郭尔：《克尔凯郭尔文集1·论反讽概念：以苏格拉底为主线》，汤晨溪译，中国社会科学出版社2005年版，第212页。
② 李同愈：《莫泊桑的风格》，载《忘情草》，生活书店1934年版，第56页。

木同船的一对夫妻，带着一个幼小的孩童，幼童不停哭闹，激怒了船中的一个红鼻子大汉，大汉破口大骂，粗鄙不堪。后来幼童想要如厕，丈夫便抱着幼童来到船头解手，二人不幸坠入江中。父子俩坠江后，妻子发疯似的求救，全船人无动于衷，只有凶恶的红鼻子挺身而出，他下水先救下男子，再下水救孩童后，却再也没能浮出水面。老木讲完后，众人唏嘘不已，当晚还是没能等来石申，便各自上床休息。第二日，众人接到石申被捕、遭受酷刑却守口如瓶和立即转移的密报。老木口中的红鼻子大汉和石申形象的前后反差，形成了典型的反讽。尤其是战友口中的石申形象和现实中的石申形象，"石申昨夜被捕，酷刑究询，未供一辞"[1]，形成了强烈的对峙冲突。通过幽默的反讽思维和布局，李同愈并不是去歌颂人性的美好伟大，而是反思某种人生哲理，"若从一些小事上判断一个人的好坏，那是错误的。一个好人若常把好行为昭示给别人，那还成？同样，一个人人嫌恶的坏蛋，也许有一颗比平常人好十倍的心"[2]。

在《报复》中，某车站站长老管非但有吸毒的恶习，还极为反感他人对自己吸毒行为的劝诫。某日，他多年未见的老友大生从外地来泰山游玩，顺道经过老管管辖的车站，便下车想要看望多年未见的好友。当大生得知老友染上吸毒的恶习并进行劝诫后，老管怒不可遏，偏激的老管决定报复老友，故意设计让其染上毒瘾。染上毒瘾前的大生批判老管"甘心堕落……简直把生命开玩笑"[3]，染上毒瘾后的大生在离开老管所管辖的车站时，主动托老友帮自己购置毒品，也没有再去泰山游玩，而是直接回了家，"他的趣味已改变了"[4]。染上毒瘾前的大生形象和染上毒瘾后的大生形象，形成了鲜明的对峙冲突，李同愈以反讽的思维和布局，幽默地刻画人性、反思人性。李同愈在写作小说时，尤擅以反讽的思维布局全篇，塑造人物，建构全文，如《莫泊桑

---

[1] 李同愈：《某夜》，《申报月刊》1934年第3卷第5号。
[2] 李同愈：《某夜》，《申报月刊》1934年第3卷第5号。
[3] 李同愈：《报复》，载《忘情草》，生活书店1934年版，第124页。
[4] 李同愈：《报复》，载《忘情草》，生活书店1934年版，第124页。

的风格》中的九思、《某夜》中的石申、《报复》中的大生。通过巧妙的情节，前后被描写的人物形象均出现了巨大的反差、强烈的冲突，这就是典型的反讽布局。

反讽不仅是一种艺术表现手法，更是一种创作思维与结构布局，"语境对于一个陈述语的明显的歪曲，我们称之为反讽……语境的巧妙的安排可以产生反讽的语调"[①]。通过反讽式的思维和布局与自我的幽默气质相结合，不是去批判暴露某个问题、某种现象、某一类人，而是去平和冲淡地进行深刻的哲理沉思。

三、庄严的悲剧反讽

英美学者推崇庄严的反讽——悲剧反讽，对此贡献最大的是英国学者康诺普·瑟沃尔，他将反讽由辩论和喜剧引向了对立与悲剧，"在提及索福克勒斯和'命运反讽'时，他暗示命运乃是半人化的力量：'在怀有希望、恐惧、期待和允诺的人与邪恶而又不可更易的命运之间的对照，为悲剧反讽的展示提供了广阔的空间。'……这种戏剧观和瑟沃尔的'命运反讽观'，都涉及反讽对象是命运注定无知无觉的受嘲弄者的看法。瑟沃尔把两者熔为一体，便引出了'戏剧反讽'——他称之为'悲剧反讽'——的概念"[②]。英美新批评派对反讽的研究和论述，使反讽进一步倒向了悲剧，"新批评的'反讽'概念完全摆脱了任何这种喜剧成分"[③]。在李同愈的一些创作中，同样呈现出了悲剧反讽的建构倾向和特质。

在《奸细》中，兵匪在一个落败的孤村中找到了一个未能及时逃走的5岁幼童，狠辣变态的兵匪连长只因未能在此地搜刮到钱财和女人，便将怒气

---

① ［美］克林思·布鲁克斯:《反讽——一种结构原则》，袁可嘉译，载赵毅衡编选《"新批评"文集》，中国社会科学出版社1988年版，第335—336页。

② ［英］D·C.米克:《论反讽》，周发祥译，昆仑出版社1992年版，第31—34页。

③ 赵毅衡:《重访新批评》，四川文艺出版社2013年版，第151页。

撒到了这个幼童身上,在经过恐吓侮辱后,命令部下将其以奸细之名砍头杀害。语表层的"奸细"与内蕴层的"无知幼童"形成了一种典型的对峙冲突,幼童的死亡更是一出庄严的悲剧反讽。在此作中,李同愈没有任何情绪的外泄,也没有任何竭力的嘶吼,甚至连女童的死亡都没有直接描写,只是描摹了幼童临死前的眼神和情态,"那一霎那的失望、仇恨与恐怖,夹杂着的眼光的投射呵"①,便戛然收笔。李同愈并不像有些作家那样直面民众的惨状、详细描写军阀的嗜血杀戮,但作者真切的情感、深刻的反思以折绕幽婉的形式直击读者内心,萦绕读者心头,这正是悲剧反讽的力量。在《平浦列车》中,一对只有钱买三等车厢的夫妻因无法挤上列车,而偷偷上了一等车厢,检票员发现后将其一家三口赶到了车厢连接处,夜间丈夫抱着孩子睡着后不甚坠车,妻子发现后大声哭喊,惊扰了一等车厢旅客们的美梦,一等车厢的贵客们便命列车员和随车的军警将其赶下了火车,一等车厢瞬间恢复了宁静,"这才听不见这讨厌的哭声了。卧车上的人们一直甜甜蜜蜜地睡到了天明"②。"讨厌的哭声""甜甜蜜蜜地睡到了天明"均为典型的反讽,李同愈以悲剧反讽将上等人和底层人的命运进行了对峙,形成了强烈的冲突,上等人在甜蜜梦乡中时,贫苦夫妻早已阴阳永隔,上等人的"甜蜜"更凸显出底层人的悲哀。

在《蔓延》中,家境优渥的小参是一个青年革命者,疼爱他的父母却不理解小参的行为,认为儿子走上了"歪路","那些朋友,那些书,把儿子教坏了"③,父母眼中学坏并走上歪路的小参,与现实中为革命、为人类解放事业最终献身的小参形成了强烈的对峙冲突,这就是典型的反讽。小参的死亡则使反讽由克制反讽,"在实际说出的与可能说出的之间有或大或小的差距"④,蜕变为庄严的悲剧反讽。小参不仅启迪了妹妹小梅的同学、自己的女友秀,他的殉难更是感染了曾经只知纵情享乐的妹妹小梅。秀和小梅先后觉醒,走

---

① 李同愈:《奸细》,《矛盾月刊》1934年第2卷第6期。
② 同愈:《平浦列车》,《中央时事周报》1934年第3卷第12期。
③ 李同愈:《蔓延》,《文史(北平)》1934年第1卷第1号。
④ 赵毅衡:《重访新批评》,四川文艺出版社2013年版,第155页。

上了革命之路，他的革命精神实现了蔓延与传播。尤其是父母见到小梅像她的哥哥那样走上"歪路"后，"都是着了魔"[1]，痛心不已。纵情享乐的小梅和"着了魔"的小梅再次形成了巨大的对立冲突，又是典型的反讽。可以预见，"着了魔"的小梅的结局将像小参、秀那样，为革命事业献身，这牺牲无疑是悲壮的，也使反讽再次由克制反讽升华为庄严的悲剧反讽。类似于《奸细》，在《蔓延》中，李同愈同样没有正面描写过小参的牺牲、革命事业的艰辛，而是借助悲剧反讽，通过小参父母对儿女的关爱宠溺，侧面凸显小参死亡、小梅走向革命之路的悲壮与伟大。

在《落选》中，矿工斯巴得因矿难不幸失去一条手臂而被矿场裁撤，他四处寻找工作都因手臂的残疾而失败，斯巴得一家由此陷入困境。某日，邻居依洛夫告诉斯巴得有一个电影剧组正在附近拍摄，需要一名自愿献身的人去参演一个被狮子吃掉的角色。参演的人虽然会死亡，但将会收到丰厚的报酬。此时斯巴得家中的米缸早已见底，家人们正在死亡的边缘徘徊，斯巴得经过激烈的思想斗争后，最终决定出演这个角色，牺牲掉自己，为家人换取丰厚的报酬。斯巴得的死意味着家人的生，生与死的对立构成了典型的悲剧反讽，由此呈现底层人民的悲惨命运。小说结尾则展现了李同愈绝妙的幽默气质，当斯巴得来到电影剧组面试时，却被导演无情的拒绝，只因他是一个失掉手臂的残疾人，如果选他来出演这个角色，会影响最终成片的美感。李同愈以黑色幽默的气质，展现了斯巴得的悖论命运，他的生又意味着家人的死，生与死的再度对立又构成了一幕典型的悲剧反讽。《落选》中斯巴得的命运，类似于鲁迅散文诗剧《死火》中诗剧角色"死火"，从物理学角度来说，《死火》中的"死火"本身就带有悖论的特质，"有炎炎的形，但毫不摇动，全体冰结，像珊瑚枝；尖端还有凝固的黑烟，疑这才从火宅中出，所以枯焦。这样，映在冰的四壁，而且互相反映，化为无量数影，使这冰谷，成红珊瑚色"[2]。"死火"被遗弃在冰谷之中，被冰冻成了"死火"的形态，既无法像火

---

[1] 李同愈：《蔓延》，《文史（北平）》1934年第1卷第1号。
[2] 鲁迅：《死火》，《语丝》1925年第25期。

一样燃烧,又不能与冰融为一体。这是典型的悲剧反讽——冰与火的冲突、生与死的对立。"死火"遇到"我"后的命运是假若被"我"带出冰谷,将会永得燃烧,直到燃尽为止——死亡;如果"死火"被"我"留在冰谷,将会被冰冻,直到冻灭——死亡。无论是留下还是离开,"死火"的命运都是死亡。这又是一种生命悖论式的悲剧反讽,留下是死亡,离开还是死亡。

斯巴得就像一团"死火",离开冰谷——去做演员,将要被狮子吃掉,留在冰谷——不去做演员,将要和家人一起饿死,"他的希望全成了泡影,眼前看到了一堆饿死的尸首,那是他的娘,他的老婆,几个孩子以及他自己"[①]。李同愈以生命悖论的悲剧反讽对命运、对死亡进行了深刻的理性沉思,也对底层人的悲惨人生进行了揭示,展现了同情之感。幽默与反讽的结合,使李同愈的描摹与情感均是幽婉客观的,却丝毫未减弱表现的力度,反而更富哲理深度。

结　语

李同愈的小说短小精悍,更近似于小品文,"小品文是篇幅短小、形式活泼、内容多样化的一种杂文……现代小品文受西洋 essay(随笔)的影响很深,往往令人有幽默感……描写社会生活的各个方面。宇宙之大,苍蝇之微,无一不可以写……好的小品文常常是幽默的。幽默并不就是滑稽,滑稽只是逗笑,而幽默则是让你笑了以后想出许多道理来"[②]。诙谐反语的应用,使李同愈的小说具备了徐訏所提及的幽默中的"中中"效果,"用幽默之方法表现情理"[③]。而反讽式的思维布局和悲剧反讽的应用,使李同愈的小说具备了徐訏所提及的幽默中的"上上"之效,"凡从情里感透理里悟透而自然流露幽默

---

① 李同愈:《落选》,《国闻周报》1934 年第 11 卷第 3 期。
② 王力:《平平仄仄平平仄》,天地出版社 2019 年版,第 301—302 页。
③ 徐訏:《幽默论》,《论语》1934 年第 44 期。

来"①。李同愈"幽默悖论"式的创作与讽刺文学②有着本质区别,以同为江苏籍作家张天翼所带有"愤激冷峭"③、泼辣深刻之风的讽刺创作相比,李同愈的小说剔除了讽刺的尖锐、激愤与批判,在幽默中,幽婉折绕的表现主题、传递情感,呈现出的是智性的平和与冲淡,是对人生哲理的心灵启悟,这正是林语堂所推崇的幽默,"这种的笑声是和缓温柔的,是出于心灵的妙悟"④,李同愈小说幽默气质的形成,则依靠的是悖论技法,由此形成了"幽默悖论"之风。李同愈正值盛年却不幸离世,他的死亡至今仍是中国现代文学史上的一桩谜案,而他的小说与逸文也依然有待学界发掘阐释。李同愈的重现发现,亦是对文学史的有益补充与开拓。

---

① 徐讦:《幽默论》,《论语》1934年第44期。
② 20世纪40年代盛行的讽刺文学,是通过政治讽刺、官场讽刺、社会讽刺、人性讽刺达到对现实暴露与批判的创作目的。
③ 吴福辉:《锋利·新鲜·夸张——试论张天翼讽刺小说的人物及其描写艺术》,《文学评论》1980年第5期。
④ 语堂:《我的话:论幽默》,《论语》1934年第33期。

第八章
马斯洛人类需求理论视野下的孙梦雷小说研究

引 言

孙梦雷,江苏无锡人,1904年9月生。孙梦雷是中国现代文学史上的被遗忘者,当下罕见孙梦雷的研究资料[①]。回溯孙梦雷的文学创作生涯,他尤擅小说撰写,在短暂的一生中写作了多部短篇小说,以及长篇小说《英兰的一生》,"它不仅是孙梦雷的代表作,是他实践'为人生的艺术'主张的优秀作品,也是新文学(1922—1927年间)长篇小说的时代性标志与重要收获"[②]。学界以往对孙梦雷的研究主要集中于他的"为人生"写作——"控诉战争的残暴与非人道给无辜百姓带来的巨大痛苦……揭示底层民众艰难的生存现状。孙梦雷与文学研究会其他成员一样,对社会中普遍关注的社会问题,如城市贫民的生存状况、知识分子的弱者地位、广大妇女的不幸遭遇等,倾注了更多的感情"[③]。孙梦雷在写作小说时,除了摹写黑暗社会底层民众特别是妇女阶层的悲惨命运外,还尤为关注人类从生理到心灵的种种需要,由此探究剖析

---

① 当下的孙梦雷研究仅有陈思广的论文《不该被湮没的作家——孙梦雷和他的创作》,以及陈思广主编的书籍《孙梦雷文存》。
② 陈思广:《不该被湮没的作家——孙梦雷和他的创作》,《江南大学学报(人文社会科学版)》2010年第6期。
③ 陈思广编:《孙梦雷文存》,中国社会科学出版社2021年版,第5页。

人类深层次的精神世界和情感世界。

一、生理需要

在马斯洛的人类需求理论中，最低层次的需求为"生理需要"（食物），"一个同时缺乏食物、安全、爱和尊重的人，对于食物的渴望可能最为强烈"[①]。控诉残暴的战争给人类造成的苦痛与劫难是孙梦雷小说的母题之一，"控诉战争的残暴与非人道给无辜百姓带来的巨大痛苦"[②]。孙梦雷在批判不义之战的同时，也揭示了战争结束后，人类最基本、最低层次的生理需要——幸存民众如何实现果腹的现实问题。

《柳絮》中的荣家原本是小康之家，战争摧毁了他们的家园和产业，迫使他们逃难到异地，虽保住了性命，但面临着饥饿的问题，"'我是饿得受不得了！……'大女儿拍着自己的腿说"[③]。荣家共有男女老少七口人，为了给一大家子人觅得食物，荣太太只得将自己的大女儿荣花卖到上海，以填饱全家人的肚子。《英兰的一生》中的耕林是一个愚昧的农人，育有三女，由于最小的孩子英兰依旧是一个女儿，膝下无子的他便将一腔怒火全部撒向了最后出生的英兰，对她终日恶语相向。由于勉强能够实现温饱，耕林却也从来没有将英兰抛弃的念头。而当旱灾来临，粮食歉收，全家无米下锅面临饥饿之时，"到年底米吃完了，看怎么办！——大家一块儿饿死？"[④]耕林做出了与荣太太相同的选择，在英兰姑姑的怂恿下，将年幼的英兰送到城里做女佣，用出卖英兰的钱财换取到了能够填饱全家人肚子的食物，家中最疼爱英兰之人——英兰的生母亦同意了丈夫的决定，劝说英兰去城里做佣人，"还是听你爸爸的话去罢，你要不去，爸爸又得发恼打你。而且，你在家亦没有什么好处。今

---

① ［美］亚伯拉罕·马斯洛：《动机与人格》第三版，许金声等译，中国人民大学出版社2007年版，第19页。
② 陈思广编：《孙梦雷文存》，中国社会科学出版社2021年版，第5页。
③ 孙梦雷：《柳絮》，《东方杂志》1925年第22卷第24号。
④ 孙梦雷：《英兰的一生》，开明书店1927年版，第58页。

年收成不好，将来大家还得饿起来呢"①，以解决全家人的温饱问题。

当人类处于饥饿之时，其意识——情感，就会全部被饥饿——情绪控制，"整个机体的特点就是饥饿，因为意识几乎完全被饥饿所控制"②，由此做出不理智的行为。情感是一种比情绪更加高级的感情形式，用来展现人的社会性感情，是一种人类独有的、复杂的内心体验和心理现象，与人的社会属性息息相关，"经常用来描述那些具有稳定的、深刻的社会意义的感情……作为一种体验和感受（experience），情感具有较大的稳定性、深刻性和持久性"③。情绪则较为低级和原始，不仅人类具有情绪，动物也拥有情绪，"具有较大的情景性、激动性和暂时性，往往随着情景的改变和需要的满足而减弱或消失。情绪代表了感情的种系发展的原始方面"④。人类的一些非理性的消极情绪被情感（理智）控制或压抑，当人类基本的生理需要无法得到满足时，人类的那些消极情绪就不再受情感（理智）所控制，势必会导致有违伦常、狠毒无情的行为发生。

耕林原本就不喜欢英兰，他的情绪（潜意识）一直都是将英兰甚至英兰的姐姐们（女儿）送走或扔掉，"这年头！这样坏的年成！要这些个只吃不做事的？男孩子，他能传宗接代，我愿意养这些个女的，要她们干吗？——赔钱货！最可气的是兰儿，我看见她就有气。明天给人罢！我不要"⑤，但仅仅是在平时逞口舌之快，而无任何的实际行动，源于耕林的情感（理性）——伦理上的父女之情压抑着他的情绪（感性）——扔掉"赔钱货"的女儿。而当全家人真的要面临饥饿问题——人类基本的生理需要无法得到满足时，耕林

---

① 孙梦雷：《英兰的一生》，开明书店1927年版，第68页。
② ［美］亚伯拉罕·马斯洛：《动机与人格》第三版，许金声等译，中国人民大学出版社2007年版，第19—20页。
③ 彭聃龄主编：《普通心理学》（修订版），北京师范大学出版社2004年版，第365页。
④ 彭聃龄主编：《普通心理学》（修订版），北京师范大学出版社2004年版，第365页。
⑤ 孙梦雷：《英兰的一生》，开明书店1927年版，第6页。

的消极情绪就冲破了情感（理智）的束缚，做出了同荣太太一样的、不理智的残忍行为，将自己的女儿或是贩卖给上海的人贩子，或是送到城里的大户人家做女佣。

在《奶母》中，胡家大婶在自己的二儿媳妇出月子后，在张大婶的怂恿和"帮助"下，将其送到了城中的富人家庭做乳母，不同于荣太太和耕林送走自己的女儿是为了满足人类的生理需要，胡家大婶将二儿媳妇送去做奶母，并将刚刚出生的小孙女送人的行为，源自丑恶的人性与病态的国民性，"孙女儿到成群了！也不知是什么地方坏了风水！想想，女孩子要这许多做什么，养到十八九岁，嫁出门，就是人财两空……二媳妇要是再产生个女孩子，就打发他进城做奶母去，孩子送人也好，托人养也好"[①]。胡家虽不是小康之家，却也并无衣食之忧，只因二儿媳妇生的三胎均为女儿而非儿子，因此，封建思想根深蒂固的胡家大婶便对自己的二儿媳妇极为不满，做出了残忍冷血的行为。

荣太太和耕林一家人饥饿的根源是落后贫困、动荡战乱的社会，但愚昧无知、麻木冷血的他们同胡家大婶一样，不知反抗黑暗的社会，只知对弱者吸血耍横，孙梦雷以生理需要折射人性、国民性的病态丑恶。

二、归属和爱的需要

当一个人的生理需要得到满足后，他必然去追求、去实现其他的人生需要——归属和爱的需要，"如果生理需要……得到了满足，爱、感情和归属的需要就会产生……对爱的需要包括感情的付出和接受。如果这不能得到满足，个人会空前强烈地感到缺乏……心爱的人、配偶"[②]。恋爱婚姻问题亦是孙梦雷小说的着墨点，以人类的归属和爱的需要去关注女性在恋爱婚姻中的不幸遭

---

① 梦雷:《奶母》,《妇女杂志（上海）》1923年第9卷第12号。
② ［美］亚伯拉罕·马斯洛:《动机与人格》第三版,许金声等译,中国人民大学出版社2007年版,第27页。

遇、悲惨命运，以及苦痛孤独的精神世界。

英兰原本与本村富户冯大叔的小儿子虎儿青梅竹马，冯大叔也颇为钟意懂事乖巧、美丽善良的英兰，不曾歧视贫困的耕林一家，并主动为儿子向耕林家提亲，但算命的范瞎子"算出"英兰和虎儿二人命格相冲后，这门亲事便胎死腹中。耕林在自己大姐的怂恿下，将英兰嫁到了刻薄悭吝的地保吕长发一家。英兰在吕家饱受折磨虐待，最令她无法忍受的还是丈夫梅生的自私羸弱、木讷粗鄙，与曾经的爱人虎儿相比完全是云泥之别。《懵懂》中的阿三，原本是一个放荡不羁、耽于享乐的工人，被工友们鄙视。阿三与嫁入吕家的英兰都已经解决了人类最基本的生理需要——食欲，因此，他们渴望追寻更高层次的人生需求——爱情。由于缺乏归属和爱的需要，英兰心中充满愤懑怨恨，"更恨范瞎子"①，怨恨父母和姑姑，"母亲的可爱，也是不可靠的……非常痛恨姑妈，可恶的姑妈"②，怨恨婆婆和丈夫，"将来的结局，不知怎样呢；能在长发的妻手指里溜过，已经是很困难的事了；而且，梅生的可憎"③。类似于英兰，独身一人阿三也终日感到"无精神"④，浑浑噩噩，荒唐度日。

无论是英兰的怨恨，还是阿三的无精打采，均源于自我对归属和爱的需要的渴求。当英兰失去爱人时、当阿三没有爱人时，他们是痛苦和孤独的，"强烈地感到孤独，感到在遭受抛弃、遭受拒绝，举目无亲，尝到浪迹人间的痛苦"⑤。尤其是阿三的孤独和无精打采，并不是性的匮乏，"爱和性并不是同义的"⑥。阿三终日流连于烟花之地，他并不缺乏性经历，性并不是他"无精

---

① 孙梦雷:《英兰的一生》，开明书店1927年版，第164页。
② 孙梦雷:《英兰的一生》，开明书店1927年版，第164页。
③ 孙梦雷:《英兰的一生》，开明书店1927年版，第145页。
④ 梦雷:《懵懂》，《小说月报》1923年第14卷第10号。
⑤ [美]亚伯拉罕·马斯洛:《动机与人格》第三版，许金声等译，中国人民大学出版社2007年版，第27页。
⑥ [美]亚伯拉罕·马斯洛:《动机与人格》第三版，许金声等译，中国人民大学出版社2007年版，第28页。

神"的根源，他找寻的是爱的伴侣。因此，当阿三认定暗娼老钱是自我理想的爱的伴侣，并与之冲破世俗阻碍结合之后，最终实现了人生的蜕变，"结婚后……阿三也不似先前的荒唐了，他每日，做完了工，什么地方都不去，就回家……两年后，他们也有了一个肥胖可爱的孩子，他们已经组织一个小小美满的家庭！他们的同伴，现在对于他们是很信任的了"①。归属和爱的需要对人类的情感和行为有着强烈的指引作用。

《微声》中的李思和《懵懂》中的瘪二是孙梦雷笔下罕见的模范丈夫，他们性情温和、吃苦耐劳、疼爱妻儿，"李思也是拉车的；他拉了六年车，怎么就把这处房屋多买下来了。他多么勤苦；不要说喝酒赌钱，……连烟多不吸的；就是天桥……多不大去玩的；他现在有了这一处房屋，还一天到晚拉着车"②。只因李思和瘪二实现了自我的归属和爱的需要，使他们对现有的家庭生沽感到满足、欣慰，"这就是有妻的好处！她能安慰我，在闷烦、寂寞的时候。她又能规劝我。——而且还有两个活泼可爱的孩子，我一见他们小小红白的脸儿，虽是在极烦恼的时候，多可以使我的心发出甜蜜快乐的波纹"③。幸福的、满足的归属和爱的需要指引着李思和瘪二积极的人生态度和行为。

孙梦雷在小说中，多揭露和批判恶毒愚昧的婆婆和冷漠麻木的丈夫对青年妇女的戕害，由此揭示了在封建愚昧的黑暗社会中，处于社会底层的、被侮辱被损害的女性群体，始终难以实现归属和爱的人类需要，由此造就了她们悲惨凄凉的人生命运，使她们始终处于苦痛的精神世界之中。

三、自尊和自我实现的需要

当人类的生理需要、归属和爱的需要实现后，势必会去追求更高层次的需求——自尊需要和自我实现需要，"社会上所有的人都有一种获得对自己的

---

① 梦雷：《懵懂》，《小说月报》1923年第14卷第10号。
② 梦雷：《微声》，《东方杂志》1922年第19卷第11号。
③ 梦雷：《懵懂》，《小说月报》1923年第14卷第10号。

稳定的、牢固不变的、通常较高的评价的需要或欲望，即一种对于自尊、自重和来自他人的尊重的需要或欲望……它指的是人对于自我发挥和自我完成的欲望，也就是一种使人的潜力得以实现的倾向。这种倾向可以说成是一个人越来越成为独特的那个人，成为他所能够成为的一切"①。

《村妇》中的乡民朱二嫂将自家的羊弄丢了，在人命尤其是妇女之命如草芥的黑暗时代，"她很知道，在她们这地方，要人一条命和赶走一个媳妇，不算什么罪过"②，朱二嫂由此被丈夫痛殴，还听到了婆婆向上天的恶毒祈祷，"求山神老爷保佑，使我的羊还来，不要被野兽吃了。吃了我媳妇是没有什么要紧的"③。她只能选择离开这个家，回到娘家避难。《微声》中的"醉鬼"和于四均欠下了巨额的高利贷，不似"醉鬼"的不以为意，被催债的一番羞辱后，感到还贷无门的于四选择上吊自尽，后被诸邻居及时发现并救下。《微波》中的阿细，只因一时糊涂，偷拿了丝厂里的一卷残丝，就被苛刻冷血的账房刘先生命监工将其绑在树上示众。示众归家后，阿细因丢了工作并让丈夫保儿丢了人，又遭到了保儿的毒打和驱赶，回到娘家的阿细还被父亲辱骂殴打，最终投井自尽，"阿细心一小，真的去跳井死了"④。

朱二嫂的回娘家、于四的上吊自尽、阿细的投井自尽，这三个动作，均是人类力图实现高层次的需求——自尊需要的自觉反应。朱二嫂、于四和阿细虽然生活贫瘠，却能够实现温饱，又都有家人孩子，却遭受了生活中的意外——丢失羊、欠高利贷、偷丝被示众，由此遭到亲人的埋怨辱骂以及殴打驱逐，为了实现自尊需要，尤以于四和阿细为代表的人类，最终选择死亡（以自尽终结自我的生命），想要以此摆脱苦痛和耻辱，实现人生的解脱（快乐——自尊），"个人，家庭，社会，国家，没有一样不是黑暗之薮；人的一

---

① ［美］亚伯拉罕·马斯洛：《动机与人格》第三版，许金声等译，中国人民大学出版社2007年版，第28—29页。
② 梦雷：《村妇》，《妇女杂志（上海）》1923年第9卷第4号。
③ 梦雷：《村妇》，《妇女杂志（上海）》1923年第9卷第4号。
④ 梦雷：《微波》（续），《东方杂志》1922年第19卷第24号。

生,所作为无非凶暴……她一分钟也不能多留在这黑暗凶暴的世上,快乐之神立刻导她到快乐之地去"[①]。

英兰在逃离吕家后,来到无锡,在荐头王老板的帮助下,得到了进入富绅杨中正家做他三儿子荫少爷和儿媳荫少奶奶佣人的机会。在杨家,没有了饥饿的威胁,也没有了凶恶的婆婆和冷血的主人,荫少爷和荫少奶奶性格温和,对待下人友善谦和。英兰在这里还结识了志趣相投的好友春桃以及特别关照自己的陆妈。《朱心芬》中的心芬出身富贵之家,嫁给了同样出身豪门的翩翩公子志希。婚后,二人的夫妻关系甜蜜亲昵。此时的英兰和心芬已经实现了生理需要以及归属和爱的需要,因此她们又在追寻人类更高层次的需求。道貌岸然的荫少爷相中了年轻貌美的英兰,想要勾引她,此时的英兰虽然开始陷入情欲的旋涡难以自拔,"在安逸自由中的日子,是过得很快的。并且,在安逸自由时,便更进一层要要求适意和快乐了……感到自己单调的孤寂……英兰很妒忌荫少奶和荫少爷的相爱……她很仰慕荫少爷像这多情的美男子……英兰的性情,是渐渐在改变了"[②]。但人类高层次的需求——自尊需要,使其在认清了荫少爷的丑恶面目后,决然离开舒适的杨家,在工厂做起了女工,过着清贫的生活。志希逐渐暴露出自己风流的真实面目后,渴望纯洁爱情的心芬也为了人类的自尊需要,特别是成为独立个体而不是男性附庸的自我实现的需要,"我为什么要生命?我不过是为人类谋快活的使者?我唯一的使命,在牺牲自己的幸福,而造就他人的幸福?我的职业是牺牲我的人格和肉体给丈夫?牺牲我的血浇溉孩子?我不过为人类而生存又为人类而牺牲的奴仆?我是丈夫的玩物,孩子的保姆?你在外边荒唐,我只能安慰你……我愿为我自己牺牲,不愿为人类牺牲!"[③]像娜拉一样,在雷雨之夜毅然离家出走。

人类特别是女性践行自我的高层次需求,是由社会的发展和变迁所决

---

① 梦雷:《死后二十日》,《小说月报》1921年第12卷第7号。
② 孙梦雷:《英兰的一生》,开明书店1927年版,第235页。
③ 梦雷:《朱心芬》,《妇女杂志(上海)》1922年第8卷第10号。

定的。万千妇女的初始生理需求——稳定的家庭关系，是由几千年来中国封闭的、自给自足的社会经济所决定的，随着资本主义经济的入侵、封建经济——稳固的家庭关系的逐步解题，以及战乱的爆发、社会的发展，她们的人类需求也随之发生转变，自尊和自我实现的需要逐渐超过生理需要、归属和爱的需要，占据主导地位。

结　语

通过马斯洛的人类需求理论，可以发现孙梦雷借助小说对"人"的关注和透视，并通过对人类需求的阐释，在创作中展现复杂、变革的社会关系。对于稳固的、传统的社会——男权社会来说，剖析人类——女性的需求，更具代表性与问题意识。女性的需求是从压抑、稳定的古老社会中，迸发出的热烈的诗、响亮的歌，喷涌于天地、激荡在人世，但这种需求在面对森严、牢固的社会关系与伦理制度之时，却依旧脆弱与无力。孙梦雷笔下的女性以及以童工等为代表的弱势群体，始终无法摆脱被侮辱被损害，甚至死亡的悲剧命运，他们面对黑暗势力，是如此的渺小。通过回溯孙梦雷的小说写作，可以发现他所承载的"五四"学人的社会责任感和历史使命感。

第九章
都市爱情书写
——叶灵凤现代长篇小说论

引 言

叶灵凤，原名叶蕴璞，1905年4月生于江苏南京。早年有笔名灵凤、凤、林风、临风、凤、叶林丰、林丰、丰和亚灵、L.F等，晚年则用笔名霜崖、秋生等。叶灵凤的现代长篇小说创作集中于20世纪30年代，主要有《红的天使》[1]《时代姑娘》[2]《未完的忏悔录》[3]《永久的女性》[4]等作品。在风雨飘摇、祸乱交兴的20世纪30年代，叶灵凤的长篇撰写承继了他20世纪20年代文学创作的特质[5]，通过个人化的写作，解剖个人的精神世界，描摹性格悲剧，由此书写都市爱情。

---

[1] 单行本系上海现代书局1930年1月初版。
[2] 单行本系四社出版部1933年7月初版。
[3] 单行本系今代书店1936年6月初版。
[4] 单行本系大光书局1936年7月初版。
[5] 泰东书局1927年出版了叶灵凤的第一部小说集《女娲氏之遗孽》，现代书局1931年又出版了叶灵凤的小说集《灵凤小说集》，两部小说集基本涵盖了叶灵凤20世纪20年代的小说作品。

一、象牙塔中的个人化写作

叶灵凤20世纪30年代的长篇创作是一种典型的个人化写作，在他与潘汉年合办的《幻洲》杂志的编撰宗旨中可见一斑，"短小精悍的幻洲半月刊，上部象牙之塔里的浪漫的文字"①。鲁迅也曾就叶灵凤的创作倾向进行过批判，"新的流氓画家又出了叶灵凤先生，叶先生的画是从英国的比亚兹莱（Aubrey Beardsley）剥来的，比亚兹莱是'为艺术的艺术'派……斜视的眼睛——Erotic（色情的）眼睛"②。在时代浪潮的冲击下，当同时代的诸多作家纷纷实现创作转向之时，叶灵凤依旧隐匿于自我的象牙塔之中，沉醉于唯美浪漫的爱情迷梦。

在第一部长篇创作《红的天使》中，叶灵凤也跟随潮流营造了一种"革命+恋爱"模式的文学创作假象。他将男主人公丁健鹤的身份设定为一个从事秘密工作的革命者，"为了社会与恶势力搏斗着……阶级的铲除，束缚的解放，高压下的挣扎，群众的幸福，幸福的世界，一个极端的实现的改革者，同时也几乎是一个可笑的梦想者"③。但在实际创作过程中，叶灵凤并没有展现丁健鹤所参与的任何具体革命工作，也并未展现丁健鹤对他人的何种启蒙，革命者的身份只是为了便于剧情的开展和为四角恋爱冲突进行布局。宋氏姐妹淑清、婉清因丁健鹤革命者的身份，同时崇拜他、深爱他，由此，姐妹间出现了罅隙。丁健鹤和姐姐的完婚令婉清万分嫉妒，她决意要报复二人，故意挑拨二人的关系，让同样深爱姐姐的丁健鹤的好友韦树藩有机可乘。为了独占淑清，韦树藩找人向巡捕房举报丁健鹤革命者的秘密身份，令其锒铛入狱。婉清在得知爱人被捕后，悔恨不已，自杀谢罪，从而使四角恋爱的冲突达到了最高潮。丁健鹤的被捕实则与革命事业无关，而是四角恋爱的争风吃

---

① 叶灵凤：《回忆幻洲及其他》，载《读书随笔》，杂志公司1946年版，第153页。
② 鲁迅：《上海文艺之一瞥》，载《鲁迅全集·第四卷·二心集》，人民文学出版社2005年版，第300页。
③ 叶灵凤：《红的天使》，上海现代书局1930年版，第4页。

醋所致。在叶灵凤笔下，革命仅仅是为爱情剧情展开和爱情冲突布局的一种工具。如果说《红的天使》是叶灵凤在20世纪30年代初期"革命+恋爱"创作潮流中的应景之作，那么在之后的几部长篇创作中，革命二字彻底烟消云散，独留多角恋爱的纠葛。

当同时代的作家纷纷在撰写抗战烽火、时代变迁之时，叶灵凤依旧沉溺于多角恋爱的写作难以自拔。鲁迅曾将张资平的创作概括为"△"，"我将'张资平全集'和'小说学'的精华，提炼在下面，遥献这些崇拜家，算是'望梅止渴'云。那就是——△"[1]。实际上，与叶灵凤的纯个人化写作不同，张资平在撰写多角恋爱的情感纠葛和突破伦理禁忌的不伦之恋的同时，还表现出了一种对现实人生的强烈观照之感，"他的作品带有了极显著底写实色彩"[2]。叶灵凤在《时代姑娘》《未完的忏悔录》两部作品中虽然都提及了"一·二八"事变，却仅是作为时间背景的介绍和故事情节的铺陈之用。《时代姑娘》中，"一·二八"事变爆发时，秦丽丽父亲的老友陈浩鹤在危难中收留了她，因此，与父亲素有隔阂的秦丽丽在陈老伯这里获得了父爱，为之后陈浩鹤在上海照应秦丽丽并为韩剑修料理后事的剧情做了铺垫。《未完的忏悔录》中，"一·二八"事变爆发后，市面萧条，由此解释了韩斐君没有继续投资画报事业的缘由。而张资平不仅创作了大量"革命+恋爱"题材的作品，当同时代的作家还在思考"娜拉走后怎样"的问题之时，他已经在创作中透视和思考"革命发生后怎样"这一更为复杂的问题。更是在《无灵魂的人们》中，以"万宝山事件"、"九一八"事变和"一·二八"事变为创作背景，展现和批判了都市中的"无灵魂的人们"——病态的庸众们在国仇家难之际，尤其是"一·二八"事变爆发时，如何的麻木奴性、愚昧堕落，并塑造了一系列"阿Q"式的青年知识分子群像。

反观叶灵凤，此时的他隐匿于象牙塔中不问世事，以多角恋爱的撰写

---

[1] 黄棘：《张资平氏的"小说学"》，《萌芽月刊》1930年第1卷第4期。
[2] 侍桁：《评张资平先生的写实小说》，载史秉慧编《张资平评传》，开明书店年1936年版，第22页。

为己任。《红的天使》描写了丁健鹤、韦树藩与淑清、婉清姐妹之间的情感纠葛。《时代姑娘》描写了秦丽丽与韩剑修、张仲贤、萧洁之间的情感纠葛。《永久的女性》描写了朱娴与秦枫谷、刘敬斋之间的情感纠葛，以及秦枫谷与朱娴、罗雪茵之间的情感纠葛。《未完的忏悔录》虽未涉及多角恋爱，但也描写了韩斐君与陈艳珠的坎坷虐恋。上述的都市男女们，均有着良好的家庭背景，不用为了生存而奔波，可以安心在都市的"象牙塔"中谈情说爱。丁健鹤的舅母宋氏家资颇丰，"舅母是有家产的，舅母的娘家也是有名的富室"[①]，当他被捕入狱后，舅母马上从北平寄到上海4000元钱疏通关系。秦丽丽的父亲秦俊臣是香港著名的政治家，"西南著名的大政客"[②]，秦俊臣的老友陈浩鹤在上海官居高位，任建设厅长。张家与秦家门当户对，留学英国的张仲贤是秦俊臣亲自挑选的乘龙快婿。萧洁曾留学美国，现任上海中美银行出纳主任。韩斐君的父亲是香港有名的航运大亨，"在香港有一家轮船公司，有几只汽船专驶澳门香港以及华南一带商埠"[③]。韩斐君欺骗父亲说自己要在上海投资文化生意，溺爱儿子的韩老爷立即给他寄来3000元钱。为了追求陈艳珠，韩斐君用父亲的汇款买了一辆汽车，租了一套华丽的公寓，雇了佣人和姨娘照料二人的饮食起居。秦枫谷也生于小康之家，曾在香港跟随一位外国画师学习素描，学有所成后，又赴日本进修油画。回国后，拒绝了上海几个美术学校的邀约聘请，专为上海百货公司的展柜进行指导设计，闲暇时间可以专心于艺术的深造，"不愁生活的压迫，不曾牵入教育生活的旋涡"[④]。朱娴的父亲朱彦儒曾是北平的官僚，辞官来上海后做起了投机生意。发妻去世后续弦，新妻子是上海人，新妻子的姐夫是上海一家大银行的行长，她的外甥刘敬斋则在自家银行做贷款部主任。

因此，家境良好的都市男女们可以随时出入舞场、电影院、艺术展、百

---

① 叶灵凤:《红的天使》，上海现代书局1930年版，第5页。
② 叶灵凤:《时代姑娘》，四社出版部1933年版，第17页。
③ 叶灵凤:《未完的忏悔录》，今代书店1936年版，第218页。
④ 叶灵凤:《永久的女性》，大光书局1936年版，第13页。

货公司、酒吧、西餐厅，在灯红酒绿、纸醉金迷的都市中只为爱情迷茫苦闷、痛苦悲哀。在全民抗战的烽火时代、在风起云涌的大变革时期，他们躲避在都市的象牙塔中，与国家、民族、时代、社会绝缘。作家也沉浸在自我的世界之中，社会冲突完全让位于个人情感，这是典型的个人化写作。

二、个人精神世界的探秘

叶灵凤的个人化写作，关注的自然是个人的精神世界，着墨于个人精神世界的探秘和解剖。叶灵凤在20世纪30年代的长篇小说中，对都市男女精神世界的摹写细致入微，重视梦境的呈现，淡化情节的叙述，使文本具有了浓郁的现代性气质，"研究现代文学的人总爱提到马赛·普洛斯特（Marcel Proust）的大名……他在探寻人物内心的活动，因此遂为现代读者所不能咀嚼而摇头了……他的小说着重于内心分析，人物的活动不过是他所要描写的精神活动的佐证而已……为现代小说着重于内心分析的大路奠下了第一块基石"[1]。

叶灵凤在20世纪20年代的创作中，透视和呈现了现代都市人的精神困境，"现代人的悲哀惟在怀疑与苦闷"[2]，到了20世纪30年代，都市人隐秘的精神困境并未改观，反而进一步加重，悲哀苦闷依然存在，孤独寂寞尤甚从前，这是20世纪30年代恋爱中的都市男女的共通心境。《红的天使》中，无论是作为革命者的丁健鹤，还是正在大学求学的淑清，他们均处于孤独寂寞之中。丁健鹤的寂寞源于在革命道路上的孤独前行，而淑清的出现，让他惊异和欣喜，"沙漠中的旅途中突然在自己的相近发现了一位同道的旅客，这使空虚寂寞的心儿怎样不要欣欢的飞跃起来"[3]。淑清的寂寞与表哥丁健鹤有着异曲同工之妙，也是源于在人生道路上的孤独前行，"学校教育的枯燥，环境的沉闷……她愈在文字上感到兴趣，她愈觉得那一般男同学的可厌；她愈觉得

---

[1] 叶灵凤：《谈普洛斯特》，载《读书随笔》，杂志公司1946年版，第39—40页。
[2] 叶灵凤：《女娲氏之遗孽》，载《灵凤小说集》，现代书局1931年版，第415页。
[3] 叶灵凤：《红的天使》，上海现代书局1930年版，第13页。

他们的可厌,她便愈感到自己的孤独"①。而表哥的出现,彻底改变了她孤独寂寞的心境。《时代姑娘》中,秦丽丽离开香港、离开爱人韩剑修,登船远赴上海,失去爱人陪伴的她,感到此后的人生只剩下寂寞,"他心里浮沉着一种说不出的凄凉滋味,觉得在这苍茫的海天中,自己此后将永远是一个孤独的人"②。《未完的忏悔录》中,陈艳珠深知男性只是将她当作玩物和工具,内心无比孤独,渴望能有真心相爱的人相伴左右,"我只要有一分钟的短时间,自己在寂寞的心上,感到是真的被人爱着就是死了也可闭目了"③。

《永久的女性》中,秦枫谷内心深处一直有一个理想,期待寻找到一个像达·芬奇笔下的"蒙娜丽莎"那样完美的对象,这个少女集朴素纯洁、尊严美丽于一身,让她成为自己的模特、自己的爱人,为她完成一幅设想已久的理想画像。理想的画像是他艺术上的追求,理想的少女则是他爱情上的渴望,因此,遍寻不到那理想少女的他倍感寂寞,"感到了始终压迫着他的那一种寂寞,艺术上的同时是他心灵上的寂寞"④。伴随着个人精神上的困境,则是都市男女们各种噩梦的生成。如秦枫谷梦到自己与理想的少女朱娴正在举办婚礼,自己却突然被人绑缚在枯树上,朱娴则被人抢走,他不但无法施救,还被一只恐怖的野兽追逐。而在《未完的忏悔录》中,韩斐君的梦境与秦枫谷相似,他梦到自己与爱人陈艳珠去杭州游玩,情浓意浓,突然,整个世界陷入了黑暗之中,爱人不见踪影,自己正向着一个无限的黑暗深渊坠落。《时代姑娘》中,秦俊臣是一个封建专制的父亲,秦丽丽虽已有爱人韩剑修,却不敢违背父亲安排的亲事,在婚期即将临近时,她决心去反抗父亲和命运,在酒店订了一个房间,然后写信给韩剑修约他相见,在酒店,秦丽丽主动将自己的贞操献给了爱人,回到家后,与爱人灵与肉交合的喜悦以及惧怕父亲得知内情的恐惧交错内心,当夜便做了一场噩梦。这一系列噩梦的形成,源于都市男

---

① 叶灵凤:《红的天使》,上海现代书局1930年版,第15页。
② 叶灵凤:《时代姑娘》,四社出版部1933年版,第53页。
③ 叶灵凤:《未完的忏悔录》,今代书店1936年版,第116页。
④ 叶灵凤:《永久的女性》,大光书局1936年版,第15页。

女的精神困境，虽然有了爱人，但内心深处积重难返的寂寞令他们深惧爱人的离开。此外，叶灵凤的创作还钟情于书信体、日记体的应用，"我正是一个喜爱斯蒂芬逊的人……对于斯蒂芬逊的作品，我可说全部爱好。固然，他的小说的浓重浪漫气息能使人神往……斯蒂芬逊最爱写信……琐碎的诉说他日常生活"[①]，以此来配合个人精神世界的挖掘和解剖。

为了更深入地呈现都市男女恋爱中的个人精神世界，叶灵凤在20世纪30年代的长篇创作中，穿插了大量的日记和书信/遗书，从而承继了他20世纪20年代的创作特质[②]。《红的天使》中，婉清在自杀前，留下了一封忏悔自己罪行的遗书，并独立成节（第三部"合"的第五节）。在遗书中，婉清不仅坦白了自己报复姐姐淑清和表哥丁健鹤的罪行，更是将自己痛苦悲哀、嫉妒苦闷的心路历程进行了全面的回溯和剖析。《时代姑娘》中，秦丽丽在从香港开往上海的轮船上，每夜都写下一篇日记，记录自己的心境。四篇日记单独成为四节（第一部"插曲"中的"海行日记一"至"海行日记四"），使读者直面秦丽丽孤独寂寞、悲哀痛苦的心境。日记中，也展现了她对自我人生之路的重新思考，在船上，她坚定了要做一个"时代女性"的决心。韩剑修自杀前留给秦丽丽的遗书，也是独立成节（第三部第九节中的"韩剑修的遗书"），在遗书中，读者能够直面他痛苦无奈的心境，以及他对秦丽丽未曾改变的心意。《未完的忏悔录》中，韩斐君和陈艳珠的虐恋纠葛基本是通过韩斐君的日记展现给读者的，该作是一部近似于日记体的小说。《永久的女性》中，也穿插着诸多秦枫谷和朱娴彼此间的通信，或诉说爱意，或诉说分离的无奈。叶灵凤以书信体和日记体相结合的形式，深入都市男女的精神世界，挖掘并呈现都市男女爱情纠葛的心路历程，从而对都市爱情进行全面深入的描摹。

张资平的爱情小说也极为注重呈现剖析人类苦闷孤独、悲哀忧郁、迷茫

---

① 叶灵凤《可爱的斯蒂芬逊》，载《读书随笔》，杂志公司1946年版，第36—37页。
② 以代表作《女娲氏之遗孽》为例，为日记体+书信体的典型创作。

痛苦的精神世界，他将此种心理的形成归纳总结为"性和经济的压迫"①。与张资平笔下经济拮据、渴望性爱的男女不同，叶灵凤笔下的20世纪30年代的都市男女，均有着良好的家境，不需要为金钱奔波，也不再像20世纪20年代《昙花庵的春风》中的小尼姑月谛那样，对"性"极度渴求、苦苦挣扎。没有了经济的压迫和性的压抑，都市男女孤独寂寞的根源在于对理想的精神伴侣的苦苦找寻，悲哀痛苦的根源在于如何与理想的精神伴侣厮守终生。

三、性格悲剧的刻画

在20世纪20年代的小说撰写中，叶灵凤就十分注重刻画凄美悲凉的爱情，到了20世纪30年代，此种文本建构方式被保留了下来，笔下的都市爱情往往以悲剧收场。其爱情悲剧的生成，是一种典型纯粹的性格悲剧，"天生性情所造成的主体情欲。最显著的例子是奥赛罗的妒忌"②。在黑格尔的论述中，主要将性格悲剧归结为人的自然性（天性）的缺陷——野心、贪婪、妒忌，而叶灵凤笔下的性格悲剧（性格缺陷）则主要指向了妒忌和软弱。

《红的天使》和《未完的忏悔录》的爱情悲剧（性格悲剧）是性格缺陷中的妒忌所致。在《红的天使》中，婉清对亲姐姐淑清的算计、丁健鹤和韦树藩两位好友的决裂以及丁健鹤的被捕入狱、淑清对丁健鹤的背叛以及二人之间的罅隙、婉清的自尽，均是由于四位角色性格缺陷——妒忌，所酿成的悲剧，始作俑者则是婉清。暗恋的表哥与亲姐姐恋爱结婚，令婉清无比嫉妒愤怒，"又愤恨又嫉妒你们……我对于你们所有的只有是愤恨了。姊姊，我恨你忘记了你的妹妹……健表哥，我恨你小看了我，漠视了我的苦心，我恨你爱上姊姊弃下妹妹……我觉得不将你们的幸福破坏，我的愤恨和嫉妒是永远不会消除的"③。因此，她实施了报复计划，故意勾引丁健鹤，挑拨二人的关系。

---

① 张资平：《青年的爱》，合众书店1948年版，第37页。
② ［德］黑格尔：《美学》第一卷，朱光潜译，商务印书馆1979年版，第270页。
③ 叶灵凤：《红的天使》，上海现代书局1930年版，第138—139页。

淑清对丈夫的"背叛"极为难过,在妹妹的怂恿下,愤怒的淑清又决心报复丈夫。婉清则将姐姐和表哥闹了矛盾之事故意透露给韦树藩,本就深爱淑清的韦树藩便趁虚而入对其嘘寒问暖,想要横刀夺爱。在韦树藩猛烈的爱情攻势下,淑清失身于他,被丁健鹤撞破,韦树藩为了独占淑清,竟找人举报好友是革命分子,将其逮捕入狱。丁健鹤入狱后,淑清和婉清悔恨不已,一个积极营救丈夫,一个自尽谢罪。这出爱情悲剧与常见的社会悲剧、命运悲剧无关,是典型的性格悲剧。

在《未完的忏悔录》中,韩斐君和陈艳珠的情感虐恋、陈艳珠的离家出走,同样是由于性格缺陷——韩斐君的"生性爱嫉妒"①造成的。韩斐君对美艳动人的陈艳珠一见钟情,与她发生肉体关系后,就将对方当成了自己的私人物品。由于陈艳珠是上海著名的交际花,交友广泛,追逐者众多,这令韩斐君妒火中烧,他对陈艳珠产生了一种病态的迷恋与掌控,总是疑心爱人与他人有着不正当的关系。而陈艳珠性格自由不羁,总是不提前通知韩斐君,就与他人或外出见面,或外出游玩,两个人为此总是发生矛盾。虽然在韩斐君的要求下,陈艳珠已经基本改变了她以往的生活习惯,切断了与以往朋友的联系,但仍令善妒的韩斐君疑神疑鬼。韩父不赞成二人交往,便切断了儿子的经济来源,逼迫儿子离开陈艳珠。生活的失意、经济的困顿,令性格有缺陷的韩斐君变得更加阴晴不定,总是乱发脾气,甚至怀疑陈艳珠所生的女儿不是他的亲生骨肉。陈艳珠想要外出工作贴补家用,也被韩斐君严词拒绝,他不让陈艳珠离开自己半步,将其软禁在家中,不许其外出。这变态的、善妒的、猜忌的性格,令陈艳珠无比压抑,在苦闷绝望中逃离了韩斐君的掌控。偏执的韩斐君在爱人逃走后,依然不反思自己的过错,而是将二人的感情失和完全归咎在陈艳珠身上。

而《时代姑娘》和《永久的女性》的爱情悲剧(性格悲剧)则是性格缺陷中的懦弱所致。《时代姑娘》中的韩剑修、《永久的女性》中的秦枫谷,均

---

① 叶灵凤:《未完的忏悔录》,今代书店1936年版,第238页。

爱上了已有婚约的女性——秦丽丽和朱娴。而秦丽丽和朱娴却对父亲秦俊臣和朱彦儒为自己安排的婚事极为不满，认为这是典型的政治联谊和经济联姻，"觉得自己是被卖了，是被牺牲了"①。因此，她们二人实则企盼着爱人韩剑修和秦枫谷能够解救自己，能够带她们逃离家庭，远走高飞。韩剑修和秦枫谷却有着相同的性格缺陷——懦弱。他们也曾想过要带爱人离开，"更进一步的能用自私的心占有着你"②，但在现实中却由于懦弱止步不前，"但梦想是自私的，我们该明白我们各人的责任……我不忍因了我的自私的梦想，破坏了你在家庭上所负的责任"③。懦弱的韩剑修和秦枫谷，虽敏于思却怯于行，他们实则完全有经济能力、社会能力，带着自己的爱人远走他乡，过上幸福的生活。但他们的软弱性格最终葬送了自己与爱人的情感，令彼此悔恨终生。面对软弱的爱人，秦丽丽无奈只得自暴自弃，做起了一个玩世不恭的"时代女性"，而朱娴则含泪嫁给了刘敬斋，成为了父亲的一件工具和商品。而软弱的韩剑修即使来到上海，也不敢见爱人一面，面对堕落的爱人，竟自尽谢罪，上演了一幕惨烈的爱情悲剧。

叶灵凤的都市爱情，均以悲剧告终，而悲剧的生成则是人类的性格缺陷所致，与社会时代、命运人生无关，渗透着作者对爱情、人性的一种独到见解和理性反思。纵观中国新文学史上的都市爱情书写，如张爱玲的《半生缘》、杨绛的《小阳春》、谭正璧的《月夜》等作品，也都是典型的性格悲剧创作。

结　语

叶灵凤20世纪30年代的都市爱情书写，承继了自20世纪20年代创作的特质，但叙述视野变得更为窄狭——只汇聚于都市之中、只关注于男女爱

---

① 叶灵凤:《永久的女性》，大光书局1936年版，第107页。
② 叶灵凤:《时代姑娘》，四社出版部1933年版，第202页。
③ 叶灵凤:《永久的女性》，大光书局1936年版，第325—326页。

情,与整个社会时代、国家民族相绝缘。反观同时代的另一位爱情小说家张资平的创作,在爱情书写的同时呈现了大量社会现实问题。或涉及教育问题,描写青年人特别是大学生阶层堕落糜烂的生活状态;或关注底层人民的生存问题,描写幼童和妓女在黑暗乱世中的悲惨命运,描写远在南洋的华裔劳工、流落都市的失地农民以及城市底层劳动人民的苦难人生。对宗教问题、革命问题、国民性问题尤为关注,进行了细致描摹、深度批判和理性沉思。另一方面,这一时期叶灵凤的创作,也进行了一些改变,基本消弭掉了20世纪20年代其小说中常见的色情描写,更为关注人类孤独寂寞的生存本质,渗透和浸入了更多理性沉思的特质,"在创造社后期与三四十年代海派文学之间,他是一位衔接性作家,此种角色的特殊性与重要性值得治文学史者看重"[1]。

---

[1] 胡茄:《叶灵凤与他的文学创作》,载方宽烈编《凤兮凤兮叶灵凤》,福建教育出版社2013年版,第150页。

第十章
人类精神困境的探秘者
——汪锡鹏现代小说论

引 言

汪锡鹏①是中国现代文学史上典型的被遗忘者，当下更是罕见汪锡鹏的研究资料②。汪锡鹏创作了数量众多的现代小说，涵盖了长③、中④、短等各种篇幅，汪锡鹏试图以小说作为审视个体心灵的工具，由此探秘人类的精神困境，"我们关心人的难题，因为他是一个被矛盾和困惑折磨的存在……成为人就是成为一个难题，这个难题表现在苦恼，表现在人的精神痛苦中"⑤。汪锡鹏笔下的"人"总是处于悲哀、苦痛、烦恼的精神状态之中，甚至由此患上了精神疾病，最终成为"疯子"。对人类精神困境的探秘是中国现代文学的重要母题之一，张资平曾在其长篇小说中将人类尤其是青年人精神困境的成因概括为

---

① 汪锡鹏，江苏南京人，1906年生，卒年不详。
② 当下的汪锡鹏研究仅有陈思广、李雨庭：《汪锡鹏：飘舞青春、同调合唱的人生理想与小说创作》，《江西社会科学》2019年第3期。
③ 《结局》是汪锡鹏的唯一一部长篇创作。
④ 《丽丽》是汪锡鹏的唯一一部中篇创作。
⑤ [美]A.J.赫舍尔：《人是谁》，隗仁莲译，贵州人民出版社1994年版，第2页。

"性的苦闷和经济的压迫"①。汪锡鹏进一步反思并揭示了造成人类精神困境的各种缘由，在于物欲的压迫、感情的缺失，以及终极根源——病态的黑暗世界。精神困境必然伴随着现实困境，汪锡鹏从个体精神困境的描摹，最终上升为对社会关系、社会矛盾和社会问题的展露挖掘，由此谱写个人与社会的双重精神史。

一、物欲压迫——经济的窘迫和性欲的抑制

在马斯洛需求层次理论中，人类最基本的需求为"生理需要"——食欲，"一个同时缺乏食物、安全、爱和尊重的人，对于食物的渴望可能最为强烈"②。在食欲得到满足后，则开始释放性欲，"除了性部位造成的性兴奋，全身各器官也都是性兴奋的源泉……我们可以建立起一种原欲量子概念——'自我原欲'（ego-libido）"③。但当经济窘迫、性欲被抑制后，人类必然要陷入悲哀、苦痛、烦恼的精神困境之中。

汪锡鹏在其小说中，首先呈现的便是在物欲的压迫下，人类的精神困境。《在逃的罪人》中，荣生的女儿二姑娘终日"战战栗栗"④。《都市人家》中，父亲每日"呆呆地站在路角上……木涩涩的目光向着东首翘望着……这样一个年若三四十岁的病弱的人，不避风雨地站在那处"⑤。《母亲的千金》中，林妹妹"烦恼和凄凉……常感觉满怀的不平和怨气……有时她竟想率性的去发狂"⑥。《穷人的妻》中，老成的妻子"显露着一种疲乏厌倦的神气"⑦。《豆花村》

---

① 张资平著，朱寿桐编：《张资平自传》，江苏文艺出版社1998年版，第237页。
② ［美］亚伯拉罕·马斯洛：《动机与人格》第三版，许金声等译，中国人民大学出版社2007年版，第19页。
③ ［奥］西格蒙德·弗洛伊德：《性学三论》，贾宁译，译林出版社2015年版，第91—92页。
④ 汪锡鹏：《创作小说：在逃的罪人》，《文饭》1946年第22期。
⑤ 汪锡鹏：《都市人家》，《文艺月刊》1933年第3卷第8期。
⑥ 汪锡鹏：《母亲的千金》，《创造月刊》1929年第2卷第6期。
⑦ 汪锡鹏：《穷人的妻》，《创造月刊》1928年第2卷第2期。

中，胡姑娘内心酸楚，"几年来在城里也不知自己怎么会干这等下贱的事——卖身体……要哭似低下了头"①。这些精神困境均源于经济的窘迫，为了满足自我和家人的最低层次需求——果腹，二姑娘、父亲的女儿、林妹妹、老成的妻子、胡姑娘都做了暗娼，靠出卖肉体养活自己和家人。现实的境遇又加深了她们的悲哀、苦痛、烦恼，令她们在精神困境的泥沼中越陷越深，难以自拔。汪锡鹏笔下受经济压迫的女性最终的出路大都是出卖肉体苟活于世。《穷人的妻》中，所有穷人的妻子——老成的妻子、赵五的妻子、桂三的妻子均做了暗娼，《结局》中的芷芳、《丽丽》中的丽瑛即使没有做暗娼，但为了实现人类最低层次的需求也只能自甘堕落，30元钱的薪金便让芷芳委身于丑陋老气、道貌岸然的刁同志，令她的精神困境愈加严重，"经济方面又不充足……一切的烦闷是足以引导自己狂放，堕落……更要痛苦加剧"②，丽瑛更是先后做了几个富翁权贵的姨太太和玩物。

汪锡鹏还描写了人类在精神困境的折磨下，最终变得痴傻疯癫的精神状态，导致人类疯狂的首要缘由便是经济的压迫。《徒步旅行全国的人》中的文昌欠下了诸多外债，经济的重压使他陷入了精神困境，"梦余的苦闷仍缠在心头"③。他想要通过和好友世杰徒步旅行全国来摆脱这精神的梦魇，却始终无法逃离精神困境的枷锁，最终变成了"病狂的疯人"④。《平常的病》中，到南京某机关做科员的中安被家人及朋友认为交了运、发了财，实则以微薄的薪资艰难度日，中安原本怀着喜悦的心情回到家乡探亲，却终在衰败的家境和经济的重压，尤其是父母亲情的背离中，陷入了精神困境，变成了像文昌那样疯狂的病人，"糊说，乱喊，浑身发热疹，胸膛的心跳得很急，两眼常瞪着像疯人"⑤。《金魁》中的金魁家境贫寒，老母亲为了自己的身后事陷入了精神困

---

① 汪锡鹏：《豆花村》，《国闻周报》1934年第11卷第19期。
② 汪锡鹏：《结局》，水沫书店1929年版，第161—162页。
③ 汪锡鹏：《徒步旅行全国的人》，《文艺月刊》1936年第9卷第6期。
④ 汪锡鹏：《徒步旅行全国的人》，《文艺月刊》1936年第9卷第6期。
⑤ 汪锡鹏：《平常的病》，《矛盾月刊》1933年第2卷第1期。

境之中，孝顺的金魁为了缓解母亲的焦虑、苦恼，自愿顶替村中权贵程万三的儿子被抽了壮丁，在战场上被击伤脑部成了一个傻子，"他不知有世界，他亦不知自己是个人"①。母亲的精神困境将儿子变成了一个真正的疯子，这一切的根源依旧是经济的重压。《嫌疑犯》中的之和屡屡求职碰壁，经济的重压令其陷入了精神困境之中，"希望能再睡在没有感觉的睡窝里就能避免这一切苦痛的感觉……他依然默默地不语，望着虚空，望着兰的脸色，枯，干"②。处于精神困境之中的懦弱读书人之和最后竟铤而走险，做起了窃贼，被警察抓走，独剩妻子兰在悲痛绝望中挣扎。精神的病态导致了肉体的病态，肉体的病态又加重了精神的病态，而造成一切病态的源泉恰是经济的压迫。

当人类没有了经济的重压后，被抑制的性欲依旧会令其陷入苦闷、痛苦、烦恼的精神困境之中。《丙舍》中，被人称为"痴子"的流浪汉，找到了城郊一处破落殡舍作为栖身之处，还在附近乡镇解决了温饱问题，从而使他对在丙舍暂住的女性难民们产生了浓厚的兴趣，"女人——睡着的女人，长发，好看，头露在被外，他又呆站着望着望着！是的，一只腿，一只脚，是小脚，肉，白色，女人的腿，——沿着小腿上去是大腿，沿着大腿上去是×"③。但这些女人都是已为人妻、人母的，并不属于"痴子"，疯子自我的"力比多"被抑制，难以释放，竟使这个痴呆的疯子受了"强烈的刺戟"④，陷入精神困境之中。《定谳》中，何木匠在当地小有名气，早已摆脱了为温饱奔波的窘境，食欲得到解决后，便希冀性欲的满足，荣庆妻子喂奶的画面更是深深震撼了何木匠。何木匠想要迎娶当地的一个寡妇，"她的模样，她的声音，老在他眼前耳际"⑤，由于惧怕当地人尤其是死对头荣庆的非议，何木匠的性欲难以实现和释放，由此陷入了精神困境之中，"最苦，最孤单"⑥。除了展现男性的性欲外，

---

① 汪锡鹏：《金魁》，《良友》1932年第67期。
② 汪锡鹏：《嫌疑犯》，《国闻周报》1934年第11卷第7期。
③ 汪锡鹏：《丙舍》，《矛盾月刊》1933年第2卷第2期。
④ 汪锡鹏：《丙舍》，《矛盾月刊》1933年第2卷第2期。
⑤ 汪锡鹏：《定谳》，《中华周报（上海1931）》1932年第46号。
⑥ 汪锡鹏：《定谳（续）》，《中华周报（上海1931）》1932年第47号。

汪锡鹏也着力探秘了女性隐秘的性心理。"女人的性欲同男人的性欲一样发达"①，原欲是生命力的象征，自我原欲的释放，是生命力的张扬。在《结局》中，汪锡鹏大胆直白地描绘了芷芳、雪妹、五娘等女性的隐秘欲望，表现出了对于女性生命个体的深层观照，"'五四'时期女性同性恋小说稀少且描写隐晦，像《结局》这样大胆、细腻、真实地描写女性同性恋的心理及性行为，在现代长篇小说中是绝无仅有的"②。当主人公芷芳的性欲无法得到释放，且只能在"不加掩饰的欲望满足"③的梦境中发泄时，她会似男性那样陷入精神困境，"芷芳醒过来的时候，觉着心中有一种说不出来的兴奋和愉快，随着又是虚空的悲哀"④。对于女性欲望被抑制后精神困境的细致描摹，正是汪锡鹏对女性生命力的呵护与推崇。

汪锡鹏揭示了当最基本的欲望——食欲、性欲无法得到满足后，人类必然会陷入精神困境之中，为了消除饥饿感、为了释放"力比多"，人类做出了种种努力，却始终无法实现自我的欲望和需求，从而加深了灵魂的苦痛悲哀。汪锡鹏所剖析的精神困境与现实困境、与人性紧密相连，在揭示经济压迫导致人的精神困境的同时，还对人性异化、亲情崩塌的社会现象进行了呈现和阐释。

二、感情缺失——亲情的崩塌和爱情的消逝

当人类最基本的生存需求——食欲、性欲得到满足后，必然渴望实现其他级别的人生需要——爱的需要，"如果生理需要……得到了满足，爱、感情

---

① [法] 西蒙娜·德·波伏瓦：《第二性》，郑克鲁译，上海译文出版社2011年版，第63页。
② 陈思广、李雨庭：《汪锡鹏：飘舞青春、同调合唱的人生理想与小说创作》，《江西社会科学》2019年第3期。
③ [奥] 弗洛伊德：《释梦》，孙名之译，商务印书馆1996年版，第120页。
④ 汪锡鹏：《结局》，水沫书店1929年版，第161—162页。

和归属的需要就会产生……对爱的需要包括感情的付出和接受"①。在汪锡鹏的创作中，爱的需要主要包括两类，亲情和爱情。汪锡鹏描写的亲情是一种变异的感情，在经济的重压中、在金钱的腐蚀下，人性异化、亲情崩塌，由此使人类陷入精神困境。在描写亲情崩塌导致人类精神困境的同时，汪锡鹏还深入现代人的精神世界，以浪漫感伤的笔调描写现代人凄美悲凉的爱情故事，揭示爱情的消逝是人类陷入悲哀苦痛的精神困境的另一重要缘由。

汪锡鹏笔下的某些父母形成了一种固定的形象群——自私贪财、冷血无情。为了生存，他们抛弃了亲情儿女，眼中只有金钱利益，甚至逼迫自己的女儿出卖肉体来缓解生活的压力。《结局》中芷芳精神困境的一大重要缘由便是母亲的自私冷漠，当芷芳在学校读书时，母亲终日抱怨女儿不能嫁人或外出工作以减轻自己经济上的负担，当芷芳决定从南京退学去苏州工作后，母亲没有丝毫的不舍和担忧，反而心中窃喜，"母亲不但没有些黯然的别情，反而用一种客气的，虚伪的，非母亲的态度，来表示她为自己女儿能挣钱的喜乐"②。亲情的淡漠更加深了芷芳的精神困境，"觉悟自己是站在一块四无依傍的岛石上……心中平白的生出一种恐怖……在这种情感中，她仿佛要哭了"③。《金魁》中的金魁决定顶替程万三的儿子抽丁，为母亲换取钱财来置办身后事，由此缓解母亲焦虑的精神困境。母亲对即将奔赴战场的儿子却没有丝毫牵挂和担忧，反而像芷芳的母亲那样暗自欣喜，"金母板着的脸已放松了，方才凶恶的脸情已脱去，而且有丝丝的笑线在她老皱了的脸皮上"④。金魁果然在战争中被击伤脑部最后成了一个疯子。《高攀》中的德清由于家道中落和经济重压陷入了精神困境之中，他不但"失望闷在心里感到痛"⑤，还将自我的精神困境转嫁给了女儿翠贞，令翠贞也惶惶不可终日。甚至为了摆脱窘迫的现状，

---

① ［美］亚伯拉罕·马斯洛：《动机与人格》第三版，许金声等译，中国人民大学出版社2007年版，第26页。
② 汪锡鹏：《结局》，水沫书店1929年版，第18页。
③ 汪锡鹏：《结局》，水沫书店1929年版，第18—19页。
④ 汪锡鹏：《金魁》，《良友》1932年第67期。
⑤ 汪锡鹏：《高攀》，载《汪锡鹏小说集》，矛盾出版社1934年版，第153页。

德清软硬兼施地让翠贞与在政府机关工作的邻居陈先生交好，致其怀孕并被抛弃，翠贞最终陷入了更为苦痛的精神困境之中。作为读书人的德清为了面子还不至于让翠贞去做暗娼，只是将女儿作为一种改变生活现状的工具。而《在逃的罪人》中的荣生和妻子、《母亲的千金》中林妹妹的父母，在经济的压迫下均让女儿做了暗娼。这些父母没有丝毫的羞愧，荣盛妻子甚至嫌女儿不够主动，"她不满意她的女儿太死板了"①。在经济的重压下，本就处于精神困境的年轻人，在亲情崩塌的重击下，陷入了更苦痛、更悲哀的精神困境。

除了父母与子女之间感情的异化（亲情的崩塌）外，汪锡鹏还描写了夫妻之间感情的异化。《穷人的妻》中，老成、赵五、桂三为了生存，均让自己的发妻做起了暗娼，老成甚至无视好友小七子与自己的妻子厮混，只因他欠了小七子诸多债务无力偿还。《给丈夫的信》中，守瑛被光城残忍抛弃，带着幼子在外艰难求生，而光城却在都市中花天酒地。亲情崩塌后，守瑛每日只能通过给丈夫写信来抒发心中的郁结，陷入了精神困境的深渊，"这最后的一晤呀！我死亦不会忘记。多么的高傲，冷冽，虚伪啊！像刀般的直刺到我的心坎"②。《失踪后的曼英姑娘》中的曼英与正之相恋诞下胎儿，却不知正之早已有家室，正之的母亲因曼英生下的孩子是个女婴，竟要将其杀害。亲情的崩塌令曼英陷入了绝望的境地，她只能离家出走，后遇到了曾经的爱人平，但平拒绝了曼英的求爱，亲情的崩塌、爱情的消逝，令曼英陷入疯癫的病态中，"是被弃的女子呼喊爱情，是志高的女子呼唤同情，人世寂寞的哀鸣"③。《指环》中的太明和敏儿看似是一对恩爱的夫妻，实则同床异梦，儿子并非太明之子，而是敏儿与太明的表亲昌哥暗度陈仓所生。太明年轻时放荡轻浮，背着敏儿做了诸多荒唐之事。对彼此感情的不忠使二人均陷入了精神困境之中，敏儿的良心饱受谴责，"良心呀！是我的罪恶，太明呀！我亏负了你太

---

① 汪锡鹏:《创作小说：在逃的罪人》，《文饭》1946年第22期。
② 汪锡鹏:《给丈夫的信》，《国闻周报》1935年第12卷第7期。
③ 汪锡鹏:《失踪后的曼英姑娘》，《黄钟》1933年第33期。

多"①。太明的内心同样备受煎熬,"他自然无以安慰自己辜负妻子的良心,这一点心中守着的秘密,似乎是对不住他生着的妻子比死了的儿子还要罪重"②。

汪锡鹏描写的爱情悲剧与现实的经济压迫、黑暗腐败的社会无关,与国家民族、时代社会绝缘,是一种纯粹的个人情感书写,揭示了爱情的消逝是使人类陷入悲哀苦痛甚至疯狂的精神困境的重要缘由。《结局》中的芷芳始终处于一种精神困境之中,除了经济的压迫、性欲的抑制、亲情的崩塌外,还有爱情的消逝。她渴望一段超越世俗的爱情,最初因探寻不到而陷入孤独悲哀的精神困境之中。当确认了以仁就是自己的理想爱人后,又因以仁忙于革命事业无法与其相聚,再次陷入苦痛无奈的精神困境之中。当革命形式急转直下,担忧爱人安危的芷芳在噩梦中发起了高烧,精神的困境引发了身体的病状。《未死的虫蝶》中的国瑞与孀妇之华互相爱慕,却因没有冲破世俗偏见的勇气向彼此告白,而陷入了精神困境之中。在精神困境中,之华像芷芳那样患上了恶疾,她希冀死后化为蝴蝶标本,永远陪伴在国瑞身边,"只要我被你爱中了。我就愿这样死去。永久的钉死在你的欣赏中。我的灵魂也保护你"③。《小萍的娘》中的韵姑未能与爱人文昌结合,而是听从父母的安排嫁给了之光,她由此陷入了苦闷的精神困境之中,"自己想安慰自己的苦闷。苦闷呀,是为你而有的苦闷"④,当与之光来到曾经和文昌去过的西湖边后,这种苦闷的情绪达到了顶峰。韵姑极度思念文昌,鄙视之光,在精神困境中,韵姑发起了高烧,陷入了昏迷。《偷祭》中的季华与姐夫春林相互爱慕,春林病故后,季华一方面因痛失爱人而苦痛万分,另一方面由于不能像姐姐那样公开祭奠春林,更是无比愤恨,在精神困境中终日自怨自艾,"姐姐不知悲哀,姐姐不知追悼,姐姐只懂家务,姐姐不懂恋爱,姐姐害了他,姐姐害了我。——

---

① 汪锡鹏:《指环》,《中华周报(上海1931)》1932年第36号。
② 汪锡鹏:《指环(续)》,《中华周报(上海1931)》1932年第37号。
③ 汪锡鹏:《未死的虫蝶》,《现代(上海1932)》1932年第1卷第6期。
④ 汪锡鹏:《小萍的娘》,载《汪锡鹏小说集》,矛盾出版社1934年版,第280页。

季华在暗中悲愤地想着"①。《约》中之青的爱人嫁为他人妇，之青难以接受这个事实，陷入了精神困境之中，当得知爱人不再爱自己后，最终变得疯癫，"我不要幸福！不要前程！我是变态！我是没有理智"②。《疑痕》中已嫁为人妇的丽瑛听闻镇上来了一个痴傻的疯子，从别人的描述中感觉像自己的初恋情人豪诚，对现在婚姻的失望，对爱人的追忆思念，尤其是下定决心探查那个疯人是否为豪诚后，丽瑛陷入了多重的精神困境之中。当她得知那个像豪诚的疯人写下血书"茫茫大地，到处寂寞，爱者远去，孤雁厌生"③自尽后，丽瑛也永远沉浸在了"凄凉哀恸"④精神困境之中。无论是之华、韵姑、季华、丽瑛还是之青、豪诚，均因爱而不得导致了自我的精神困境，豪诚甚至因精神困境而发疯直至自尽。汪锡鹏笔下因爱情消逝而陷入精神困境的人类的最终归宿是病入膏肓、发疯痴狂、甚至走向死亡。

汪锡鹏是以两种截然不同的文风——严肃深刻的现实书写与浪漫感伤的个人抒情，描写人类由于感情缺失而陷入的精神困境。亲情的崩塌与现实人生紧密相连，而爱情的消逝则与现实无关，是一种纯粹的个人情感揭秘，社会冲突完全让位于个人情绪。在揭秘抒发完个人情绪后，汪锡鹏依旧选择回归现实，展现人类精神困境的终极缘由——病态黑暗世界的压榨。

三、病态黑暗世界的压榨

中国现代小说映照肩负着新文学的题中之义与时代使命——"立人"。"通往立人的最佳途径又莫过于文学，这样文学成为立人的手段，立人又成为立国的手段。"⑤因此，汪锡鹏对人类精神困境探秘的终极根源便是病态黑暗的现实世界，"在生产力落后，物资匮乏，阶级压迫剥削残酷，天灾战乱频繁的年

---

① 汪锡鹏：《偷祭》，《黄钟》1933年第28期。
② 汪锡鹏：《约》，载《汪锡鹏小说集》，矛盾出版社1934年版，第251页。
③ 汪锡鹏：《疑痕》，《中国学生（上海1929）》1930年第2卷第2期。
④ 汪锡鹏：《疑痕》，《中国学生（上海1929）》1930年第2卷第2期。
⑤ 张光芒：《中国近现代启蒙文学思潮论》，山东文艺出版社2002年版，第74页。

代,人民生活于水深火热、饥寒交迫的死亡线上,精神痛苦是经常的与普遍的感受"[1]。

汪锡鹏着重描写了堕落女性的精神困境,《丽丽》是其中的代表作品,主人公丽瑛原本是一个单纯天真的小姑娘,被男性抛弃、被社会压榨后,为了生存,先是做了他人的姨太太,后来又沦落为娼妓,她也有过上进之心,但在病态黑暗的社会之中,却无力挣扎,只能自甘堕落,"她原是个向上的女子,如今若是堕落,也是经过几次的挣扎和努力"[2]。丽瑛的堕落、丽瑛的精神困境——个人理想与现实环境的冲突,恰是病态黑暗的社会所致。《结局》中的芷芳是一位自省自剖型的主人公,她的精神困境的成因是复杂的,初级缘由为食欲、性欲,中级缘由为亲情、爱情,终极缘由则同丽瑛相似,是个人理想与黑暗现实冲突的结果。芷芳不止一次反思过自我的堕落,她无比苦痛,"她深觉自己的堕落有负于国家,于社会,于仁"[3]。但面对强大的黑暗势力,身处病态的社会之中,像丽瑛、芷芳这样身单力薄的女性只能无奈接受自我堕落的宿命,在精神困境的泥沼中不断陷落。因此,汪锡鹏在《丽丽》伊始便开宗明义地指出女性堕落和精神困境是病态黑暗社会的恶果,"什么树结什么果子,什么社会产生什么样的人,丽丽是社会的果实"[4]。并在小说结尾预言了在病态黑暗的社会中,以丽瑛、芷芳为代表的万千女性的精神困境和悲剧命运,"似乎有个人在我身后小声低语,我转头一望,把我吓得一跳,确实像鬼!一个年约五十岁老妇,披散着头发,瘦得脸上只像一张皮,骨头细得不能形容,连说话也没有力气,缓缓跟着我,讨一个铜板。她的青春呢?我仿佛见到下次重逢的丽瑛,我的心悸动,我欲哭"[5]。

农村的凋敝、农人的愚昧、农村的匪乱也是汪锡鹏着力刻画与揭露的问

---

[1] 杨德森:《中国人心理解读:精神痛苦的根源于精神超脱治疗》,上海科学技术出版社2008年版,第151页。
[2] 汪锡鹏:《丽丽》,良友图书印刷公司1932年版,第56页。
[3] 汪锡鹏:《结局》,水沫书店1929年版,第121页。
[4] 汪锡鹏:《丽丽》,良友图书印刷公司1932年版,第1页。
[5] 汪锡鹏:《丽丽》,良友图书印刷公司1932年版,第56—57页。

题。《望郎媳》中的陆二嫂是一个童养媳,她不堪忍受寂寞和婆家的压榨,与他人暗度陈仓,怀了身孕,躲回娘家生育。作为上冈村封建势力代表的德老先生扬言陆二嫂的丑事玷污了本村名声,便指派该村青壮年中最有威望的冬生带人去捉拿陆二嫂。冬生威胁陆二嫂的父母要将其女儿带回村中处死,为救女儿,陆二嫂的父亲借了高利贷以钱抵命,冬生欣然应允,并将钱财克扣一部分,剩余的交给德老先生,德老先生见到钱财后欣喜万分,又克扣了一部分,剩余的交给了陆家。陆二嫂恢复自由身后,为了偿还父亲所借的高利贷只能做起了娼妓,讽刺的是陆二嫂偶遇前来寻欢的嫖客竟是终日满口仁义道德的德老先生。《望郎媳》展现了农村的权力架构和阶级等级,以德老先生为代表的乡董处于最顶端,"全村只有他家有那么许多的书籍和字画,只有他家有那么许多的田亩……他家维持着全村的道德法律,社会秩序,风俗文化……德老先生的权柄要较县长的更大一些"①。在乡董之下,便是辅佐其维持统治秩序的乡佐——打手,冬生便是代表。乡佐之下便是本地的庄民。本地庄民之下则是像陆二嫂这种由外村嫁入本地的望郎媳。她们处于乡村的最底层,被欺侮被压榨。在病态黑暗的社会中,陆二嫂的"通奸"实则是对精神困境中的一种挣脱,但这挣脱在强大的封建势力面前显得微不足道,只能以失败告终。陆二嫂最后因无力的反抗,反而使自己陷入了更为苦痛的精神困境和现实困境之中。通过陆二嫂的精神困境和悲剧命运,汪锡鹏揭示了中国农村的社会框架尤其是女性农人的社会地位,揭示了农民悲惨命运的根源所在。

《豆花村》中的胡姑娘也像陆二嫂那样做了娼妓,她和同村人来到城市中谋生,只因农村经济凋敝,农人们为了温饱、为了躲避乡村的匪乱、为了生存,纷纷逃离乡村,以胡姑娘为代表的农村妇女到城市出卖肉体,以连城为代表的农村男性则作奸犯科。纯朴的天性被黑暗病态的社会腐蚀殆尽,只剩异化扭曲的灵魂禁锢于精神困境中,麻木偷生。《晚祷的时候》中,疯妇原本

---

① 汪锡鹏:《望郎媳》,《黄钟》1937年第10卷第1期。

在乡下有一个幸福的家庭，而匪乱让家乡付之一炬，丈夫惨死、儿子不知所踪，妇人在精神困境的折磨中终于变得疯癫痴傻，在都市中流浪乞讨。当她与失散多年的儿子意外相遇时，汪锡鹏笔锋一转，描写起了杭州湖边富人阶层淫乱奢靡的生活，以及和尚、牧师的晚祷，形成了一种强烈的对比和悲剧反讽，"这时正是六和塔里的和尚敬晚香念阿弥陀佛的时候，也正是教堂里牧师做晚祷的时候。亦正是一般官厅人员公余征妓的时候"①。由此揭示了在病态黑暗的社会中，底层民众的精神困境和悲惨命运，尤其是最易被侮辱被损害的女性群体，或如陆二嫂、胡姑娘，或似疯妇，苟且偷生垂死挣扎。对于匪乱问题，汪锡鹏在其多部小说中均有涉及，如《粪坑板上的谈话》《给丈夫的信》《失踪后的曼英姑娘》《晚祷的时候》等，匪乱加剧了农村经济的凋敝，加深了农人的精神困境，促使更多的农人逃难来到城市，但在阶级森严的都市中，农人们依然无法摆脱悲剧的命运，要被城市中的资本家、当权者剥削压榨，再度陷入新的精神困境之中。《异种》中的小翠、大萍是从农村来城市谋生的一对青梅竹马的青年农人，小翠和母亲在周家做女佣，大萍在周家开办的工厂中做工，周家少爷是一个花花公子，早已觊觎貌美可爱的小翠，屡次试图轻薄，而小翠为了保住饭碗，为了母亲和自己的生存，只能委曲求全，陷入了凄凉抑郁的精神困境之中。大萍也因爱人被坏人纠缠而痛苦万分，在苦痛愤怒的精神困境中挣扎。但值得欣喜的是，大萍不再似《粪坑板上的谈话》中的愚昧农人那样麻木，他决心反抗，"也不过是五十块钱——我与小翠俩没有饭吃而已，干这个坏种子"②。

汪锡鹏笔下的堕落女性、愚昧农人均是病态黑暗社会的产物，从农村到都市，他们被特权阶层玩弄压榨，为了生存只能自甘堕落，变得无知愚昧、麻木冷血，陷入精神困境之中难以自拔。汪锡鹏企盼着农人、女性的反抗，企盼着整个民族的觉醒蜕变，《异种》中大萍最后的呐喊和举动实则寄寓了汪锡鹏的这份希冀，他期望被压迫的民众都能像大萍那样做一个"异种"，冲破

---

① 汪锡鹏：《晚祷的时候》，《良友》1931年第62期。
② 汪锡鹏：《异种》，《文艺月刊》1934年第6卷第4期。

打碎自我的精神困境和病态黑暗社会的牢笼。

结 语

  汪锡鹏以小说为工具，对人类精神困境进行细致剖析，借个体精神的探秘，最终升华为对社会现实的书写，充满了强烈的人文精神与现实关怀感。除了常见的长、中、短篇小说写作外，汪锡鹏还创作了"中国发明发见故事集"系列，共十册[①]，现存有《农具》《指南针》两册。在《农具》《指南针》中，汪锡鹏以小说的体裁，以父亲与孩子对话并科普的形式，向孩童——民众介绍中国古代伟大的发明创造，既增强了孩童——民众的自豪感，同时又启迪孩童——民众，"过去的光荣，终究是过去了，由我们自己手里造成的光荣，才是光荣"[②]，由此更加印证了汪锡鹏强烈的社会责任感与历史使命感。通过对汪锡鹏现代小说创作的阐释，不仅能还原他的文学创作风貌，重审他的文学史地位，对于中国现代文学和江苏现代文学来说，汪锡鹏的重新"发现"，亦是一种有益的补充。

---

① 正中书局 1936 年 5 月初版。
② 汪锡鹏：《指南针》，正中书局 1936 年版，第 53 页。

第十一章
多元化的实验

——张天翼20世纪20年代小说创作论

引 言

张天翼,1906年9月26日生于江苏南京,祖籍湖南湘乡,1912年之后随家人定居杭州。原名张元定,号一之,除笔名张天翼外,还有笔名张无诤、无诤、铁池翰等。在20世纪30年代至20世纪40年代以讽刺小说享誉文坛,鲁迅、瞿秋白、胡丰等人都对张天翼的讽刺小说表现出极大的肯定。张天翼讽刺小说风格的形成,经历了轻巧油滑到庄重批判的发展阶段,最终形成了"愤激冷峭"[①]、泼辣深刻的气质。张天翼讽刺小说的笔触对准农村与城镇纷杂的现实人生和社会世相,揭露社会与政治的丑恶与黑暗,从而将中国现代文学的讽刺小说提升到了一个新高度。学界在高度关注张天翼讽刺小说艺术成就的同时,却忽视了他早期小说——20世纪20年代创作的实绩。例如,胡丰就错误地把《三天半的梦》当作张天翼的处女作[②],事实上张天翼早在1922年

---

① 吴福辉:《锋利·新鲜·夸张——试论张天翼讽刺小说的人物及其描写艺术》,《文学评论》1980年第5期。

② 参见胡丰《张天翼论》,《文学季刊(北平)》1935年第2卷第3期。

就以短篇小说《新诗》^①登上文坛。张天翼在讽刺小说方面的成就并非一蹴而就，早在文学生涯伊始就已初露锋芒，进行了此方面的写作实践。除了尝试撰写讽刺小说外，张天翼还写作了通俗侦探小说——"徐常云新探案"系列。在风格上则呈现出多元并包的特质，或现实书写、或浪漫感伤、或感性抒发与哲理深思并置。20世纪20年代多元风格的小说试验，尽管在思想和艺术手法上有一定的局限性，但不能否认的是，这些早期小说既是张天翼自我风格探索的轨迹，同时也为他在20世纪30—40年代达到创作高峰夯实了基础，在不断的选择中形成独特的个人风格。

一、讽刺与探案的现实书写

张天翼以讽刺小说开启了文学之路，这样的审美趣味与他的家庭环境和教育经历有关。他自陈父亲和"第二个姊姊影响我是很大的"[②]，他们都喜欢幽默和讽刺故事，这也影响了张天翼的审美选择。此外，在早期文学启蒙上，张天翼自称"我在通俗图书馆看了许多林琴南译的东西，还有许多侦探小说。最拿手的故事是所谓《撒克逊劫后英雄略》（W.Scott: Ivanhoe）、《滑稽外史》（C.Dickens: Nicola）等等，还有些什么《福尔摩斯》《亚森罗苹》之类的侦探故事"[③]。"因为爱看小说之故，和几位同学写起来，都是些在林琴南和《礼拜六》之类的影响之下的""写了些滑稽小说"。[④]不难看出，张天翼早年的精神资源主要是通俗文学作品，包括侦探小说、林译小说、鸳鸯蝴蝶派小说。这些作品，尤其是狄更斯的讽刺小说已经潜移默化地对他产生持久影响。

张天翼早期的讽刺小说有《新诗》《流星》《怪癖》。《新诗》和《流星》显然是林纾《荆生》《妖梦》的仿制品。虽然张天翼针对新文化运动冷嘲热

---

① 参见张无诤《新诗》，《礼拜六》1922年第156期。
② 张天翼：《我的幼年生活》，《文学杂志（北平）》1933年第1卷第2号。
③ 张天翼：《我的幼年生活》，《文学杂志（北平）》1933年第1卷第2号。
④ 张天翼：《我的幼年生活》，《文学杂志（北平）》1933年第1卷第2号。

讽，思想守旧，立场保守，但却已表现出现实主义苗头以及讽刺的天分。《新诗》讽刺了新文化运动时期自命不凡实则滥竽充数的白话诗人。"斯莱"是一位热衷于写作新体诗的"诗人"，她将刚刚创作完成的一首不通文墨的诗作向夫君"黄遵妻"炫耀，"遵妻"听完这首毫无诗意、一窍不通的"诗"后，向妻子提出了一些疑问，尤其是诗歌的核心问题"韵"——"韵何在"[①]。自命为诗人的"斯莱"竟不知何谓韵，"吾乃未之前闻"[②]，令人捧腹。"遵妻"向妻子解释诗歌的平仄、韵律等问题时，"斯莱"因不解其意，怕丈夫嘲笑，只能以下午外出购物为借口，匆匆结束谈话。值得玩味的是，小说全篇以文言谱就，而"斯莱"所作的两首新体诗《他的儿女》和《北风》，则以白话写成，这是张天翼故意为之，通过语言形式的巧妙布局，形成了高雅—低劣、深邃—肤浅的对立碰撞，由此激发出了一种强烈的讽刺张力。张天翼以精巧的布局，借"斯莱"可笑无知的言行，揶揄批判了新文化运动中某些白话新诗人实乃沽名钓誉、言文不通之辈。《流星》同样讽刺了新文化运动时期的某些社会世相。主人公"方苟丕"自命为"新文化健将"[③]，这是典型的反讽。他追求"非孝""平等"，称父亲为"仁兄"，父亲病重也不返乡探望，美其名曰要脱离旧家庭。而当生活费不足时，又无耻地向父亲道歉以讨要钱财。"苟丕"擅作新诗，三天能作三百多首，在一众新人物的鼓吹下，被誉为著名白话诗人，四处演说，成为家喻户晓的文化名人。他的妻子"尤昌"更是一位思想开放的新女性，主动追求"苟丕"，目的是成为文化名人、著名诗人的妻子，从而与丈夫一道出版新诗，继而四处演说，追名逐利。她更是"自由""平等"的倡导者，与"苟丕"离婚后，相继嫁给了无数个男人，践行男女平等、恋爱婚姻自由的人生理念，最后生了一身杨梅大疮。不学无术的"苟丕"与"尤昌"离婚后，被"尤昌"排挤得身败名裂，最终沦为乞丐。"苟丕""尤昌"分别音同"狗屁""犹娼"，再配以反讽的技法、夸张戏谑的情节，嘲弄批判了新

---

① 张无诤：《新诗》，《礼拜六》1922年第156期。
② 张无诤：《新诗》，《礼拜六》1922年第156期。
③ 无诤：《流星》，《礼拜六》1922年第169期。

文化运动时期某些言必称自由平等的"新文化健将"们的丑态和无耻嘴脸，在小说结尾，张天翼以反讽的语气再次进行了无情的讽刺，"我道方苟丕先生自命为新文化中的明星。后来流落了。所以叫作'流星'"①。

《怪癖》描写了罗家二小姐的种种生活怪癖，如专用茶杯被打碎之后，竟不喝水，还要上吊明志，这只不过是她无理取闹和博取家人眼球的一种策略罢了，"二小姐这种上吊法子就是吊到明年，也是吊不死的咧"②。小说借罗家二小姐的怪癖讽刺暗喻了权势阶层中的贵妇人、娇小姐们的无病呻吟、忸怩作态。

除了讽刺小说外，张天翼还创作了多部侦探小说——"徐常云新探案"系列，包括《少年书记》《人耶鬼耶》《空室》《遗嘱》《玉壶》《铁锚印》《斧》《X》等作品。侦探小说由于情节紧张离奇、故事幽默风趣因而在清末民初形成了翻译和创作热潮，翻译的侦探小说占了文坛译著的一半之多，而程小青的《霍桑探案》、赵苕狂的《胡闲探案》等都是其中代表作，张天翼亦不例外。他的侦探小说引起了当红侦探小说家程小青的注意，"新进家中是当推张无诤先生所作之'徐常云侦探案'为首。虽情节略嫌草率，然彼年未满念稔，能为此不背人情之侦探作品，已是令人咋舌而倾佩不止矣"③。案件由"常云"侦破，"仁之"协助参与其中，并记录各个案件，"只有五天前的一桩钻石窃案。倒还离奇。但是这案破了之后。我和常云二人被多人仇视。又不便将他记在笔记上。这是我自己知道对于读者诸君很抱歉的。但也并不是我龚仁之的不是啊"④。"我很望无诤先生做侦探小说时也顾到这一方面。"⑤这种元叙述的视角在早期的新文学创作中较为新颖。仁之一方面注重记录呈现"常云"那超凡严密的推理天赋，另一方面则借助不同类型的案件描摹社会世相，揭示

---

① 无诤:《流星》,《礼拜六》1922 年第 169 期。
② 张无诤:《怪癖》,《礼拜六》1922 年第 158 期。
③ 朱翼:《我之侦探小说杂评》,《半月》1923 年第 2 卷第 19 号。
④ 张无诤:《斧》,《侦探世界（上海）》1923 年第 13 期。
⑤ 无诤:《遗嘱》,《星期》1922 年第 34 号。

社会弊病，在对人性的勘探上，已然显露出其敏锐的洞见。譬如《玉壶》中的罪犯"陶冈"，贼喊捉贼，陷害信任自己的好友"子俊"，"居心很恶"[①]，人性的丑恶跃然纸上。张天翼也在作品中描摹了麻木愚昧的看客群体，"门外站了许多人。都踮了足尖，伸长颈子看里面。还有许多人在那里议论"[②]。这些小说，虽然并未摆脱西方侦探小说的套路，但在社会现实的细腻记录和忠实描写上，彰显出深厚的功力，同时体现出初步的批判色彩。

张天翼早期的讽刺小说和探案小说，显示出文学新人的不俗实力，初露了他对于讽刺手法的偏爱和执着，同时也体现了现实主义和启蒙立场的萌发，不仅为他日后讽刺小说中戏剧性的张力和简约的笔锋奠定了基础，也为他走向深沉的现实主义书写开辟了新的可能。讽刺小说的深刻泼辣以及侦探小说的严密细节，都开启了张天翼小说在20世纪30年代的现实转向。

二、浪漫感伤的心灵探秘

张天翼20世纪20年代的小说在现实书写的同时，也显露出了新文学早期所流行的浪漫感伤气质。"五四"落潮后，学人们的内心郁积着彷徨、迷茫、忧郁的情绪，张天翼亦未能免俗。《苦衷》《月下》《走向新的路》等作，探秘描摹了个人悲苦彷徨、忧郁迷茫的精神世界，呈现出鲜明的浪漫感伤风格。

《苦衷》揭秘了主人公"我"苦痛的人生和悲苦脆弱的心灵，"你看，不是比劳工还苦吗……比做学生时的书记还苦呢……我这么辛辛苦苦还要挨骂……不觉暗暗掉下泪来……不知我的苦衷……我几乎放声大哭起来……总有一个人吃这苦头……只得再去做那烦恼的生活……无论什么学校里的书记先生都有我这同样的苦衷"[③]。该篇是"我"个人感伤情绪的外泄与悲苦心灵的

---

① 张无诤:《玉壶》,《星期》1922年第39号。
② 无诤:《空室》,《星期》1922年第32号。
③ 无诤:《苦衷》,《星期》1922年第38号。

展露，心灵的脆弱悲苦看似是旁人的欺压、工作的繁重、肉体的不适以及家庭的重担，实则与外部的环境无关，被"我"归咎于命运的作祟，"我的命运上似乎定着我是做书记的"①。神秘的宿命论进一步增强了作品浪漫感伤的气质，不幸的命运令"我"的心灵更加脆弱悲苦。张天翼深入"我"悲苦脆弱的精神世界之中，窥探、剖析、描绘"我"的心理状态，继而向读者倾诉呈现自我的烦恼彷徨、脆弱悲苦。在《苦衷》中，依然有一定的情节和少量的对话，但情节仅为情绪服务，对话则因情绪而消散，这是浪漫感伤风格小说的典型特质，以情绪结构文本。

《月下》展现了主人公"他"痛苦悔恨的精神世界，作品以"他"的感伤情绪建构文本，由"他"的心理活动、人生回忆、个人幻想所构成。"他"的心理状态为悔恨痛苦，源于自己的"非孝"观，这导致了母亲在临死前都未能见到自己，"他心想，'我为什么要提创非孝？我当初激烈地说父母生我们，是偶然的。他们养我们，实抱着一种希望心，并非出于真心。他宣布这种话的态度还记得很牢'。他又道，'唉，我当初说这些话时，为什么不记起父亲临死的样儿啊'"②。大段对母亲的回忆涌上心头：父亲早逝，母亲艰难抚养并悉心照料自己，生活的困苦、对丈夫/父亲的思念，令母子二人终日沉浸在苦痛的情绪之中，"哭泣"是母子二人的生活常态，"泪珠和潮水般地淌下来……他见他母亲无故地哭了，他也哭了……他哭了，伊也哭了"③。对自己"非孝"的极度悔恨、对慈爱无私的母亲的极度思念，令"他"产生了幻觉，进入了浪漫的梦境之中，梦中的"他"看到母亲在月下向自己走来，对自己没有丝毫的责备，而是依旧充满疼爱与关怀，这更加令"他"无地自容、怅恨无比，哭喊着扑向母亲，乞求伊的原谅，"却扑了个空"④。结尾短短几字将浪漫感伤的情绪推向了高潮，留下了无尽的苦痛哀怨，令人唏嘘。

---

① 无诤:《苦衷》,《星期》1922 年第 38 号。
② 张无诤:《月下》,《半月》1923 年第 2 卷第 22 号。
③ 张无诤:《月下》,《半月》1923 年第 2 卷第 22 号。
④ 张无诤:《月下》,《半月》1923 年第 2 卷第 22 号。

《走向新的路》展现了主人公"她"矛盾彷徨、痛苦战栗的精神世界。"她"原本追求理想的爱情,不料现实的命运总是折磨、欺侮、玩弄"她"。因此,"她"渴望同"可怕的爱人"①私奔到"梦想的黑的国"②中,从而结束现实的苦痛。但当"可怕的爱人"——"黑的怪物"③真的出现时,"她"又对"她希望着的人,理想的爱者"④感到无比的恐惧和排斥,尖叫、身子颤抖、让"黑的怪物"快走、呼喊母亲,一系列的外在举动与内心诉求形成了巨大的反差与矛盾。而这"黑的怪物"只有"她"本人才能看到,"她"的父母、医生都看不到,大家认为她患了癔症。"她"似乎生活在另一个世界之中,这是一个由自我的幻想建构而成的精神世界,幻想与现实形成了巨大的反差与矛盾。"黑的怪物"从"她"的幻想世界离开后,"她"便回到了现实世界,现实世界"适宜的温度,温和的空气"⑤令她感到舒适,再次印证了"她"外在举动与内心诉求的矛盾。但现实世界无法令"她"获得真正的快乐,"她"又感到了恐怖与痛苦,这意味着自己依然要"走向新的路"——与"可怕的爱人"私奔到"梦想的黑的国"。"黑的国""黑的怪物"等意象暗喻了充满荆棘与苦难的人生新路,揭示了走向这条新路需要付出极大的勇气与代价。作者在结尾设置了开放式结局,并没有揭示人物的最终走向,进一步凸显"她"的矛盾与彷徨,更平添了感伤的情绪。全篇在心灵探秘的同时,以幽婉含蓄的表述和暗示性意象的应用,增强了文本浪漫感伤的气质,意境悠远、韵味无穷。

在《苦衷》《月下》《走向新的路》中,对于心理描写有着充斥着主人公感伤悲哀的情绪和痛苦矛盾的心灵。这种对人物心理的细腻刻画,彰显出张天翼精细的观察力,也体现了他对人心与人性探索的深度。在20世纪30年代的小说中也十分常见。《陆宝田》《宿命论与算命论》《请客》等小说,无不

---

① 张天翼:《走向新的路(一)》,《晨报副刊》1927年9月15日第2062号。
② 张天翼:《走向新的路(一)》,《晨报副刊》1927年9月15日第2062号。
③ 张天翼:《走向新的路(二)》,《晨报副刊》1927年9月16日第2063号。
④ 张天翼:《走向新的路(二)》,《晨报副刊》1927年9月16日第2063号。
⑤ 张天翼:《走向新的路(三)》,《晨报副刊》1927年9月17日第2064号。

显示出张天翼出色的心理描写才华。

三、现代主义风格的初步尝试

《恶梦》《黑的微笑》《三天半的梦》几篇作品，透露着浓郁的现代主义色彩，对于痛苦、死亡、颓废、黑暗表现出别样的偏爱，通过对现代人情感模式、感受方式、想象能力的勘探，力图构建一种现代美学。作者自称这些作品"能在女人的头发里看出半个地球来"，"想躲到象牙做的宝塔里玩玩神秘劲儿"，是趋附时髦之作，"这种东西是不要内容的"。① 显然，这种说法有意气的成分，尽管这几篇现代主义的作品并不成熟，但其中所表现出来的写作手法和美学倾向融化到张天翼20世纪30年代的作品中，给他的作品带来了深度的表现空间。

《恶梦》描写了"我"的梦境，在梦境中，"我"抒发了亡国之痛，以及对侵略国的仇恨，"明月方当空也。此时寂寞若死。余仿佛已清醒而身已在廊然之中"②。开头的环境描写虽然只有寥寥数笔，但用语惊警，比喻新奇，充满了现代色彩。在激愤的情感抒发的同时，"我"在梦境中对国民性进行了批判。面对侵略国，青年知识分子带头抵制该国商品，然而他们很快使这场爱国运动成为了"五分钟热度"③。而"我"从梦中悲愤醒来，一时间竟产生了"梦蝶"之惑，"眼眶之中犹有泪痕，唬哭之声隐隐在耳，不禁竦然"。"我"在恍惚中混淆了梦境与现实的界限，而张天翼又在结尾处加了"叙述圈套"，"遂披衣起告之。无净谓此可作小说也"。这样的叙事实验，足见张天翼的精心营构。

《黑的微笑》具有浓厚的象征主义气质，浸染着现代主义的色彩。小说名

---

① 张天翼：《创作的故事》，载《张天翼文集》（第9卷），上海文艺出版社1991年版，第13页。
② 张无诤：《恶梦》，《半月》1923年第2卷第17号。
③ 张无诤：《恶梦》，《半月》1923年第2卷第17号。

与安德烈耶夫的象征主义名篇《红笑》有相似之处。小说以日记体写来,揭示死亡的神秘与恐怖诱惑,表现出对生命本质的沉思与探寻。"这是怎样黑的空气,这是怎样恐怖的空气!"①开篇就奠定了全篇的阴郁、诡异、压抑的死亡气息。"看罢,夜是如此之高,如此之大,他伸着双臂拥抱着一切。他装着鬼脸叫所有的生物噤声,叫所有的生物灭亡了。大地上还有什么呢:什么都是黑的帝国的领土了,黑的势力伸张到天边,使人找不到地的轮廓。窗外也蓦入了寂静,死似的寂静,那棵枯树犹是矗立在空际,衬在暗蓝的天色上,变成黑色的枯骨了。可是他噤声着,即使拂过微风,也不敢摇他的手臂。此外呢,此外一天麻点似的星星在闪耀着。"②张天翼以象征、暗示、拟人等手段,刻画出具有颓废色彩的意象,"鬼脸""黑的帝国""黑色的枯骨"充满死亡气息,与人物躁郁的情绪联动应和,暗黑的色彩烘托出神秘氛围。而通感与联觉的调用,更是揭示出人物不安的精神世界。"黑夜多么叫怕!他是死的羽翼。灯熄了,黑色便流进来,它一起一伏地翻着黑的波浪……它在房中太骚扰了:它微笑,它跳舞,它来拂着我的头。象征式的话平素不爱说,可是这次确乎听到类似拍翅膀的声音。"③对于荒诞世界的一种情绪反应……这些充满了颓废气息的象征,渲染出死亡的神秘残酷,以及"我"对死亡的恐惧,"没有想到的现实都在神秘地跳舞"④。这里,张天翼通过象征主义极大拓展了现实小说的表现领域,死亡的探寻,生命本质的展现、人生真谛的揭示,都达到了此前创作未企及的高度。

《三天半的梦》以书信体的形式,细腻而忧伤地探索苦闷、彷徨、厌倦等现代心理感受。全文笼罩着忧伤的基调与迷梦似的氛围,以细腻之笔揭发现代青年的精神困境。"我"对一切充满了矛盾厌倦之感,"人所以为万物之灵,只是因为人类是一种矛盾的动物。人身上,一定还有生理学家所未发见的一

---

① 张天翼:《黑的微笑》,《贡献》1928年第3卷第8期。
② 张天翼:《黑的微笑》,《贡献》1928年第3卷第8期。
③ 张天翼:《黑的微笑》,《贡献》1928年第3卷第8期。
④ 张天翼:《黑的微笑》,《贡献》1928年第3卷第8期。

种神经,叫矛盾神经。如今的人的对所谓家庭的态度,全是矛盾神经的作用吧"①。故乡杭州显得无聊可憎,年迈的父母可怜可厌,而自己同样可悲可叹。在父母建造的"感情的监狱"②中,我立意反抗,出于怜悯又要敷衍他们。在这种矛盾和撕扯中,"我"感到寂寞和悲哀。张天翼对于中国式亲子困境的照拂,其实也是对人存在本质的探寻。

《恶梦》《黑的微笑》《三天半的梦》比之张天翼20世纪20年代的其他作品,更显晦涩与深邃,作品借助现代主义风格,以日记、书信等形式,在晦涩的意象、迷离的梦境、精神的分析中渗透作者对生命、时代、人性等方面的玄思。张天翼20世纪20年代小说的现代主义的手法还略显稚嫩,在20世纪30年代的小说中则已十分圆熟,并且与作品的现实主义基调完美融合,扩大了现实主义的表现空间,也拓展了人物精神、心理、意识的探索深度。《梦》中则对卢俊义的梦境进行了细腻的刻画,烘托了人物迟疑、后悔、矛盾、充满疑虑不安的内心世界。《成业恒》就是将融合了象征主义手法与意识流的特质,细致描写出成业恒被捕入狱后精神陷入崩溃的境地。《蜜味的夜》则以讽刺的笔调,绘制出一群自称Modernist的上海摩登人物的丑态,其中不乏对现代主义意象的纯熟运用。这些都与20世纪20年代的现代主义探索有密切关联。

结　语

张天翼20世纪20年代小说的创作风格多元并包,既有现实的犀利讽刺,也有曲折紧张的侦探小说;既有充满感伤的个人抒唱,也有智性的反思探索。早期的小说写作,虽然稚嫩,但其中鲜明的个人特色已经悄然成形,包括讽刺风格的初步尝试,对国民性的深入探查,对人物心理的细腻捕捉,对于生命存在的哲理探索……这些多元的尝试,不仅在20世纪30—40年代的作品

---

① 张天翼:《三天半的梦》,《奔流》1929年第1卷第10期。
② 张天翼:《三天半的梦》,《奔流》1929年第1卷第10期。

中有所显现，同时也为张天翼后期的创作开辟了广阔的空间。通过早期的写作探索，张天翼锻炼了个人笔锋，确立了个人的特色，逐步转向20世纪30年代独特的现实讽刺风格。随着外部社会环境、政治环境的急遽变化，张天翼本人的思想倾向也产生了剧烈的震动，"从牛骨头之塔走出，想学习写写现实世界里的真正的事"[①]，"从空虚到充实"，实现了文化立场、创作风格、审美趣味、思想内蕴等方面的全面转轨。张天翼20世纪20年代的小说，就其创作史而言，有着极为重要的过渡意义。而张天翼由20世纪20年代到20世纪30年代的创作转型，也是时代变动中的文化轨迹的具体彰显。

---

① 张天翼:《创作的故事》，载《张天翼文集》(第9卷)，上海文艺出版社1991年版，第14页。

第十二章
底层人的精神世界书写
——葛琴现代小说创作论

引 言

葛琴，1907年12月生，江苏宜兴人。葛琴的文学活动始于20世纪30年代，处女作《总退却》发表于1932年5月20日《北斗》的第2卷第2期。葛琴以中短篇小说写作见长，作品数目众多，出版有短篇小说集《磨坊》[①]《总退却》《一个被迫害的女人》《结亲》《葛琴创作集》等。学界以往的研究，多关注葛琴写作的现实意义。冯雪峰认为《总退却》正面描写了"上海战争及战争中的民众生活的……以描写在战争中的兵士的转变及退却时的兵士的愤懑和失望为主题，作者在决定主题的中心上，可以说是能够抓住了核心的，并且在全篇中作者的精神都集中于自己的目的的"[②]。茅盾也对《窑场》和《总退却》的现实意义做出过高度评价，"与其读工整平稳不痛不痒的作品，我宁愿读幼稚生硬然而激动心灵的作品。对于葛琴的《窑场》和《总退却》，我的

[①] 《磨坊》由耕耘出版社1943年6月出版，1947年2月耕耘出版社再版时更名为《犯》。

[②] 丹仁：《关于〈总退却〉和〈豆腐阿姐〉》，《北斗》1932年第2卷第2期。

感想就是如此"①。孙瑞珍则认为葛琴的小说,"以女作家少有的勇敢、大胆与泼辣,控诉揭露罪恶的现实,为人民代言,替人民呐喊"②。葛琴在关注现实人生、描写抗战烽火、揭露黑暗社会的同时,以女性独有的细腻笔触与敏锐思维,深入底层民众的精神世界之中。试图建构底层人的精神世界、提炼底层人的精神特质、剖析底层人的精神困境,由此书写底层人精神世界的全貌,使其现代小说具有了典型的社会精神分析与个人精神分析的特征与气度。

一、底层人精神世界的建构

鲁迅曾经说过,葛琴小说的写作"就是这一时代的出产品……人物并非英雄,风光也不旖旎,然而将中国的眼睛点出来了"③。就像鲁迅所讲,葛琴始终秉承着将笔触指向社会底层民众的写作主旨,"与大众人民结合……为人民,为大众"④,描写了以农村为主的,从城市到乡村的各种底层民众的苦难人生。

葛琴首先将视角集中于最易被侮辱被损害的儿童与女性。如《磨坊》中的小林儿、《犯》中的发茂、《骡夫丁大福》中的阿松,他们出生于农村中的贫苦家庭,由于生活所迫,自幼被父母送去做学徒或童工,终日辛勤劳作,却被虐待欺侮。如《客地》中的铁铁、《一个荒唐的梦》⑤中老蔡的儿子,他们或是父母双亡而流落人间的孤儿,或是因父亲失业母亲早逝而被陷于困境的父亲狠心丢弃的幼童。如《一个被迫害的女人》中的寡妇周嫂,因失去了丈夫的庇护而在家乡被迫害,只能外出谋生。如《伴侣》中,失去丈夫的女人无力抚养刚出生的孩子只能狠心将其遗弃在医院。如《药》中,身患重病

---

① 茅盾:《〈窑场〉及其他》,《文学杂志》1937年第1期。
② 孙瑞珍:《葛琴,战士的胸怀》,《新文学史料》1982年第1期。
③ 鲁迅:《序言》,载葛琴《总退却》,大众书店1946年版,第3页。
④ 葛琴:《后记》,载《结亲》群益出版社1949年版,第149页。
⑤ 《一个荒唐的梦》收录于中华书局1946年1月出版的小说集《一个被迫害的女人》,后收录于新新出版社1947年10月版的《葛琴创作集》时,更名为《父子俩》。

却被丈夫嫌弃甚至虐待的双林嫂。如《教授夫妇》中，勤俭持家、任劳任怨却终日被丈夫鄙视辱骂甚至殴打的素梅。其次，葛琴将视角集中于其他的底层民众，如《一天》中，从农村来到城市报社做工的阿二。如《蓝牛》《路》中，失去土地、失去经济来源后，只能离开家乡外出谋生的农人蓝牛和金山。如《总退却》中，十九路军中奋勇杀敌的下层士兵寿长年、小金子。如《罗警长》中，被警察抓走的罢工工人李阿毛。如《雪夜》中，不幸失业又被同伴偷走毕生积蓄的老路工驼五叔。如《骡夫丁大福》中在逃荒途中卖掉儿子，被田主虐待的长工丁大福。

抗战爆发后，中国文学的主流以"大众""民族""国家"等宏大词汇逐渐取代了对"人"本身的关注，特别是对"人"的灵魂与心灵的探索。以路翎、无名氏为代表的社会精神分析和个人精神分析的写作，在很大程度上打破了这种叙事范式和困境，葛琴也试图对此种创作进行呼应。因此，葛琴的现代小说，对底层人精神世界探索描摹的比重，要远大于对外在的黑暗现实和阶级对峙的描写剖析。在心灵探秘的过程中，某些作品中的情节、冲突被淡化甚至消解。

以《枇杷》为例，小说力图挖掘的是小溜儿的精神世界，一切的情节铺陈、冲突设置均是为主人公精神世界的建构服务。村中地主的孩子米粉囵囵故意拿新买的枇杷去嘲笑羞辱没吃过枇杷的小溜儿，不但使小溜儿怒不可遏，更使他对无法吃到一个枇杷而耿耿于怀，陷入了偏执甚至疯狂的精神困境之中。葛琴设置的穷人孩童小溜儿和富人孩童米粉囵囵的冲突，并不是为了呈现阶级对峙，而是一种借冲突去建构主人公渴望吃枇杷而不得的精神世界的行文布局。小溜儿的乡邻陈七嫂同样家境贫寒，却有钱从麻子那里购买枇杷。因此，小溜儿未能吃上枇杷的根源不在于阶级的压迫，而是父亲的嗜赌如命。小溜儿的赌鬼父亲将家中所有值钱的东西甚至小溜儿的银项圈都抢去作了赌本，令本就穷困的家庭雪上加霜，即使枇杷丰收，价格低廉，小溜儿的母亲依旧无力为儿子购买一个枇杷，最终小溜儿因误食了过多别人吃剩的枇杷核而中毒殒命。《枇杷》呈现的是小溜儿渴望吃枇杷而不得的精神世界，《药》

与之类似，呈现的是主人公双林渴望买到第四副中药而不得的精神世界。穷困的失业石场工人双林到处借钱，为患病的妻子购买四副中药，他向相熟的工友老七借钱买了一副药后，再去借钱买药，被小肚鸡肠的七嫂羞辱一番。始终无法凑齐的第四副药钱，令原本就痛苦无比的双林陷入了疯狂苦痛的精神困境之中。如果说《枇杷》中还存在有某些阶级对立的成分——小溜儿和米粉囡囡的冲突，在《药》中，这种阶级对峙或阶级压迫已完全消解，只剩对双林精神世界的描摹。

《一天》建构的是阿二的精神世界。葛琴揭示了主人公所具有的"阿二精神"[①]——病态国民性，展现了阿二思想中根深蒂固的等级观念和阶级意识，以及自卑自大的病态精神。阿二在得到赴城市报馆做工的机会后，兴奋异常，幻想自己将和村中的权力阶层吴少爷平起平坐。但是到了城市后，发现自己所从事的工作被称为小工，又令他自卑懊恼不已，"小工，'工'还要加上一个'小'，不就是这种田人家的放牛小伙计吗……一想起就困也困不着。总之，这个低卑的名目，非想法换它一下不可"[②]。当一个同乡来到城里拜访他时，阿二又把自己当作了高高在上的城里人，看不起同乡，"得意地望着那个乡下佬"[③]。在揭示阿二病态国民精神的同时，葛琴也力图呈现他精神世界中的其他成分。阿二并不完全是"阿Q"，他的精神中也有积极向上的一面，他也期望能在城市中努力工作，站稳脚跟。阿二在报馆认真做工，奈何身边的同事小扬州、猫儿驼背、鬼头麻子等人，尽是些下流无耻、偷懒耍滑之辈。作为刚离开土地的农民，阿二依旧保留着农民的勤劳，看不惯他人的懒惰，尤其是当自己做好分内工作还要被这些无耻之徒冷嘲热讽后，阿二陷入了一种痛苦的精神困境。精神上的苦痛甚至压过了自我思想中根深蒂固的等级观念和阶级意识。阿二在最后竟放弃了报馆中的工作——放弃了稳定的收入、放

---

① 蒋明玳：《民族分娩的阵痛　时代分明的蜕变：论葛琴小说创作的悲剧主题及其流变》，《镇江师专学报（社会科学版）》1994年第2期。
② 葛琴：《一天》，载《总退却》大众书店1946年版，第11页。
③ 葛琴：《一天》，载《总退却》大众书店1946年版，第11页。

弃了向乡邻炫耀的资本，毅然离开城市，回到家乡，只为实现精神的解脱。当他离开报馆、离开城市时，愤怒、痛苦的精神变得"平心静气"。[①]

在关注底层人现实困境的同时，葛琴实则更为关注底层人的精神困境。以淡化外部冲突、消解情节纠葛的方式，转向了对"人"精神层面的细致描摹，由此试图建构底层人的精神世界。

二、底层人精神特质的提炼

葛琴对底层人的精神特质——"心理状态"进行了细致全面的提炼，"心理活动的那种在一定期间内能够表明各种心理过程的独特性的一般特征，这种特征既决定于所反映的现实的对象和现象，也决定于个性的过去的状态和个别的心理特性"[②]。葛琴在创作过程中，除了展现以往文学作品中常见的孤独、痛苦、悲哀等心理状态外，还提炼了底层人的其他精神特质——愤怒与疯狂。葛琴笔下的底层民众首先处于一种愤怒的心理状态之中，并且这种愤怒的心理状态不被情绪主体压抑在内心，而是转化为一种具体的外在行为进行发泄。

在《总退却》中，寿长年始终处于愤怒的心理状态之中，"愤愤地"[③]，源于他对黑暗现实的强烈不满。寿长年将自我愤怒的心理状态外化为具体的行动——斗殴与杀戮，先是殴打了分配捐赠品不公的士兵，又在某次战斗中，殴打并杀死了一个胆小畏战的上校军官。《枇杷》中的小溜儿也总是处于愤怒的心理状态之中，同样源于对现实——无法吃上枇杷的强烈不满。当小溜儿与地主的儿子米粉囡囡发生冲突后，并不隐忍退让，而是像寿长年那样将愤怒的心理状态外化为具体的行动——辱骂斗殴。他先是辱骂米粉囡囡，在对

[①] 葛琴：《一天》，载《总退却》，大众书店1946年版，第38页。
[②] [苏]尼·德·列维托夫：《性格心理学问题》，余增寿译，人民教育出版社1959年版，第94页。
[③] 葛琴：《总退却》，载《总退却》，大众书店1946年版，第73页。

方逃跑后又捡起一个石块想要朝对方的脸上掷去,当追上对方后,便准备狠揍他,"握着一个拳头便死命地扑了过去"①。在《罗警长》中,当其他罢工工人在罗警长的威逼利诱下,纷纷放弃罢工时提出的诉求后,只有工人李阿毛始终处于一种愤怒的心理状态,"依旧是充满着那种不可遏制的愤怒"②。面对帝国主义列强和大资本家的走狗罗警长,李阿毛将愤怒的心理状态转化为外在的行为,首先是对罗警长的怒斥,"滚滚滚他妈,走走狗"③,其次是对工友们的鼓励,"什么鸟××,不许咱们工人罢工啊!?咱们要干就干!"④罗警长派手下将他带走,资本家又将他辞退,愤怒的李阿毛并未妥协与畏惧,继续将愤怒的心理状态转化为外在的具体行动,又来到另一家工厂,勇敢地参与了新一次的工潮。

《罗八堂之死》中的小学教员陈国涛也始终处于愤怒的心理状态之中,源于对罗八堂等汉奸恶行的不满,"暴怒地一跳,两只血红的眼睛,挑战似盯住罗八堂"⑤,愤怒的心理状态转化为外在的具体行为便是他在偶遇罗八堂后,发疯似的挥舞起一条女人的内裤,对其进行示威和侮辱。《一天》中的阿二看不惯报馆里的一切,始终处于愤怒的心理状态之中,内在的愤怒转化为外在的具体行为便是击打和出走,先是通过猛烈捶打制版机来发泄内心的怒火,又决定离开城市回到家乡以排遣心中的愤怒和郁结。《路》中的金山也总是处于愤怒的心理状态之中,"愤怒的火星直从他眼睛里射出来"⑥。他的愤怒既源自贫困现实的压迫——公路的修建,占据了他的农田、终结了他谋生的手段。更源于母亲对自己的不理解,"听老娘的骂话,比打了他的耳光还难受……老娘也太不谅解他"⑦。为了谋生,也为了缓和与母亲的关系,愤怒的金山选择了

---

① 葛琴:《枇杷》,载《磨坊》,耕耘出版社1943年版,第51页。
② 葛琴:《罗警长》,载《总退却》,大众书店1946年版,第242页。
③ 葛琴:《罗警长》,载《总退却》,大众书店1946年版,第242页。
④ 葛琴:《罗警长》,载《总退却》,大众书店1946年版,第242页。
⑤ 葛琴:《罗八堂之死》,载《一个被迫害的女人》,中华书局1946年版,第42页。
⑥ 葛琴:《路》,载《总退却》,大众书店1946年版,第178页。
⑦ 葛琴:《路》,载《总退却》,大众书店1946年版,第178页。

同阿二一样的排解之路——出走。阿二是从城市回到乡村，而金山则是从乡村去了城市——上海做工。

当葛琴笔下底层人愤怒的心理状态到达一定临界点后，愤怒就会转变为疯狂，有些底层民众还会在神志不清、精神失常之时，做出各种可怖的行为。

《枇杷》中的小溜儿在误食了大量他人吃剩的枇杷核后，变得神志不清，他已经认不出自己的母亲，心中无法释放的怒火使他在精神失常时变得极度疯狂，将母亲当作了仇人米粉囡囡，对母亲拳打脚踢，发出疯狂的咒骂。《总退却》中的小金子在受伤后，发了高烧，也像小溜儿那样陷入了神志不清的精神状态之中，心中被压抑的怒火与不满彻底释放，疯狂地乱喊乱叫，疯狂的殴打照顾他的护士和好友寿长年。《药》中的双林在从工友老七那里借钱未果又被七嫂羞辱后，变得异常愤怒，回到家后，看着卧病在床的妻子，愤怒的心理转化为疯狂的精神状态，不仅狠命殴打妻子，甚至一度精神失常，想要掐死妻子。《教授夫妇》中的罗中达本就看不上目不识丁的妻子，妻子从乡下来到重庆后的言行举止，更是让他觉得颜面尽失，对妻子无比愤恨。因此，罗中达始终处于一种愤怒的心理状态之中，"愤怒地一震"[①]。国统区物价飞涨、民不聊生，以前风光的教授罗中达，如今陷入了食不果腹、连烟都抽不起的窘境。当妻子为了罗中达不被饿死而去和饥民一道抢了米店的米带回家后，迂腐的罗中达竟然觉得妻子犯下了不可饶恕的罪行，觉得妻子根本配不上自己，也不配做一个人。他不仅对妻子说着最恶毒的诅咒，进行无情的殴打，"一巴掌劈在她脸上……一拳落在她胸上"[②]，甚至还想要像双林那样杀死妻子，"恨不能一口吞了她，立时取消她做人的资格"[③]。

《犯》中在县城做学徒的发茂被师父诬陷殴打后，逃回了家。发茂终日受到师父的虐待，内心愤怒无比，这次又遭受了诬陷和殴打，已经处于极度愤怒的心理状态。他在路上偶遇了同村的小泥鳅，小泥鳅随口询问发茂为何

---

① 葛琴：《教授夫妇》，载《结亲》，群益出版社1949年版，第13页。
② 葛琴：《教授夫妇》，载《结亲》，群益出版社1949年版，第23页。
③ 葛琴：《教授夫妇》，载《结亲》，群益出版社1949年版，第25页。

此时回村，这无心的发问，使本就郁闷敏感、恼羞成怒的发茂变得精神失常。平日老实善良的他瞬间失去理智，一把将小泥鳅摔倒，对其拳打脚踢，甚至拖着小泥鳅想把他带到后山杀死。他像双林和罗中达那样，最终清醒了过来，对自己的疯狂举动表现出了深深的悔恨。而寿长年杀死军官的行为与双林、罗中达、发茂试图杀死各自妻子以及小泥鳅的行为相比，并不是一种相同的心理状态。双林、罗中达、发茂的举动是在疯狂的心理状态下发出的精神失常行为，当他们清醒之后，立即表现出了悔恨与深深的自责。而寿长年则是在愤怒（正常）的心理状态而非精神失常的心理状态下进行的杀戮，他自始至终都是清醒和冷静的，从他平日喜欢斗殴的言行举止中便可见一斑。

以寿长年、小溜儿、李阿毛、陈国涛为代表的底层人，不再是唯唯诺诺、忍气吞声的逆来顺受者，他们以愤怒的精神状态去面对和迎击黑暗社会和剥削阶层的压迫与欺侮。与之相对的则是罗中达、双林、发茂，他们在现实困境的压迫下，没有像寿长年、小溜儿、李阿毛、陈国涛那样进行反抗，而是将怒火与怨气撒向了爱人与朋友，在疯狂中苦痛地挣扎。

三、底层人精神困境的解剖

葛琴提炼和呈现了底层人疯狂的心理状态，并进一步揭示出此种心理状态的生成与他们的潜意识息息相关，"潜意识是精神生活的普遍基础。潜意识是一个大的范围，其中包括着较小的意识范围。任何有意识的事务都有一个潜意识的初级阶段；潜意识可以停留在那个阶段，但必须被认为具备精神过程的全部价值"[①]。在葛琴笔下，大部分的底层人最后都会变得精神失常、神志不清，虽然有某些外在因素使然，实则是由自我的潜意识所驱使。

在《枇杷》中，小溜儿因大量误食了别人吃剩的枇杷核后导致神志不清，精神失常的小溜儿向着他的母亲高喊："我要打你，我要打你，打死你这——

---

① [奥] 弗洛伊德：《释梦》，孙名之译，商务印书馆1996年版，第606页。

打！"①此时的小溜儿已经分辨不出母亲的形象，错将母亲当作了羞辱过自己的米粉囡囡，小溜儿所发出的恶言实则指向的是自我潜意识中的仇人。小溜儿的现实欲望是能够吃到枇杷，但始终未能实现。因此，吃过枇杷且以枇杷对他进行羞辱的米粉囡囡，成为了小溜儿潜意识中最为痛恨的对象。此时的小溜儿处于精神失常之中，神志不清的他错将母亲当作米粉囡囡，不仅辱骂还要殴打母亲——米粉囡囡，"小溜儿猛地飞起一个拳头打在妈的眼角上，露出几个可怕的大牙齿，好像还要去咬她似的"②。现实中的小溜儿原本可以痛打米粉囡囡泄愤，但在准备殴打他时，却被米粉囡囡家的成年家丁阻止。为了讨好少爷米粉囡囡，那个成年家丁对小溜儿进行了殴打报复，令小溜儿内心的欲望——殴打米粉囡囡非但没有能够得到释放，反而积蓄得更深。因此，当小溜儿神志混乱时，潜意识驱使他去辱骂殴打米粉囡囡——母亲。小溜儿精神失常后的疯狂言行实则是潜意识驱使自我完成的欲望投射。

《总退却》中的小金子，受伤后发起高烧，导致神志错乱，在精神失常的状态下，他向着照顾自己的护士和好友寿长年高喊，"拉我做什么？……老子偏不退！……老子死也死在此地"③。小金子发出的呐喊，也是由自我的潜意识所驱使。小金子同小溜儿一样，欲望——反抗侵略者的行动被压抑。十九路军的普通战士与敌人激战正酣，并取得了一系列战斗的胜利，却意外接到了撤退的命令。性格强硬的寿长年能够通过殴打乃至杀死胆小怯战、临阵脱逃的上校长官的方式，发泄心中的怒火。但性格软弱的小金子无法像好友寿长年那样向长官发泄怒火，只能把不想撤退和继续抗敌的欲望压抑，服从命令。这些平日被压抑的欲望——对撤退命令和畏战长官的不满，以及反抗侵略者的决心，成为了他的潜意识。当他神志错乱后，这些潜意识得到了彻底释放，"什么道理呀……我们打了几十天了啊！……为什么叫老子们退？……

---

① 葛琴：《枇杷》，载《磨坊》，耕耘出版社 1943 年版，第 65 页。
② 葛琴：《枇杷》，载《磨坊》，耕耘出版社 1943 年版，第 66 页。
③ 葛琴：《总退却》，载《总退却》，大众书店 1946 年版，第 114 页。

偏不退！……打死你这个黑良心的！"①。神志不清的小金子以为自己依然在战场奋战，"老子们要打矮鬼……你们就放机关枪！……放火！……开枪！开啊！……长福！长福！……给我一发！"②这是小金子潜意识的终极外化，葛琴以小金子精神失常后的言行，歌颂了十九路军下层士兵的英勇无畏，以及与日寇殊死战斗的赤诚之心。

《药》中的双林在试图杀死妻子之时，意识是不清醒的，像陷入梦境之中，"突然，他吃惊地一跳，好像做醒了一个大大的恶梦，睁着两只发红的眼睛，无可奈何地捧着他老婆的头"③。梦的本质是"不加掩饰的欲望满足"④，双林在自我"恶梦"中的所作所为也是欲望的典型投射。他无力承担妻子治疗所需的四副中药费用，再向老七借钱买药时，不但被拒绝还被七嫂羞辱。生活的重压、他人的羞辱，使双林萌生了杀死妻子的念头——欲望。他认为自我人生苦痛的源头是患病的妻子，只要将妻子杀死，就能终结自我的苦痛，摆脱悲哀的命运。社会的伦理道德不允许双林去实施杀妻的行为，理智让他压抑这种欲望，"它可以在白天产生但又被排斥，在这种情况下，被留到夜晚的欲望是未被处理但也是被压抑的"⑤，但这种欲望早已转化为他的潜意识。七嫂的羞辱则是触发双林进入梦境——疯狂精神状态的开关，他在回家后，看着床上呻吟的妻子，进入了"梦境"之中，潜意识驱使他将压抑已久的欲望释放，狠命地掐着妻子的脖子。几乎要将妻子杀死之时，妻子胸部膏药的解开则成为他由梦境（疯狂）回到现实（清醒）的关键，他看到膏药下妻子乳房上那可怖的伤疤后，无比悔恨，对自己的行为感到羞耻和自责。因此，面对妻子的击打，他没有任何怨言，反而让妻子尽情痛击自己，"你抓吧，把我的眼乌珠也抓出来吧……总怪是我……双林的脸，便紧紧地贴在老婆的脸

---

① 葛琴：《总退却》，载《总退却》，大众书店1946年版，第115页。
② 葛琴：《总退却》，载《总退却》，大众书店1946年版，第115页。
③ 葛琴：《药》，载《磨坊》，耕耘出版社1943年版，第90—91页。
④ ［奥］弗洛伊德：《释梦》，孙名之译，商务印书馆1996年版，第120页。
⑤ ［奥］弗洛伊德：《释梦》，孙名之译，商务印书馆1996年版，第545页。

上，大家看不见大家的脸，老婆的眼泪在脸上淌着，双林的眼泪直往肚子里咽着"①。证明他已彻底清醒，摆脱了疯狂的精神状态。

对小溜儿、小金子、双林精神失常状态下所做出的疯狂行为的细致描摹，揭示了葛琴对底层人隐秘心理的深度挖掘，由此实现对底层人个人精神的解剖和分析。同时，葛琴又将个人精神困境与外部现实相结合——贫困的生活和黑暗的社会压迫是导致他们疯狂的重要缘由，由此实现了社会精神分析与个人精神分析相结合的创作主旨。

结　语

葛琴甫一出道便得到众多名家的首肯，奠定了她在中国现代文坛尤其是江苏文坛的地位。葛琴写下了数目众多的小说，她的文学创作浸润着中国现代作家的社会责任感和历史使命感。身处时代洪流之中的葛琴，试图通过对底层民众精神世界的书写，挖掘与思考造成底层人苦痛矛盾、愤怒疯狂灵魂的社会以及个人根源，试图书写绘制一幅20世纪30—40年代底层民众的社会精神史和个人精神史。葛琴的文学创作也为中国现代小说的人物长廊增添了新的画像，丰富了中国现代中短篇小说的篇章。葛琴的"重新发现"与"重新阐释"对学界的葛琴研究来说，亦是一种有益的拓展和补充。

---

① 葛琴：《药》，载《磨坊》，耕耘出版社1943年版，第91页。

第十三章
通俗作家的非通俗写作
——秦瘦鸥20世纪40年代小说创作论

引 言

秦瘦鸥1908年6月28日出生于江苏省嘉定县（今上海市嘉定区）。原名秦浩，笔名有刘白帆、万千、宁远、陈新等。秦瘦鸥20世纪40年代的小说创作主要有1942年7月由上海金城图书公司出版的长篇小说《秋海棠》，此版本被称为"金城版"，与1941年2月开始连载于《申报》上的"申报版"相比，"金城版"在结局上进行了改动。1940年连载于《旅行杂志》第9期至第12期的中篇小说《余音》。1948年4月由上海怀正文化社出版的长篇小说《危城记》。1944年4月由上海太平书局出版的短篇小说集《二舅》，内收《给他母亲杀死的？》《十二年了》《二舅》《这不过是秋天》《小店主》《一个洋囡囡》《热带鱼》《落叶》《同学少年》《风雨故人来》《第三者》《恋之梦》十二部作品，除《二舅》《小店主》《热带鱼》三部作品外，其他作品均于20世纪40年代创作完成。短篇小说集《二舅》在1947年4月由上海波涛出版社再版发行，更名为《第三者》。秦瘦鸥虽是"鸳鸯蝴蝶派"的代表作家之一，但其1940年小说创作的主旨与内容，已经消解了"鸳鸯蝴蝶派"小说的特性，"并无何种违反时代或接近下流的成分"①。相反，这些创作不是通俗文学，"并不是浪漫主义的产物"②，而是典型的非通俗化写作。秦瘦鸥20世纪40年代小说的题材，仍以自己最为擅长的恋爱题材为主要写作方向，但揭示和暴露重点的则是造成爱情悲剧的社会根源。此外，还涉及教育、抗战等时代热点问题。秦瘦鸥以强烈的人文关怀精神，以及强烈的社会责任感与时代使命感，去描摹"本是一幕大悲剧"③的人生与世相，描写呈现一幕幕现实悲剧，暴露反思大量社会问题。

一、教育问题的反思

秦瘦鸥20世纪40年代的小说，涉及了家庭、高校等具有超越时代特性的教育问题，其呈现和反思的内容在当下仍然属于热点问题，发人深省。

《给他母亲杀死的？》以两个年轻人"刘盈"与"吴三新"的不同命运开篇。"刘盈"升任为邮政储金汇业局课员的那天，与他从小一起长大的好友"吴三新"却英年早逝。"刘盈"询问母亲"三新"何以身故，母亲先是告知梅毒溃烂，后又说是"给他母亲杀死的"④。"刘盈"带着深深的疑问，回忆起了他与"三新"童年、少年、青年相处的不同生活片段。"刘盈"家境贫苦，母亲管教严苛。与之相反，"三新"家境优渥，母亲溺爱不明。在纸醉金迷、灯红酒绿的上海，面对种种致命诱惑，"三新"最终迷失了自我，吃喝嫖赌、欺瞒家人、放荡驰纵，最后患梅毒殒命。与之相反，"刘盈"则经过努力奋斗，学业有成、事业进步，最终出人头地。在小说中，秦瘦鸥通过两个母亲不同的家庭教育方式、两个年轻人不同命运的鲜明比对，尤其是通过"三新"的悲剧命运，揭示了都市社会的种种世相，反思了现代社会的家庭教育问题。

---

① 秦瘦鸥:《秋海棠·前言》，上海金城图书公司1943年版，第2页。
② 秦瘦鸥:《秋海棠·前言》，上海金城图书公司1943年版，第2页。
③ 秦瘦鸥:《秋海棠·前言》，上海金城图书公司1943年版，第2页。
④ 秦瘦鸥:《给他母亲杀死的？——献给全世界的母亲》，载《二舅》，太平书局1944年版，第3页。

在《同学少年》和《余音》中，秦瘦鸥则呈现和反思了高校教育问题。《同学少年》中的男主人公"张颐"抗战爆发后逃难来到上海，在叔父的资助下用金钱而非成绩进入大学求学，"商人世界的上海，本来有些商业化的学校，便格外彻底商业化起来，一向做着别种生意的老板，也凑此开出了许多'纯商业化'的学堂来。大学，中学，夜校，日校，应有尽有，只要你有现款，（汇划支票照市贴水）即使你连初中的毕业文凭也没有，也可以立刻进大学"①，某些高校看重的不是成绩人品，仅仅是金钱。在乡下穿衣打扮颇为新潮的"张颐"进了上海的大学后，却成为都市同学们终日讥讽歧视的对象。在买书时偶遇同班的"黄同学"，在"黄同学"的指点下，他将买书的钱买了上海当下流行的外衣与皮鞋，由此成为了一个"真正""地道"的上海大学生。后来，与同学们相熟后，更是出入酒店、舞厅、西餐厅、夜总会，终日寻欢作乐，还把父亲抓药救命的钱用来请客吃饭。在小说最后，秦瘦鸥借"张颐"的内心独白，"像这样的念书，究竟有益于自己呢，有益于家庭呢，还是有益于国家啊"②，向以"张颐"为代表的大学生、青年人发出了源自灵魂深处的终极拷问，振聋发聩。

在《余音》中，男主人公"洪燕"考入了南京一所大学的教育学专业，但该校的教育学院却设在上海法租界的霞飞路上。"洪燕"初到上海、初到学校，也像"张颐"那样自惭形秽，感到"鸡立鹤群"。上学期间，不但逐步发现和认识到了大学中的种种问题和丑陋世相，"他一星期有六点钟的课，那么他至少就得缺两课，否则别的教授和同学，就会笑他。李××是最爱跳舞的角色，礼拜一的第一课，十次中他倒有八次是不到的……不过，行政法明天不是要考吗……这是越发不成问题了，多吃些辣货，上校医那里去请病假，也是上海大学堂的公开秘密"③，还像《同学少年》中的"张颐"那样，学会了吃喝玩乐、游戏人生。大学生活让"洪燕"彻底迷失了自我，进入社会后，

---

① 秦瘦鸥：《同学少年》，载《二舅》，太平书局1944年版，第105页。
② 秦瘦鸥：《同学少年》，载《二舅》，太平书局1944年版，第116页。
③ 秦瘦鸥：《余音（一）》，《旅行杂志》1940年第9号。

更是变成了一个撒谎成性、吃喝嫖赌的堕落青年,"洪燕年纪轻,相貌好,朋友多,嫖的时间也特别的充足,每次踏进一家妓院去,总能受到姑娘们的特优的待遇;许多先进的同志们,都在啧啧地艳羡着,他也得意极了,每晚,不到天亮不想回去。渐渐地,他是整个的沉醉于女人,大腿,香水,麻雀,扑克……的深处了"①,这荒唐的放荡生活终将疼爱自己的养母活活气死。秦瘦鸥通过描写"张颐""洪燕"等青年学生的游戏人生,揭示了上海某些高校的本质,以及部分大学生和青年人的教育问题。

"吴三新""张颐""洪燕"三人是都市堕落青年的代表,前者由于家庭教育导致了腐化堕落,后两者则在高校教育中迷失了自我。"吴三新""张颐""洪燕"化身为象征性符号,甚至成为了当下社会某些青年人的缩影,令人警醒、发人深思。

二、恋爱问题的描摹

作为"鸳鸯蝴蝶派"代表作家之一的秦瘦鸥擅长写作爱情小说,因此,在反映社会问题时,秦瘦鸥将大量的笔触指向了男女恋爱问题,通过恋爱问题反思和批判封建思想与社会问题。

秦瘦鸥着重展现的是现代社会中传统艺人的悲情爱恋。现代社会中传统艺人的悲情爱恋是现代文学中一个十分常见和热门的创作主题,同是江苏籍作家的吴祖光的现代话剧《风雪夜归人》和秦瘦鸥的现代小说《秋海棠》,恰恰是这类题材的代表性创作。在《秋海棠》中,秦瘦鸥并未将笔墨放在姨太太如何勾引名伶的低俗桥段之上,而是让姨太太成为了传统艺人的启蒙者。传统艺人"吴玉琴"("秋海棠")看似风光无限,实则精神苦闷,他想要寻找一种新的生活,却身处迷茫与困顿之中,徘徊不前,"罗湘绮"作为启蒙者出现在"吴玉琴"的世界之中。"罗湘绮"与"吴玉琴"均是罪恶社会的牺牲

---

① 秦瘦鸥:《余音(二)》,《旅行杂志》1940年第10号。

品,"罗湘绮"在省立中学求学时被镇守使"袁宝藩"霸占,受过良好教育又不甘做军阀玩偶的时代女性便成为自己中意男性的启蒙者。他们的感情不是建立在肉体与金钱之上,而是灵魂的交流与碰撞,这明显超越了"鸳鸯蝴蝶派"一些作品中传统艺人与姨太太的恋爱关系模式,也颠覆了男性为启蒙者,女性为被启蒙者的传统启蒙模式。在创作过程中,秦瘦鸥深入人物的内心,注重呈现他们苦闷、痛苦、矛盾的精神世界,"无论秋海棠的个性是怎样的静默,终究还是一个二十多岁的青年,像那么一个枯寂而找不到一些安慰的家,他怎样能觉得满足呢?有了欢喜的事,没有人可以告诉;有了愁苦的事,没有人可以分解;一天到晚,只是唱戏,排戏,吊嗓子这一套把戏,完全像一头被玩弄猢狲一样"①。通过剖析"吴玉琴"的精神世界,细致全面地呈现出他的复杂情感,使人物形象塑造得更加有血有肉,更加丰满真实。

"吴玉琴"与"罗湘绮"的爱情悲剧首先是一种命运悲剧。他们对美好、纯洁的爱情追求与当时的丑恶现实是根本对立的,他们最后的结局注定是分离与死亡,"惨痛的遭遇几乎在每一个人的生活史上都有,而骨肉重圆,珠还合浦等一类的喜事,却只能偶然在春梦中做到"②,打破了中国传统的"大团圆"式的结局,真实再现了传统艺人在黑暗社会中的悲剧人生。其次是一种性格悲剧。秦瘦鸥明确揭示了传统艺人性格上的缺陷,对人性作了深刻剖析。"吴玉琴"软弱的性格使他们的反抗是那样的无力,他有着改变现状、改变自己的强烈愿望,却不知如何付诸实践,最终导致恋爱双方的悲惨结局。"吴玉琴"与"罗湘绮"的爱情悲剧更是一种典型的社会悲剧。秦瘦鸥在表达对传统艺人的同情之时,揭示了罪恶的社会是造成传统艺人悲剧命运的根本原因。在创作中,秦瘦鸥批判了封建思想、等级观念、金钱膜拜等社会问题,呈现了军阀对女学生强掳霸占的丑恶世相,正是上述问题导致了他们的悲剧命运。除了长篇小说《秋海棠》外,中篇小说《余音》也是一部描写现代社会中传统艺人悲情爱恋的作品。"洪燕"结识传统艺人"金凤"之时,他的养父母

---

① 秦瘦鸥:《秋海棠》,上海金城图书公司1943年版,第59—60页。
② 秦瘦鸥:《秋海棠·前言》,上海金城图书公司1943年版,第2页。

均已去世,没有封建父母和封建家庭的阻碍。"洪燕"与"金凤"又是真心相爱,二人本可冲破世俗的阻挠,幸福地生活在一起。却不想自己与苦苦找寻的亲生母亲"朱小姐"重逢后,亲生母亲又成为新的封建势力,竭力反对"洪燕"与"金凤"的恋爱,并逼他娶表妹"秀贞"为妻。又恰逢"洪燕"要去美国深造,在阴差阳错之中,性格要强的"金凤"远走他乡,独留"余音"悬绕"洪燕"耳边,谱写了一出劳燕分飞的悲情爱恋。

此外,秦瘦鸥还呈现了多种恋爱悲剧。《十二年了》以书信体的形式——"朱小姐"写给有缘无分的爱人"志舫"的"悲情血书",形成了一部"薄命女子的悲剧自传"。"朱小姐"与"志舫"深爱着对方,"志舫"却因好友"刘克厚"也爱着"朱小姐"而主动退出,黯然远走他乡。"朱小姐"悲痛万分,相思成疾,在医院治疗时被伪善的"庐医生"欺骗,下嫁于他。婚后,"庐医生"露出真实面目,不仅将"朱小姐"的财产掠夺一空,当"朱小姐"生了一个"现社会至今还蔑视的废物"[①]——女孩后,"庐医生"的父母对她恶语相向,"庐医生"更是对她非打即骂,并与其他女子暗度陈仓。"朱小姐"的女儿不幸患上脑膜炎,身为医生的丈夫却冷血无比,最终导致幼儿因救治不及时不幸夭折。爱人的远走、丈夫的恶毒、骨肉的离世击垮了"朱小姐",最终香消玉殒。《第三者》中的男主人公"陈云超"甘愿为不相识的女子"何清"出头,枪杀欺压瞒骗她的同居男友"沈尔亮"及其姘头。小说着重刻画了反面角色"沈尔亮",他同《十二年了》中的"庐医生"一样,是女性被欺侮被迫害的根源所在。《落叶》与《恋之梦》则描写了青年男女"衡"与"琳"、"刘梦石"与"汤伊玲"的爱情悲剧,他们的爱情悲剧均是典型的社会悲剧。"衡"家境贫困,"琳"家境富裕,两个年轻人真心相爱,却被"琳"的"'金钱万能'的唯物主义者"[②]的母亲残酷拆散,"琳"最终以死亡捍卫自己的爱情。"衡"与"琳"的爱情在门当户对、金钱至上的社会中只能以悲剧收场。"刘梦石"的母亲深受传统观念影响,在儿子幼年时便为其找了一个童养媳。

---

① 秦瘦鸥:《十二年了》,载《二舅》,太平书局1944年版,第22页。
② 秦瘦鸥:《落叶》,载《二舅》,太平书局1944年版,第98页。

受过良好教育追求自由恋爱的青年"刘梦石"代表着现代与文明,他的童养媳则象征着落后与愚昧,也意味着"刘梦石"与"汤伊玲"的自由相恋注定会以悲剧收场。果不其然,有情人因童养媳的问题逐渐疏远直至分手,最后成为陌路人。

《十二年了》《第三者》反映了男性对女性的欺侮压迫,《恋之梦》呈现了童养媳这一传统的社会问题,在《落叶》中,秦瘦鸥则揭示了门当户对、金钱至上的社会世相,这些根深蒂固的封建思想和社会问题恰恰是造成男女爱情悲剧的根源所在。

二、时代问题的刻画

20世纪40年代,秦瘦鸥还创作了反映时代问题的短篇小说《这不过是秋天》和长篇小说《危城记》。尤其是长篇小说《危城记》[①],以抗战为创作背景,无情地暴露和批判了政治的腐败、社会的黑暗、病态的国民劣根性,呈现了普通民众在战乱年代悲惨的命运。

《这不过是秋天》中的主人公"毓明"富有正义感,面对饥寒交迫的穷人无私施以援手,他的热心恰恰映衬出整个社会的冷漠与无情。面对寒冷的天气,以"钱行长""朱先生""梅经理""陈经理"和"毓明"为代表的上流阶层,可以买几百元一件的衣服御寒,可以坐着汽车外出,可以在办公室开着电炉取暖,可以在银行公会吃着奢侈的午餐并抽着昂贵的香烟或雪茄。而穷人却冻死在垃圾桶旁,连买棺材的钱都没有。"朱门酒肉臭,路有冻死骨"的丑恶世相通过寒冷天气中上流社会与底层社会民众的不同命运的对比,淋漓尽致地呈现出来。秦瘦鸥着重剖析了"毓明"的精神世界,"'一角五分钱够什么用呢?'良心在腔子里说。可是另一个念头又拦住了他,使他觉得上海的穷人正不知有多少,那里能够一个个的救济……回忆开始在他脑神经上发

---

① 怀正文化社1948年版的《危城记》的扉页上标有"怀正中篇小说丛书"的字样,但从实际的写作篇幅来看,《危城记》实属长篇创作。

生作用了……皮大衣是随便那一天可以买的，我不能坐视人家死而不救"①。以及对妻子"芬"在抗战时代英勇无畏、无私奉献的牺牲精神的回忆缅怀，使他决定出手相助这些可怜的底层市民，也使"毓明"人物形象的塑造更为饱满立体。

《危城记》是一部反映抗战时代社会世相的力作，"现在这种动荡的时代，真是你们生意人和贪官污吏的世界"②。日本侵略者逼近桂林，桂林瞬间成为危城，人人自危。桂林抗日演剧团负责人"祝兆年"想方设法地想要带领剧团众人撤离，不仅是"祝兆年"，桂林的民众们也都在费尽浑身解数想从城中撤退，而桂林城内以"徐绍明""褚希农""熊处长"等为代表的达官贵人、特权阶层们却高枕无忧，他们利用手中的权力和金钱早已为自己安排好了退路，"他们要人坐飞机，你们阔人坐汽车，还有路道粗一些的人坐火车，我们呢？只能拼两条腿不着"③。另一方面，这些达官贵人、特权阶层则利用战争大发国难财。战争使做投机生意的"徐绍明"赚得盆满钵满，他住着桂林最豪华的别墅，每餐畅饮着上等的茅台酒，享受着最舒适安逸的生活。中茶公司的协理"褚希农"作为政府企业的领导，利用公司的卡车做起了运输生意，收取各地商行老板的巨款，帮助他们转运货物，而中茶公司中能够给国家换取外汇的茶叶却没有卡车运输，只能安放在仓库之中，任凭敌机肆意轰炸。××战区司令部交通处"熊处长"的下属们不用军车去运输军人、军用物资和平民，却公车私用，转运富商或物资出城，从中牟利。此外，秦瘦鸥还描写批判了官僚主义问题。"祝兆年"托关系找司令部要到了撤退的批条，也得到了"熊处长"的特许，最后却遭到了交通处第一科一位"失掉了人性的大半的老公务员"④——"余科长"的百般阻挠。"余科长"的口头禅是"我只知道公事"，只求安稳度日，不愿去为额外的工作事情担责操心，对一切"非公事"充耳

---

① 秦瘦鸥：《这不过是秋天》，载《二舅》，太平书局1944年版，第47—49页。
② 秦瘦鸥：《危城记》，怀正文化社1948年版，第39页。
③ 秦瘦鸥：《危城记》，怀正文化社1948年版，第92页。
④ 秦瘦鸥：《危城记》，怀正文化社1948年版，第157页。

不闻、视而不见，任由抗日演剧团的团员们被困危城。"余科长"的形象，具有跨越历史时代、超越国家民族的特性，发人警醒。

秦瘦鸥还在《危城记》中，暴露批判了病态的国民劣根性。"祝兆年"在"徐绍明"那里偶遇了十余年未曾见面的大学恋人"兰"，此时的"兰"早已嫁给了"徐绍明"的表哥"胡觉文"为妻，还生下了两个孩子"绯绯"和"小荣"。"胡觉文"随政府先期撤退到了重庆，"兰"与孩子却被困在了桂林。"祝兆年"先是帮助"兰"试图从火车站撤离，此时的桂林火车站早已被想要逃离的民众挤得水泄不通。火车站里没有丝毫的谦让，只有无尽的拥挤，充斥着自私与冷漠。"祝兆年"又求助对自己颇有好感、良心未泯的"褚希农"的姨太太"金爱丽"将"小荣"先行带往重庆。"金爱丽"也是秦瘦鸥在《危城记》中着力塑造的人物形象，她麻木愚昧，甘愿做男性的玩物，对国家、民族、战事一窍不通、不闻不问，只知依赖男性追求富足安逸的生活。"祝兆年"率剧团众人以及"兰"和"绯绯"先是乘卡车撤退到金城江，在金城江时，"兰"突患斑疹伤，团员"张昌"便护送她转道河池求医。"祝兆年"独自照顾"绯绯"，带着她和团员们再乘火车撤离。在火车上，秦瘦鸥一方面描写了民众们尤其是"绯绯"痛苦的精神和身体状态，另一方面也呈现了民众彼此之间的自私冷漠。"绯绯"因经受不住恶劣环境的折磨，患病夭折。在乱世中，被欺侮被损害的尽是以妇女儿童为代表的普通民众。而秦瘦鸥在作品中既对民众的悲惨命运表达了深切的同情，同时，也借"祝兆年"之口反思了民众的国民劣根性，"中国社会上，现在有一般人的心已变成了不可感动的化石；他们一样也看报，一样也看戏，好的文章他们也会称赞，好的戏他们也会拍手。可是放下报纸，走出戏馆，什么印象都没有了！他们还是他们"①，并明确指出，这不是"危城"，而是"愚城"，"危城！那里是危城啊？应该说是'愚人之城'才是名符其实！"②

20世纪40年代的文坛，涌现出了大量以抗战为创作背景的长篇小说，

---

① 秦瘦鸥:《危城记》，怀正文化社1948年版，第40页。
② 秦瘦鸥:《危城记》，怀正文化社1948年版，第141页。

而作为通俗作家的秦瘦鸥也不甘人后,写作了长篇现实力作《危城记》,与时代紧密相连,展现了豫湘桂战役时,桂林城内的种种世相,暴露了种种社会问题。

结　语

由于种种原因,长期以来,秦瘦鸥的小说创作一直被学界忽视。现有的研究也主要集中于他的通俗文学创作,以及对代表作《秋海棠》的解读上。实际上,作为通俗作家的秦瘦鸥在20世纪40年代创作了大量的非通俗文本,在这些小说中,秦瘦鸥以真挚深厚的情感,以严肃深刻的笔端,描写、呈现并反思各种社会问题,如教育问题、恋爱问题、时代问题等,呈现出了鲜明典型的现实主义风格,表现出了强烈的人文关怀精神、社会责任感和时代使命感。秦瘦鸥为中国现代文学尤其是江苏文学的发展做出了重要贡献,他的小说创作实属一座有待开掘的文学富矿。通过对秦瘦鸥20世纪40年代小说创作的阐释,不仅能还原他的文学创作风貌,重审他的文学史地位,对于中国现代文学来说,秦瘦鸥的重新"发现",亦是一种有益的补充。

第十四章
浪漫感伤的个人化写作
——杨绛现代小说创作论

引 言

　　杨绛，原名杨季康，江苏无锡人，1911年7月17日生于北京。父亲，杨荫杭，母亲，唐须嫈。在北京出生后又随父母迁回无锡，后全家迁至苏州定居。杨绛曾先后就读于上海启明女校、苏州振华女中、东吴大学、清华大学。杨绛以散文写作和文学翻译闻名于世，也创作过多部小说，横跨20世纪30年代至20世纪80年代。现代小说有三部，分别是写于1934年秋的处女作《璐璐，不用愁！》，以及20世纪40年代的《ROMANESQUE》和《小阳春》。杨绛的现代小说，承继了20世纪20年代抒情小说的忧郁气质与浪漫情调，与家国民族、社会时代相绝缘。杨绛沉浸在自我的世界之中，社会冲突、民族矛盾完全让位于个人情感的描写和抒发，是一种典型的个人化写作。在创作过程中，擅于书写都市里的中产阶级或富裕家庭中男男女女的恋爱婚姻，笔下的爱情故事多以悲剧收场，却非社会悲剧，而是一种典型的性格悲剧或命运悲剧。注重深入现代人复杂矛盾的精神世界，挖掘和剖析人物的隐秘心理。

一、书写都市纠葛爱恋

在风起云涌的大变革时期、在全民抗战的烽火时代,即使是被鲁迅评论为"△"的张资平的爱情写作,"我将'张资平全集'和'小说学'的精华,提炼在下面,遥献这些崇拜家,算是'望梅止渴'云。那就是——△"①,依然没有与历史、时代、民族、抗战相绝缘,而是表现出对现实的强烈观照与批判,"他的作品带有了极显著底写实色彩"②。张资平在小说中呈现了大量的社会现实问题,关注青年人特别是大学生阶层堕落糜烂的生活状态;表现幼童和妓女在黑暗乱世中的悲惨命运,揭示远在南洋的华裔劳工、流落都市的失地农民以及城市底层劳动人民的苦难人生。对宗教问题、革命问题、国民性问题尤为关注。反观杨绛的现代小说,与叶灵凤的都市爱情书写极为类似,文本中难以见到国家、民族、时代、人民、抗战、社会、历史等宏大的字眼,作者刻意忽略了对家国民族、社会时代的描写刻画,转而专心书写都市爱情,描写都市里的中产阶级或富裕家庭中男男女女在恋爱婚姻中的情感纠葛。

处女作《璐璐,不用愁!》描写了都市富家少女璐璐与两个大学生小王和汤宓之间的情感纠葛。璐璐同小王、汤宓之间形成了典型的"△"关系——小王、汤宓同时爱上了美丽可爱又单纯善良的璐璐,璐璐则陷入了到底该选择小王还是汤宓的情感困境之中愁肠百结。璐璐、小王、汤宓不必为了生计四处奔波,平素只需要专心恋爱,尤其是小王,家境极为优渥,"小王是学政治的,他父亲现是个大官,家里又有钱"③。小王为人随和,在大学研习文科,百般包容精灵古怪、恣意任性的璐璐,对其极为宠溺。而汤宓则与小王截然相反,在大学修读化学,个性强势,经常与璐璐发生争执。在小王和汤宓之间,璐璐反倒是更爱家境一般、不愿对自己妥协忍让的汤宓,而汤宓

---

① 黄棘:《张资平氏的"小说学"》,《萌芽月刊》1930年第1卷第4期。
② 侍桁:《评张资平先生的写实小说》,载史秉慧编《张资平评传》,开明书店年1936年版,第22页。
③ 杨绛:《璐璐,不用愁!》,载《杨绛小说集》,南海出版公司2001年版,第4页。

和小王常常会因对方的存在而醋意频发,并且二人均向璐璐数次提出过结婚的请求,令她难以抉择。

《ROMANESQUE》讲述了叶彭年同MAY、令仪之间的情感纠葛。大学生叶彭年帮舅母联系卖家变卖首饰,不料对方竟是诈骗团伙,首饰被盗,自己还差点丢掉性命,幸得一美丽神秘的女子相救,首饰也失而复得,女子还邀叶彭年后天下午五点在公园门口的电车站见面。见面后,二人来到一家地处偏僻的饭馆,在包房内相谈甚欢,叶彭年得知此学生打扮的女子叫MAY,除了名字,其他信息均笑而不答,令她的背景越发神秘,临别之时,MAY主动与叶彭年热吻告别,并再次相约。这让平日生活波澜不惊的叶彭年深感刺激与浪漫,他自幼与世交之女令仪定有婚约,令仪博学端庄、大方秀气,二人也是情投意合。但叶彭年在见到MAY之后,发现自己真正爱的人并不是朝夕相伴的令仪,而是意外闯入自己世界之中的MAY。

在《小阳春》中,三角恋爱升级为四角恋爱,情感纠葛发生在俞斌、蕙芬、胡若蕖、陈谦之间。俞斌博士是受人尊敬的大学教师,是典型的高级知识分子,与妻子蕙芬结婚多年,生活富足却又极为平淡无趣。浪漫的邂逅意外出现,校花胡若蕖在某日主动拜访俞斌,并向他邀稿。在胡若蕖起身离开时,俞斌不小心绊倒了对方,胡若蕖摔倒在他怀中,脸恰巧被俞斌吻了一下。此事发生之后,俞斌便收到了女神写给自己的情信,俞斌和胡若蕖也由此开始了暗度陈仓的偷情之旅。但意外的是,二人每次见面屡屡被胡若蕖的男友陈谦以及蕙芬意外撞见与破坏,令俞斌心惊不已。蕙芬和陈谦也似乎察觉到了丈夫和女友的变化,心中郁结难舒,俞斌和胡若蕖则早已忘却旧爱,利用一切机会幽会。

在杨绛的现代小说中,都市中的男男女女不必为生活焦虑愁苦,不必为生计操劳奔波,更不会去关心时代烽火与家国大事,他们在多角恋爱的情网中难以自拔,在浪漫的爱情迷梦中沉醉不醒。

二、描摹非社会性悲剧

  杨绛20世纪40年代的两部小说,分别被命名为"ROMANESQUE"和"小阳春",乍看神秘浪漫,实际却是"GOTH"与"寒冬"的前奏,预示着即将到来的悲伤与忧郁、死亡与终结,也暗示着在浪漫的都市爱情中,即将到来的悲剧。在杨绛笔下,爱情悲剧的生成与社会时代无关,"它已是一种习惯成自然的不公平的事,因此成为冲突的原因。奴隶地位,农奴地位,等级的差别,在许多国家里犹太人的处境,以及在某种意义上贵族出身与市民出身的矛盾都属于这一种"[1]。而是与命运相关,"人不是以心灵的身份所做出的事,也就是说,人不自觉地无意地做了某一件事,后来他才认识到那件事在本质上破坏了某种应受尊重的道德力量"[2],在黑格尔的论述中,即为命运悲剧。又或与性格关联,"天生性情所造成的主体情欲。最显著的例子是奥赛罗的妒忌"[3]。在黑格尔的论述中,主要将性格悲剧归结为人的自然性(天性)的缺陷——野心、贪婪、妒忌。

  虽然《璐璐,不用愁!》主要想要表达青年女性即使失去爱情的滋润,依然可以乐观生活的思想,结尾却以爱情悲剧收场。璐璐爱情悲剧的生成与社会家庭没有任何关系,璐璐家境富裕,父母开明,他们鼓励女儿自由恋爱并选择结婚对象。璐璐却一直纠结于到底与谁结婚,始终没有给小王和汤宓以明确的答案,令二人颇为伤感无奈。经过长时间的思考,璐璐最终决定选择同能够包容自己的小王结婚。她准备将这个决定当面告诉汤宓,并与之分手,为了不使小王误会,便向他谎称自己要从学校回家,实则搭乘汽车去了汤宓所在的学校。意外的是,细心的小王买了诸多美食,想要爱人在车上以及回家时享用。没有在车站见到爱人后,小王通过璐璐的同学得知,爱人竟去了情敌所在的学校。他并不知道,爱人只是去向情敌告别,将要投入自己

---

[1] [德]黑格尔:《美学》第一卷,朱光潜译,商务印书馆1979年版,第265页。
[2] [德]黑格尔:《美学》第一卷,朱光潜译,商务印书馆1979年版,第271页。
[3] [德]黑格尔:《美学》第一卷,朱光潜译,商务印书馆1979年版,第270页。

的怀抱。误会了的他陷入了无比痛苦的境地之中，遂决定主动退出，与自己的表妹完婚。璐璐向汤宓告知自己的决定后，二人不欢而散，当璐璐返回家中，没过几日竟收到了小王与他表妹成婚的喜帖，令她大为意外和悲痛。璐璐同小王和汤宓之间的爱情悲剧，是一种典型的性格悲剧和命运悲剧，首先源于璐璐性格的优柔寡断。其次则是命运的捉弄，让最终选择了小王的璐璐与爱人发生误会分手。

在《ROMANESQUE》中，叶彭年在街上又一次偶遇了MAY，便尾随MAY到了她养母的住处，知晓了爱人凄苦的身世，尤其得知MAY为了赎回他舅母的首饰而委身于诈骗团伙首领李永贵之后，叶彭年决定要带MAY远离这是非之地，奔赴天津开始全新的生活。虽然二人有着出逃的决心，却难逃命运的捉弄。MAY与叶彭年密谈出逃之事时，不幸被她的养母意外听到，她的养母为了讨好攀附李永贵，便将养女打算出逃之事告知了李永贵，李永贵为了独占MAY，于是将MAY藏匿起来，不准她再与叶彭年见面。MAY自此再也没有出现过，永远消失在了叶彭年的世界之中。叶彭年与MAY的悲剧既有性格悲剧的因素——人性恶，MAY那自私冷血的养母非但不帮助养女出逃，反而去向恶霸告密，令叶彭年和MAY自此永别。同时，叶彭年与MAY的悲剧也有命运悲剧的因素，叶彭年差一点就能带爱人逃离魔窟，远走他乡过上幸福的生活，结果命运的捉弄令二人的谈话恰巧被MAY的养母听到，由此功亏一篑。

在《小阳春》中，俞斌原以为与胡若蕖的恋爱和偷情是自己运命上的"小阳春"，使他再次品尝到了爱情的美味，再次感受到了生活的乐趣，命运却跟俞斌开了个玩笑，和胡若蕖数次的秘密约会虽然屡次遇到蕙芬和陈谦，却始终没有被他们撞破。但蕙芬竟在给俞斌洗衣时无意间在其衬衣口袋中发现了胡若蕖写给丈夫的情信。内心崩溃的她质问俞斌，面对丈夫的辩解，虽然知道丈夫早已移情别恋，但为了维持关系，只能默默接受。而俞斌的欢乐也如同"小阳春"那样稍纵即逝，最后无奈只得与胡若蕖分手，而出轨也导致了自己与蕙芬的婚姻陷入了寒冬之中，"十月小阳春，已在一瞬间过去。时光不愿意老,回光返照地还挣扎出几天春天,可是到底不是春天了。窗外的风雨,只往屋里打"①。俞斌与蕙芬的爱情悲剧也是典型的性格悲剧和命运悲剧。首先源自俞斌的野心、贪婪,对现有婚姻状态的不安分、不满足。其次则是偷情被妻子的意外发现。

"ROMANESQUE"和"小阳春"并不是永恒,它们实则预示了"GOTH"与"寒冬",杨绛以女性特有的思考和细腻的笔端,在创作伊始就悄然播下了悲哀忧郁、感伤苦痛的种子,在结尾处这种子已然发芽、开花甚至结果,令人唏嘘与扼腕。

三、刻画个体隐秘的精神世界

杨绛十分注重挖掘与剖析现代都市男女隐秘的精神世界,由此配合她浪漫感伤的个人化写作。

在《璐璐,不用愁!》中,主人公璐璐优柔寡断的性格缺陷必然会导致她心灵上的矛盾。文章伊始,便描写她在宿舍反复思量到底与谁完婚,甚至求助于神明通过抽签选择,"随手扯了四方小纸,把心事写上,揉成团儿,两手捧着摇,心里默默祷告:四个纸团,包含两个问题;如神明——不管是洋教的上帝或土教的菩萨——有灵,读一个问题拈着一个解答。璐璐把纸团撒在桌上,恭恭敬敬,拈了两个"②。她的精神世界始终处于苦痛矛盾之中,既想要安享小王的宠溺,又嫌弃他的身高长相;既贪恋汤宓的英俊长相,又反感他的高冷和不解风情。她甚至幻想二人的优点能够合并成为一个完美的对象,与之交往结婚。

在《ROMANESQUE》中,叶彭年在认识 MAY 后,发现自己已深深爱上了对方,从不失眠的他,晚上脑海中想的都是 MAY。杨绛还描写了叶彭年的梦境,在梦境中,他与爱人幸福地生活在了一起,暗示了二人的悲剧结

---

① 杨绛:《小阳春》,《文艺复兴》1946 年第 2 卷第 1 期。
② 杨绛:《璐璐,不用愁!》,载《杨绛小说集》,南海出版公司 2001 年版,第 3 页。

局。叶彭年在内心对令仪与MAY进行了细细的比较，认为令仪是理性沉稳的象征，MAY则是感性与激情的象征。虽然理智明确告诉自己不要再与MAY相见交往，而应与理想的对象令仪完婚。但叶彭年无法控制内心最原始的感情——对MAY的好奇、思念与爱恋。他经过深思熟虑之后，最终发现自己对令仪的感情更像家人，而非恋人，"他从没知道令仪对他的热情。只把她当作一个娴静的小姊姊……只要常看见她，把所做的事都告诉她，就很满意了。结婚，还太早"[1]。

在《小阳春》中，杨绛分析了俞斌精神的无奈与压抑，源自生活的单调和情感的缺失，他的日常人生是典型的两点一线——家与学校，极为无聊。面对同样发福、皮肤白得如同生面粉似的妻子蕙芬，早已失去了爱的冲动与性的欲望。他的爱欲虽然全部倾注在了皮肤黑得像"涵蕴着太阳的热"[2]的校花胡若蕖之上，但又深知自己的身份地位使其不能再去追求心中的女神胡若蕖了，况且妻子蕙芬还是一个合格的好太太。这种渴望激情的感性情绪和安于现状与妻子平淡共度余生的理智情感令其陷入了苦痛矛盾的境地之中，"蕙芬是好太太，头等的好太太。可是，一个女人，怎么做了太太便把其他都忘了？太太，便不复是情人，不复是朋友。多没趣"[3]。

杨绛以女性独有的视角和细腻的笔调，刻画了现代都市男女隐秘的精神世界，尤为注重呈现现代人的精神困境，并反思造成此种精神困境的缘由所在。

结 语

杨绛的现代小说虽然仅有短短三篇，却表现出了鲜明的个性与特质，在进行浪漫感伤的个人化写作的同时，还渗透进了自己对恋爱婚姻的独到见解，

---

[1] 杨绛：《ROMANESQUE》，《文艺复兴》1946年第1卷第1期。
[2] 杨绛：《小阳春》，《文艺复兴》1946年第2卷第1期。
[3] 杨绛：《小阳春》，《文艺复兴》1946年第2卷第1期。

由此与爱人钱锺书对恋爱婚姻进行理性沉思的创作《纪念》相呼应。在《纪念》中，钱锺书也描写了都市男女——曼倩同才叔、天健的爱情纠葛和爱情悲剧，虽然以抗战为时代背景，却仅仅是作为推进剧情之用。都市男女的爱情纠葛与爱情悲剧，实则与社会时代无关，而是与性格及命运息息相关。除杨绛外，这一时期进行浪漫感伤的个人化写作的典型作家还有叶灵凤与张爱玲。

第十五章
20世纪30年代上海社会的全景建构
——以《炼狱》《风风雨雨》为中心

引 言

周楞伽，1911年8月17日出生。原名周剑箫，曾用名周华严、周华鬘，笔名有苗埒、林逸君、林志石、黎翼群、杜惜冰、危月燕、王易庵、冯驷、俞徵、柳文英、龚敏、周夷、刘槃等，江苏宜兴人。周楞伽的现代长篇小说主要有《炼狱》①和《风风雨雨》。《炼狱》以但丁《神曲·炼狱篇》中的"炼狱"为题，又在扉页节选了但丁《神曲·地狱篇》中"密林"的诗篇，"人生半征程，/迷路陷密林。歧路已远离，/正道难寻觅"②。——"Nel mezzo del cammin di nostra vita/Mi ri rovai per una selva oscura,/Che la diritta via era smarrita./Dante: La Divina Commedia./方吾生之半路/恍余处平幽林，/失正轨而迷误。/但丁：神曲"③。周楞伽试图以但丁《神曲》中的"炼狱"来隐喻20世纪30年代的上海，而在《炼狱》和《风风雨雨》中，周楞伽全方位地呈现

---

① 《炼狱》单行本由上海微波出版社1936年1月初版后，又以《净火》之名由上海洪流出版社1939年5月再版，还以《幽林》之名在上海春雷书店再版过。
② ［意］但丁：《神曲·全三卷·地狱篇》，肖天佑译，商务印书馆2021年版，第3页。
③ 上海微波出版社1936年版。

了20世纪30年代上海复杂尖锐的社会矛盾、堕落黑暗的社会世相、积习病态的国民精神，由此建构描摹了一幅20世纪30年代上海社会的全景图像。

一、复杂尖锐的社会矛盾

在《炼狱》和《风风雨雨》中，周楞伽全方位展现了20世纪30年代上海各种复杂尖锐的社会矛盾——民族矛盾和阶级矛盾。民族矛盾即为帝国主义列强（日本）与中华民族的矛盾。以日本为代表的帝国主义列强对中国进行了军事侵略和经济侵略。阶级矛盾则是地主阶级与农民阶级的矛盾、资产阶级与工人阶级的矛盾，以及统治阶级与普通民众的矛盾。

《炼狱》以"一·二八"事变为创作背景，当时以"一·二八"事变为题材的长篇创作还有黄震遐的《大上海的毁灭》[①]、张资平的《无灵魂的人们》[②]。《无灵魂的人们》对"一·二八"事变着墨不多，重点描写的则是《大上海的毁灭》和《炼狱》。《大上海的毁灭》在描写侵略战争的同时，主要侧重于个人精神世界的解剖。《炼狱》同样注重去刻画战争背景下人物的心理，挖掘人物的精神世界，力图呈现人物思想的蜕变，小说主人公之一的杜季真原本囿于旧式封建家庭和旧道德的束缚，加之向心爱之人求爱失败，陷入了苦闷郁闷的境地。偶然为××路军（十九路军）运送物资，在亲身经历了战争的残酷后，其思想发生了极大的转变，在另一主人公孙婉霞的启迪下，他彻底抛弃了旧家庭、旧思想，实现了人生的蜕变，小说最后，他勇敢奔赴北方，加入游击队，与敌人英勇作战。周楞伽在呈现个人精神世界的同时，实则更为注重描写战争背景下整个社会的态势。除了描写××路军（十九路军）与侵略者的顽强作战，还将笔端指向了战争中的难民群体，在《炼狱》中，周楞伽多次描写到难民。当主人公之一的叶露玲乘坐着一辆1932年最新式的道奇六缸汽车外出时，车窗外的马路上挤满了携老扶幼的难民，"大多数民众都宛

---

① 大晚报馆1932年11月初版。
② 上海晨报社出版部1933年2月初版。

转呻吟于敌人铁蹄蹂躏下"①。叶露玲介绍好友孙婉霞去难民收容所服务,在收容所中既有上海本地也有外地涌来的难民,他们比之田涛《子午线》②以及程造之《地下》③中的难民要幸运得多,不用居无定所、颠沛流离,还有一个栖身之地,却也是"在炮火冻饿等重重袭击下挣扎出生命来的"④。

　　帝国主义列强对中国的经济侵略也是周楞伽现代长篇小说着重描写的内容。《炼狱》中,上海的大银行家叶常青在"一·二八"事变爆发后趁机收购了大量上海本地的中小企业,想在战后将这些企业生产的一部分国货向海外出售,剩下的则利用民众的爱国情绪来筹建国货公司。现实却给了他狠狠一击,"中国货物在海外市场的被排挤"⑤,他收购的阜盛纱厂囤积了大量的滞销货物,整个市场则被外国进口的棉纱侵占。原本雄心壮志的叶常青同吴荪甫的下场并无二致,最后因破产远遁香港。《风风雨雨》中的刘老爷比叶常青要"识时务",既然无力抵抗,便无耻地与其合作,帮助有军方背景的日本三林洋行出面采办日方发动侵华战争所需要的原材料,充当起了汉奸买办。帝国主义列强不仅对都市进行经济侵略,其魔掌也早已伸入了都市周边的乡村。20世纪30年代以丰收成灾为背景的创作,除赖和的《丰作》、茅盾的《春蚕》《秋收》、叶圣陶的《多收了三五斗》、叶紫的《丰收》《火》、陈瘦竹的《丰年》、李辉英的《丰年》外,还有周楞伽的《炼狱》。小说主人公之一的孙婉霞信仰个人英雄主义,总是试图以个人力量去启迪民众、改变社会,在都市上海帮工人解决了薪水问题后,便决定去农村为农民服务,试图唤醒农民。由此,小说的叙述视野由都市上海转移到了上海周边的乡村。孙婉霞随机找到一户农家落脚,这户农民及其乡邻们也像老通宝那样养蚕种地,也像老通宝那样获得了丰收,结局却同样是"丰收成灾","今年蚕花结了有念四分,

---

① 周楞伽:《炼狱》,上海微波出版社1936年版,第19页。
② 大地出版公司1940年5月初版。
③ 上海海燕书店1949年8月五版。
④ 周楞伽:《炼狱》,上海微波出版社1936年版,第115页。
⑤ 周楞伽:《炼狱》,上海微波出版社1936年版,第463页。

茧厂却多半关了门，好容易找到一家开秤的，土种茧却只卖十八元一担，结局不但没有赚到钱，反而拖上一身债"①。形成"丰收成灾"这一问题的因素有很多，外国资本主义的入侵是重要缘由之一，"各国的低价米粮纷纷涌入中国米市……进口粮食价格比国内市场低了很多，大量涌入的国外'过剩'粮食最终导致了1932年的'丰收成灾'"②。

20世纪30年代的上海，阶级矛盾同样异常复杂尖锐，周楞伽进行了细致全面的呈现。首先是地主阶级与农民阶级的矛盾。《炼狱》描写了大地主朱四太爷对以福生为代表的佃户们的凶残压榨，朱四太爷相中了选择在福生家常住且化名为四姑的孙婉霞，免除福生家当年债务的条件便是将四姑送给他玩弄。其次是资产阶级与工人阶级的矛盾。碧野的《风砂之恋》③、周楞伽的《炼狱》《风风雨雨》等长篇创作，均将笔触指向了都市中的纱厂，展现了纱厂工人们在冷血资本家压榨下的悲惨命运，"白作了这多时，一个钱没捞到，倒贴上利息，还带回一身病……常常会无缘无故地给××人打个半死，连冤都没处喊"④。《炼狱》中阜盛纱厂的经理钱柏良为了赚取更多利益，决定在米价飞涨时降低工人本就少得可怜的工资，还要增加工时，工人们罢工抗议后，他甚至让警察来进行镇压。再次是统治阶级与普通民众的矛盾，在都市上海，工会、警察等政府机构并不是为民众服务，而是沦为了资本家的工具，欺压民众。《风风雨雨》对1935年国民政府的币制改革事件及其影响进行了详尽描写，在币制改革中，受到伤害的始终是普通民众，"币制改革这事实，在上层社会里只起了些小小的波动，并不会受什么大影响，有些人甚至还因此发了笔小财，可是在中下层社会里却引起了一番很大的浪潮。因为一方面，所谓'法币'的兑价既在那里低落，另一方面，货物的价格却又在那里飞涨，

---

① 周楞伽：《炼狱》，上海微波出版社1936年版，第267页。

② 叶宁：《从"颗粒无收"到"丰收成灾"——浅析1931年水灾后的政府决策对1932年粮食跌价的影响》，《历史教学》2012年第24期。

③ 群益出版社1944年9月渝二版。

④ 周楞伽：《风风雨雨》，上海微波出版社1936年版，第67页。

两面都要吃亏,连靠薪水过活的赁银劳动者都感觉有些支持不住,更不要说月入很微的劳工们了"①。在上海周边的乡村,甲长、区长鱼肉乡民、公开索贿,区公所不是为民申冤之地,而是地主阶级欺压乡民的工具。孙婉霞在朱府打晕了想要强暴自己的朱四太爷,反被抓到区公所,又被关入监狱,在监狱中被毒打虐待。

在描写阶级矛盾的同时,周楞伽也描写了资本家之间的冲突,在《炼狱》中,展现了类似于吴荪甫与赵伯韬的冲突——两大银行家叶常青与方镇鸿的斗法。同时,也描写了工人内部、农民之间,这些同一阶层内部的一些矛盾,展现了20世纪30年代上海社会矛盾的复杂性。

二、堕落黑暗的社会世相

《炼狱》的创作背景是"一·二八"事变,《风风雨雨》的创作背景则是东北沦陷后,华北也岌岌可危,"伪冀东防共自治委员会开始成立了起来"②。在这风雨飘摇、国破山河的时代,都市上海虽然也受到了战争的影响,它却似一座孤岛、似"地球以外的月亮","村落是辽阔的国家／城市——地球以外的月亮"③,夜夜笙歌。生活在这座孤岛和月亮上的大多数人,依旧过着醉生梦死的奢靡生活,也为了继续过着这种生活而做着荒唐无耻的勾当。而靠近上海的乡镇,则与灯红酒绿的都市形成了鲜明对比,尽是一片破败、萧索的景象,乡民们如蝼蚁般艰难度日。

周楞伽对20世纪30年代上海上流阶层腐化奢靡的世相进行了细致描摹,从而与罗洪20世纪40年代上海上流社会长篇世相图《孤岛时代》④相呼应。"一·二八"事变的战场主要位于闸北、吴淞、江湾,而法租界和公共租界

---

① 周楞伽:《风风雨雨》,上海微波出版社1936年版,第117页。
② 周楞伽:《风风雨雨》,上海微波出版社1936年版,第142页。
③ 唐湜:《鸟与林子》,《诗创造》1947年第3期。
④ 中华书局1947年2月初版。

（美英租界）内的腐化奢靡如旧。魏虚仁为了追求孙婉霞的姐姐孙婉仙，带着她终日出入上海上流阶层常去的各种消遣娱乐场所——舞场、赌场、跑马场、跑狗场、回力球场、电影院、西餐厅，上述场所内人声鼎沸、热闹非凡，与惨烈悲壮的战场形成了鲜明对比。魏虚仁和孙婉仙在这些消遣娱乐之地还能经常偶遇孙婉仙的朋友叶露玲的银行家父亲叶常青。除了上述地方，叶常青还常赴上海的风月场所洽谈生意、纵情享乐。在《炼狱》中，周楞伽对上海"艺林花丛"的秘幕也有细致呈现，与平襟亚的《人海潮》[①]相呼应。叶常青与另一个大资本家方镇鸿交恶，除利益冲突外，二人在风月之地的争风吃醋也是重要缘由。方镇鸿相好的名妓赵飞燕比叶常青力捧的名妓小玲珑更有姿色，令叶常青嫉妒无比，他便花费更多的钱财去追求赵飞燕，带着赵飞燕出入上海各种的消遣娱乐场所，一掷千金，只为博美人一笑。上海的富豪巨贾们每次在淫窟设宴打赏，均出手阔绰，在其他消遣娱乐之地也是挥金如土。而面对为他们辛苦劳作的工人时，却变得无比悭吝冷血。叶常青收购的阜盛纱厂的经理钱柏良在"一·二八"事变后，不顾工人死活，竟要削减工资、增加工时，叶常青对此十分认可支持。

方镇鸿在"一·二八"事变时，为了投机市场获利，竟买通××路军（十九路军）的一个军官，将××路军（十九路军）的军事部署泄露给侵略者，导致××路军（十九路军）在一次战役中损失惨重。叶常青虽然仇视方镇鸿，却暗暗为仇人的卑鄙行为叫好，因为这无耻的卖国行径令他自己在投机市场也获利颇多。《风风雨雨》中的刘老爷为了能让儿子刘韶年在北方的伪政府里谋得个一官半职，便无耻地应允三林洋行日本籍职员让其采购日方发动侵华战争所需的原材料的要求。刘老爷将这个"喜讯"告知儿子儿媳后，刘韶年和妻子夏秀雯无比兴奋，刘老爷还将此事告知了亲家夏仁卿。夏仁卿听后更是欣喜万分，他平素颇看不起游手好闲的女婿，得知这个消息后，对女婿的看法彻底改观，还经常叫刘韶年去他书房谈话，令刘韶年受宠若惊。

---

① 上海新村书社 1927 年春初版。

夏仁卿是典型的封建遗老,他痛心自己年轻时,没能做官以光耀门楣,对溥仪在伪满洲国的称帝感到欣慰和愉悦,他十分羡慕女婿能够入仕,甚至厚颜无耻地询问亲家刘老爷,能否也给自己在伪政府里安排个职位。在刘老爷的要求下,平素不爱看书读报的刘韶年进了一所日语专修学校,认真学习日语。纵观都市上海那黑暗堕落的社会,或是一群在战时依然流连于各种消遣娱乐场所,安于享乐的麻木民众,或是一群为了个人利益出卖民族国家的堕落无耻的卖国汉奸。

都市的富豪巨贾以及乡村中以朱四太爷为代表地主乡绅,过着骄奢淫逸、锦衣玉食的生活。与之相对应的则是以都市工人和乡村农民为代表的底层民众那悲苦辛劳的人生。《炼狱》中以刘桂庆、董翠云、赵月珍为代表的纱厂工人,《风风雨雨》中以华莎、何金妹、阿香为代表的纱厂工人,他们的月薪仅有十元,还要被资本家以各种理由进行克扣削减,每日却要工作十二个小时以上,而市面的米价早已涨成了天价,工资根本无力支付。同时,由于工作性质的原因,以阿香和阿香母亲为代表的大量纱厂工人都患有肺病,染病的工人们为了维持生计,只能带病继续工作,却无钱医治,当病入膏肓时只能默默等待死亡。《炼狱》中以福生为代表的农民,在黑暗的社会中,经历着"丰收成灾"的苦痛。而到了下一季的耕作时,又不幸遭遇了旱灾,导致颗粒无收。在黑暗堕落的社会中,乡村的农民与城市的工人相比,除了同样要接受剥削阶级的嗜血压榨外,还要忍受自然灾害的侵袭,"落入了一个非常悲惨的深渊里去了。这悲惨的命运是每个在农村里的人物都身受到的,除了那些靠着农民过活不必自己劳动的朱四太爷等人物以外"①。福生和乡民们忍饥挨饿,为了生存,或以典当度日、或向朱四太爷相借高利贷。以庄老五为代表的,部分觉醒的敢于反抗的乡民则结伴到镇上向米商们索米。底层民众尤其是乡民的人生中,始终充溢着黑暗悲哀,"年年都闹水旱兵匪,石头里榨不出油水来了"②。当旱灾发生时,落后的农村根本没有先进的水利设施进行抽水

---

① 周楞伽:《炼狱》,上海微波出版社1936年版,第389页。
② 周楞伽:《炼狱》,上海微波出版社1936年版,第378页。

灌溉，以《炼狱》中的福生、陈瘦竹《丰年》中的四大麻，为代表的农民们，只能借高利贷后花高价租用洋水车车水，他们最终的结局依然是破产。

周楞伽在其现代长篇小说中，呈现了都市上海及其周边乡村堕落黑暗的社会世相。都市的腐朽奢靡与乡村的残败破落相映衬，剥削阶层的贪图享乐、纸醉金迷与被压迫阶层的凄凉煎熬、悲苦挣扎相碰撞，形成了强烈的艺术感染力与艺术张力。

三、积习病态的国民精神

周楞伽在《炼狱》和《风风雨雨》中，阐释了造成复杂尖锐的社会矛盾与堕落黑暗的社会世相的缘由——剥削阶层的嗜血压榨，同时，还在创作过程中暴露与反思了积习病态的国民精神，并揭示积习病态的国民精神也是造成社会矛盾和社会悲剧根源所在，"'吃人'的封建思想已经深深地渗透到民族意识和文化心理结构之中……大量的受害者往往并不是直接死于层层统治者的屠刀之下，而是死于无数麻木者所构成的强大的'杀人团'不见血的精神虐杀之中"①。周楞伽以"炼狱"为题，正是想借但丁笔下的炼狱七层所对应的七宗罪——骄傲、嫉妒、愤怒、怠惰、贪财、贪食、贪色，来隐喻某些积习病态的国民精神及人性。

周楞伽在《炼狱》中，为中国现代文学的人物画廊再次塑造了一个典型的老式农民形象——福生。他就像平襟亚《人海潮》中的金大、茅盾《春蚕》《秋收》中的老通宝、叶紫《丰收》《火》中的云普叔、李辉英《丰年》《松花江上》中的孙三爷和王德仁、田涛《子午线》《金黄色的小米》（《沃土》）中的东庄老头子和仝云庆的妻子，在他身上，似乎集齐了几千年来的所有病态国民精神。他迷信封建、愚昧自私。孙婉霞化名四姑从上海来到农村，随意选取了一户农家——福生家，进行服务和奉献以期实现自我的人生理想。福

---

① 张光芒：《中国近现代启蒙文学思潮论》，山东文艺出版社2002年版，第272页。

生却将终日辛勤劳作的孙婉霞视为灾星"白虎星",将生活中的种种不顺都归咎为四姑的出现,对其恶语相向。他将女性视作一种传宗接代的工具和随意买卖的货物,他的妻子劝慰他,四姑将来能与他们的儿子小五成婚,能为他家传宗接代,福生才逐渐接受孙婉霞,后来为了偿还所欠佃租和维持生计,福生便接受了朱四太爷的威逼利诱,准备将孙婉霞送给朱四太爷抵债。当遭遇旱灾时,他诚心求雨,并将所遭遇的种种天灾人祸归结为"宿命","小五似乎从他父亲那里受惯了宿命论的熏陶,所以也很能够怨命"[1]。他奴性十足,对内凶恶蛮横、对外卑微怯懦。当妻子、儿子小五以及孙婉霞稍有不顺他意之时,非打即骂,摆出一副封建家长的姿态。而当见了甲长黄先生、地主朱四太爷之后,便唯唯诺诺、卑躬屈膝、噤若寒蝉。当旱灾暴发导致颗粒无收后,以庄老五为代表的、部分觉醒的敢于反抗的乡民决定结伴到镇上向米商们索米,福生家也是米缸见底、家徒四壁,奴性十足的他不仅不敢与庄老五一同前往镇上索米,更是将这些与他同处一个阶层的、朝夕相处的乡邻们视作了洪水猛兽,"抓住小五的手臂进屋去,像逃避什么毒蛇猛兽似的,把门关起来了"[2]。

都市中的上流阶层,如《炼狱》中的钱柏良、方镇鸿、叶常青、魏虚仁、孙婉仙,《风风雨雨》中的夏仁卿、夏太太、夏秀雯、刘老爷、刘太太、刘韶年,与处于社会底层的福生并无二致。福生积习病态的国民精神同样映射于这些人的身上,"不仅使他们成为'毫无意义的示众的材料和看客',而且常常成为'吃人'者无意识的'帮凶'"[3]。当"一·二八"事变爆发时、当华北岌岌可危时、当中华民族陷于危难之际,麻木自私、冷酷无情的叶常青、方镇鸿、夏仁卿、刘老爷、刘韶年只想着如何利用战争、利用动荡的社会环境去谋取私利。为了一己之利,奴性十足、卑鄙无耻的方镇鸿、刘老爷、夏仁卿、刘韶年甚至不惜出卖国家民族,甘愿充当汉奸走狗。钱柏良、魏虚仁同样将女性视作随意买卖的货物、为自己牟利的工具,为了巴结讨好叶常青,

---

[1] 周楞伽:《炼狱》,上海微波出版社1936年版,第548页。
[2] 周楞伽:《炼狱》,上海微波出版社1936年版,第410页。
[3] 张光芒:《中国近现代启蒙文学思潮论》,山东文艺出版社2002年版,第272页。

钱柏良甚至将自己貌美的女儿蕴芳送给喜好女色的叶常青玩弄，他将叶常青请到自己家中，故意制造机会，让叶常青和蕴芳单独相处。魏虚仁是一个极擅伪装的花花公子，他四处欺骗无知女性，玩弄过后再狠心抛弃。魏虚仁在玩腻孙婉仙后，对她非打即骂，明知她怀有身孕，还狠心将其抛弃，孙婉仙终因打胎而香消玉殒。在国破山河的动荡时代，麻木愚昧的叶常青、魏虚仁、孙婉仙、夏太太、夏秀雯、刘太太、刘韶年只知个人享乐，战争似乎与其毫无关系，他们终日流连于妓院、舞场、赌场、跑马场、跑狗场、回力球场、电影院、西餐厅，过着膏粱文绣、纸醉金迷的糜烂生活。

周楞伽也塑造了大量觉醒的以及正待觉醒的青年形象，他们身处"炼狱"之中，无论是已经觉醒或正在觉醒的青年，他们的形象和性格并不是完美的，而是有着某些缺陷，在磨炼中终将成长成熟。夏仁卿的二女儿夏秀瑛和小儿子夏伯苍虽然生在腐朽堕落的家庭之中，却不像家人那样无耻无知，他们是时代青年，是觉醒者，决心为即将到来的抗战贡献自己的一份力量。但夏伯苍和夏秀瑛也有自身的缺陷，夏伯苍十分幼稚冲动。而夏秀瑛与孙婉霞极为相似，均有着顽强的战斗意志、远大的志愿，她们渴望改变社会、启迪民众。但她们信仰个人英雄主义，具有一种堂吉诃德式的个人冒险牺牲精神，总是试图以个人的力量去解决问题。叶露玲虽然崇拜孙婉霞，想要为社会的进步奉献自己的一份力量，但或多或少受父亲的影响，身上总有些大小姐的习气。林幻心是一个中学教员，奉行仁爱主义，因无力改变黑暗的现实而逐渐变得懦弱避世、颓废消沉。杜季真在工会工作，他一个人的工资要负担整个家庭的开支，虽有心报国，却陷入旧式家庭的羁绊中难以抽身。杜季真深爱着叶露玲，求爱被拒后黯然神伤。在"炼狱"中，青年人经过历练，最终实现了自我的蜕变。夏秀瑛在华莎的启蒙下，逐渐懂得斗争的复杂性，她开始改变自己的斗争策略，在她的影响和启蒙下，夏伯苍也变得成熟起来。孙婉霞在朱府打晕了想要强暴自己的朱四太爷，被关入监狱，身处监狱的她也终于明白个人英雄主义无法战胜黑暗，需要依靠集体的力量，决心改变自己。叶露玲则决定不跟随破产的父亲去香港，而是北上参加郁女士组织的护士团。杜季真则和几个志同道合的青年朋友北上参军抗日。在战争中，杜季真迅速成长为一名战士。在一次战斗中，他所在的小队不幸全军覆灭，只有他一人幸存，而救下他的正是叶露玲所在的护士团。林幻心最终也变得坚强起来，抛弃了仁爱主义，要闯出自己的光明之路。经过时代浪潮的冲击，炼狱中的青年终将彻底洗涤那积习病态的国民精神，实现整个民族的进步与蜕变，也正像但丁笔下的炼狱中的灵魂那样进入天国获得新生，"炼狱收纳的灵魂，生前虽然也有错，但程度较轻而且生前已向上帝忏悔，得到了后者宽恕，他们来到炼狱是要以不同方式洗涤罪过，最后走向天国享受永福"[①]。

周楞伽承继了"五四"学人改造国民性的殷切期望与历史使命，在《炼狱》《风风雨雨》中，以超越历史和时代的眼光去审视积习病态的国民精神。病态国民精神的描写与暴露始终与外部的社会矛盾、社会世相紧密相连，从而去剖析复杂的社会关系，反思造成人性异化的社会问题。

结　语

在《炼狱》和《风风雨雨》中，周楞伽对20世纪30年代上海复杂多样的社会矛盾、堕落黑暗的社会世相、积习病态的国民精神，进行了全方位的细致解剖，从而对20世纪30年代的上海社会进行了全景式的描摹和建构，由此阐释了复杂的社会架构与社会关系，批判及反思了病态的社会和病态的国民精神，以强烈的社会责任感和历史使命感企盼着民族的蜕变与新生。除了写作长篇小说，周楞伽还创作过大量的短篇小说，出版过短篇小说集《旱灾》《失业》，写作过以《月球旅行记》为代表的长篇童话，还以章回体的形式撰写了《中国抗战史演义》。1949年之后，周楞伽依旧笔耕不辍，继续从事写作，创作了诸多的文学作品，为江苏文学和中国新文学的发展做出了重要贡献，因此，周楞伽的文学创作生涯还有待学界的深入挖掘与研究。

---

① 肖天佑：《神曲·全三卷·炼狱篇·译者序》，商务印书馆年2021年版，第1页。

第十六章
抒情诗人的散文化与散文诗化写作
——汪曾祺现代小说创作论

引 言

汪曾祺,曾用笔名汪曾旗、西门鱼等。1920年3月5日出生于江苏高邮。1926年入高邮县立第五小学,1932年考入高邮县初级中学,1935年考入江阴县南菁中学。1937年后曾辗转借读于淮安中学、私立扬州中学、盐城临时中学。1939年考入西南联大中文系。汪曾祺以短篇小说写作见长,20世纪40年代创作了数量众多的短篇小说。

汪曾祺被誉为"最后一个中国古典抒情诗人"[①],他笔下的短篇小说尤其是20世纪40年代的创作,或似散文、或似散文诗。汪曾祺力主短篇小说"像诗,像散文……什么也不像也行,可是不愿意它太像个小说,那只有注定它的死灭"[②]。因此,他的20世纪40年代小说既似散文,"有的人说我的小说跟散文很难区别,是的……散文的成分是一直明显地存在着的……我的小说的

---

① 贾平凹:《读稿人语(七则)》,载《贾平凹散文全编·1992—1995·时光长安》,时代文艺出版社2015年版,第12页。

② 汪曾祺:《短篇小说的本质——在解鞋带和刷牙的时候之四》,载《汪曾祺全集·9·谈艺卷》,人民文学出版社2019年版,第13页。

另一个特点是：散。这倒是有意为之。我不喜欢布局严谨的小说，主张信马由缰，为文无法"[1]；亦似散文诗，"散文诗和小说的分界处只有一道篱笆，并无墙壁……我一直以为短篇小说应该有一点散文诗的成分。把散文诗编入小说集，并非自我作古，我看到有些外国作家就这样办过。这和作者的气质有关"[2]。在创作中，讲究叙述技巧，推崇意识流和现代主义的艺术技法，为"表现型"文学而非"再现型"文学，呈现出典型的散文化与散文诗化的文体特质。

一、从散文到散文诗的演化

汪曾祺小说的开山之作《钓》，与其说是一部小说倒不如说是一篇散文，全篇均是作者对景物的描写，在描写景物的过程中穿插着"我"——汪曾祺自我的情感抒发以及对现实人生、社会历史的深刻思索。

《钓》是一部闲谈絮语式的小品文，融写景、抒情、议论于一体，意境平和冲淡，没有任何的人物、情节、冲突，为汪曾祺短篇小说创作的散文化倾向奠定了基调。《牙疼》《卦摊——阙下杂记之一》同《钓》一样，更似散文而非小说，记录作者的人生经历以及所想所感。《序雨》则近似于一首散文诗，景物的描写与心境的呈现水乳交融，以诗化的语言展现幽婉的意境，亦诗亦画。《翠子》《悒郁》《寒夜》《春天》《河上》等作品则诗化地描写、幽婉地呈现了乡村青年男女纯真质朴的爱情。《灯下》《猎猎——寄珠湖》《异秉》《除岁》《落魄》《膝行的人》《鸡鸭名家》《老鲁》《戴车匠》《囚犯》《白松糖浆》《邂逅》《锁匠之死》等作品再现了乡野村夫、市井小民、贩夫走卒的悲欢离合与人生世相，揭示出汪曾祺的人道主义情怀。在汪曾祺20世纪40年

---

[1] 汪曾祺：《〈汪曾祺短篇小说选〉自序》，载《汪曾祺全集·9·谈艺卷》，人民文学出版社2019年版，第151—152页。

[2] 汪曾祺：《〈晚饭花集〉自序》，载《汪曾祺全集·9·谈艺卷》，人民文学出版社2019年版，第288页。

代的小说中，最能呈现其"抒情诗人"称号与创作水准的作品，首推《复仇》与《匹夫》。

1941年《大公报》（重庆）版的《复仇》与1946年《文艺复兴》版的《复仇》，是汪曾祺的一次从散文到散文诗的抒情实验。两个版本的《复仇》均属于"表现型"文学，而非"再现型"文学。文本的叙述对象不再是"外在的事件过程和人物关系"[①]，汪曾祺完全淡化甚至消解了情节和矛盾——仇恨的缘起、复仇的过程、仇人之间的冲突，转而去表现主人公"他"在复仇之路上的"心灵感受和情感反应"[②]，这就使两部作品分别升华为散文化小说与散文化诗化小说。在1941年版的《复仇》中，汪曾祺先是展现了"他"坚强的内心，"从未对粘天的烟波发过愁，对连绵的群山出过一声叹息，即使在荒凉的沙漠里也绝不对熠熠的星辰问过路"[③]；又展现了"他"对故乡的思念之感，"故乡的事物……苦竹的篱笆，晨汲的井，封在滑足的青苔"[④]；再展现了"他"如同"过客"那样抛弃一切羁绊，探寻"前路"的顽强意志与孤独之感，"什么东西带在身上都会加上一点重量（那重量很不轻啊）……所以他一身无长物，除了一个行囊，行囊也是不必要的"[⑤]，由此谢绝了女孩子送他盛水土瓶的好意，独身上路；再展现了"他"被"方丈"收留后的感激和意外之情，"头上有瓦（也许是茅草吧）有草榻，还有蜡烛与蜜茶，这些都是他希冀之外的"[⑥]；继而展现了他舞剑时的踌躇满志和略带轻狂，以及对宝剑的溺爱与珍

---

① 冯光廉主编：《中国近百年文学体式流变史》上，人民文学出版社1999年版，第111页。

② 冯光廉主编：《中国近百年文学体式流变史》上，人民文学出版社1999年版，第111页。

③ 汪曾祺：《复仇——给一个孩子讲的故事》，载《汪曾祺全集·1·小说卷》，人民文学出版社2019年版，第27页。

④ 汪曾祺：《复仇——给一个孩子讲的故事》，载《汪曾祺全集·1·小说卷》，人民文学出版社2019年版，第27页。

⑤ 汪曾祺：《复仇——给一个孩子讲的故事》，载《汪曾祺全集·1·小说卷》，人民文学出版社2019年版，第28页。

⑥ 汪曾祺：《复仇——给一个孩子讲的故事》，载《汪曾祺全集·1·小说卷》，人民文学出版社2019年版，第28页。

惜。而将本应着重描写、呈现的"仇恨"逐渐冲淡,"有时他觉得这事竟似与自己无关"①。因而当"他"在文末见到仇人"头陀"后,平静而又欣然地接受了仇人那没有丝毫乞怜的要求——"这还不是时候,须待我把这山凿通了"②,也就不足为怪了。"他"竟平淡地与仇人一道,开山辟路,直至心爱的宝剑生锈。通过对"他"在复仇之路上的心灵感受和情感反应的挖掘描写,特别是结尾"他"与"头陀"凿山开路过程的诗意谱就,展现了汪曾祺对人生、人性的理性深思。《复仇》是作者对人生经验的提纯,是一首抒情之歌。在1941年版的《复仇》的结尾部分,汪曾祺已然开始了散文诗化的尝试,"日子和石头损蚀在丁丁的声里/你还要问再后吗?/一天,錾子敲在空虚里,一线光天,第一次照入永恒的黑暗。/'呵',他们齐声礼赞。/再后呢?/宝剑在冷落里自然生锈的,骨头也在世纪的内外也一定要腐烂或凝成了化石。/不许再往下问了,你看北斗星已经高挂在窗子上了"③。

上述行文从外延到内核均指向了散文诗,是一种诗与散文混杂的复合型文体形式。汪曾祺以外在变化的节奏——分行排列的自由诗与分段排列的散文来表现诗人内在的波动情绪——对人生、人性的深沉思考。诗人在写作诗歌时,需要把自我的内在情绪转化为具体可感的外在节奏,用外在节奏表现内在情绪,呈现诗情。"诗之精神在其内在的韵律(Intrinsic Rhythm)……内在的韵律便是'情绪的自然消涨'。"④情绪是内在韵律,节奏是外在形式,它们需要相互配合、相互作用,从而形成一种互动的诗意张力。这种互动的诗意张力淋漓尽致地展现在1946年版的《复仇》之中。

---

① 汪曾祺:《复仇——给一个孩子讲的故事》,载《汪曾祺全集·1·小说卷》,人民文学出版社2019年版,第28页。
② 汪曾祺:《复仇——给一个孩子讲的故事》,载《汪曾祺全集·1·小说卷》,人民文学出版社2019年版,第30页。
③ 汪曾祺:《复仇——给一个孩子讲的故事》,载《汪曾祺全集·1·小说卷》,人民文学出版社2019年版,第30页。
④ 郭沫若:《论诗三札》,载《郭沫若全集·文学编·第十五卷·文艺论集》,人民文学出版社1990年版,第337页。

随着年岁的增长、人生阅历的增加、写作技艺的提升,汪曾祺内在的诗之情绪——对人生、人性、命运等方面的理性思索更加独到与深邃,这就需要更为复杂的外在诗之节奏与之配合,抒发内在的情感,1946年重写的《复仇》就是在此基础上诞生的。如果说,在1941年版的《复仇》中,汪曾祺还隐约保留着"这剑必须饮我仇人的血"①的模糊的外在冲突线索。1946年版的《复仇》则完全消解了外在的事件过程和人物关系,尤其是矛盾线索,转而以主人公内在的心灵感受和情感反应建构文本。此外,汪曾祺十分推崇意识流和现代主义的艺术技法,"意识流有什么可非议的呢?人类的认识发展到一定阶段,就会发现人的意识是流动的,不是那样理性,那样规整,那样可以分切的。意识流改变了作者和人物的关系。作者对人物不再是旁观,俯视,为所欲为。作者的意识和人物的意识同时流动。这样,作者就更接近人物,也更接近生活,更真实了。意识流不是理论问题,是自然产生的……我年轻时是受过现代主义、意识流方法的影响的"②,在1946年版的《复仇》中,可一窥全豹。小说第一部分就完全是以主人公"他"的思想/意识流动来建构文本,"它完全不是接合起来的东西,它是流动的……让我们称它为思想之流,意识之流"③。第一部分先以"他"面对半罐野蜂蜜的思考和联想为切入,展开叙述。

在第一部分中,"他"的意识流动的大致过程是:由对蜂蜜的经验性味觉"浓、稠",联想到自己平素的好胃口。意识随即流动到为自己提供住宿与蜂蜜的"和尚",心中给了对方一个"蜂蜜和尚"的称号,并由此联想到别人会如何称呼自己,心中给了自己一个"宝剑客人"的称号。"他"的意识又由蜂蜜流动到蜜蜂,想到收获、想到秋天,顿感轻爽无比。心中想象着秋天的

---

① 汪曾祺:《复仇——给一个孩子讲的故事》,载《汪曾祺全集·1·小说卷》,人民文学出版社2019年版,第27页。
② 汪曾祺:《西窗雨》,载《汪曾祺全集·10·谈艺卷》,人民文学出版社2019年版,第188—189页。
③ [美]威廉·詹姆斯:《心理学原理》,田平译,中国城市出版社2003年版,第335页。

花朵，又想到"和尚摘花"。轻爽之感与秋日之美令"他"喜欢上了这个"和尚"，此时"他"的思绪集中到了"和尚"似纯黑蝴蝶的飘飘衣袖，又集中到应保有一头好的白发而不该剃光的脑袋。意识从"白发的和尚"流转到自己"白发的母亲"，想到自己的家乡、自己的"妹妹"。通过回忆和思索"妹妹"的点点滴滴，又想到年轻时那有着"乌青头发的母亲"。第一部分没有任何的外在对话、动作和冲突，全部是主人公"他"内在的意识流动，"无论是结构、主题，或者是一般效果，都要依赖人物的意识作为描写的'银幕'或者'电影胶片'而表现出来……在意识流的形式中，有许多可能变换的技巧，其中主要的要算内心独白了……在意识流小说里还可能有其他两种方法……'内心分析'……'感官印象'"①。"他"的思想意识在不断跳跃、流转，汪曾祺深入"他"的内心世界、展现"他"的意识流动、刻画"他"的心理活动、描绘"他"的感官印象，使作品呈现出典型的意识流小说的特质。

突然，"他"意识到自己并没有一个"妹妹"，"妹妹"又成为了一个超现实主义形象，"纯粹的精神学自发现象"②。"妹妹"形象的生成与"他"的精神世界密切相关，"他真愿意有那么一个妹妹"③，"妹妹"并不存在于现实之中，而是"他"极度渴望的内心幻想出的人物形象，由此揭示了"他"的下意识、本能、幻觉的精神世界。在第二部分，"他"开始做起梦来。汪曾祺呈现了梦境中的"他"逐渐"变细，变细，变长变长"④，无助地在黑暗中摸索、旋转、挫败。直到变得"稍微圆一点软一点"⑤后，黑暗成了一朵黑的莲花，"他"贴

---

① ［美］梅·弗里德曼：《意识流：文学手法研究》，申雨平等译，华东师范大学出版社1992年版，第3—4页。
② ［法］安德烈·布勒东：《超现实主义宣言》，丁世中译，载袁可嘉等编选《现代主义文学研究》上，中国社会科学出版社1989年版，第484页。
③ 汪曾祺：《复仇》，载《汪曾祺全集·1·小说卷》，人民文学出版社2019年版，第143页。
④ 汪曾祺：《复仇》，载《汪曾祺全集·1·小说卷》，人民文学出版社2019年版，第144页。
⑤ 汪曾祺：《复仇》，载《汪曾祺全集·1·小说卷》，人民文学出版社2019年版，第144页。

着莲花的里壁周游了一次，终从黑暗（梦境）中走出来（醒过来）。"变细、变长再变圆、变软的他"又是一个典型的超现实主义形象，是汪曾祺对"他"的超现实、超理性的梦境与潜意识世界的艺术再现。当"他"醒来后，看到正在做晚课的和尚、闻到蜂蜜的香味，"他"的意识再次开始流动。想到了"和尚"是否寂寞、疲倦，触碰到手上的剑后，突然对其感到生疏，再次联想到了自己的一生、联想到了外面的世界。

在文本的内核上，汪曾祺以意识流和现代主义的艺术技法呈现自我深刻的理性沉思和饱满诗情，而在外在节奏（文体形式）上，则以散文诗体——分段排列的散文与分行排列的诗体来配合内在情感的自然消长。作者在第15自然段和第16自然段、第26自然段和第27自然段、第59自然段和第60自然段、第74自然段和第75自然段，以四个空行将文章自然分为五部分。第三部分和第四部分是典型的分行排列的诗体形式，"新诗采用了西文诗分行写的办法"[1]，其他部分则以分段排列的散文为主，分行排列的诗体为辅，二者相互结合，来呈现诗情。"太阳晒着港口，把盐味敷到坞边杨树叶片上。/ 海是绿的，腥的，/ 一只不知名大果子，有头颅大，腐烂，巴掌大黑斑上攒满苍蝇。/ 贝壳在沙里逐渐变成石灰。/ 白沫上飞旋一只鸟，仅仅一只。太阳落下去，/ 黄昏的光映在多少人额头上，涂了一半金。/ 多少人向三角洲尖上逼，又转身，散开去。生命如同：/ 一车子蛋，一个一个打破，倒出来，击碎了，/ 击碎又凝合。人看远处如烟，/ 自在烟里，看帆篷远去。来了一船瓜，一船颜色和欲望。/ 一船是石头，比赛着棱角。也许 / 一船鸟，一船百合花。/ 深巷卖杏花。有骆驼，/ 骆驼的铃声在柳烟中摇。鸭子叫，一只通红的蜻蜓。/ 惨绿的霜上的鬼火，/ 一城灯。嗨客人！客人，这只是一夜。"[2] 散文诗的创作是恣意挥洒成篇的，需要以外在起伏、波动的节奏来配合内在情绪的自然消长。

上述行文类似于自由诗的长短章形式，长短句、停顿、空行、复沓、对

---

[1] 闻一多：《诗的格律》，《晨报副刊·诗镌》1926年第7号。
[2] 汪曾祺：《复仇》，载《汪曾祺全集·1·小说卷》，人民文学出版社2019年版，第145—146页。

称、反复、并列等手法随处可见，使外在节奏形式参差错落、跌宕起伏。"节奏之于诗是它的外形，也是它的生命，我们可以说没有诗是没有节奏的，没有节奏的便不是诗。"①除了外在节奏的变化——诗体形式外，汪曾祺还以诗的语言和诗的意象来呈现自我的思想感情与主旨意念。尤其在诗意浓郁第三部分中，作者激荡的内心情绪、深沉的人生思考通过精美凝练、含蓄幽婉的诗意表述进行呈现。第三部分中还出现了大量的"象"——现实社会、自然世界中具体可感、可触的物象，与作家的"意"——意志、思想、情感相结合，从而构成诗歌文体的核心要素——意象。意象是诗歌——散文诗文体内核的重要体现，"是诗歌艺术最重要的组成部分之一（另一个是声律），或者说在一首诗歌中起组织作用的主要因素有两个：声律和意象"②。意象的构成本身就具有暗示、隐喻、象征的因素，是诗歌独有的因子，它的应用使散文诗具有了暗示、幽婉的特性。在有限的字里行间中，渗透着深刻的寓意，营造出浓郁的诗意。

二、散文诗化的积极实验

在两版《复仇》中，可以发现汪曾祺对小说结构形式和抒情方式的积极探索与创新，这种探索与创新还体现在《匹夫》之中，《匹夫》也是小说和散文的典型杂糅。

在《匹夫》中，汪曾祺采用了近似于章回小说的回目形式，以六个标题/回目——"一、太重的序跋""二、反刍的灵魂""三、不成文法的名义""四、方寸之木高于城楼""五、图案生活""六、故事的主人公致作者的信"，将作品分为六回/部分，每一个标题基本能概括出每一部分的大致内容。在第一部分中，汪曾祺先以对黄昏的诗意描写点明作品的时间，对景物的诗意描写

---

① 郭沫若：《论节奏》，载《郭沫若全集·文学编·第十五卷·文艺论集》，人民文学出版社1990年版，第353页。

② 陈植锷：《诗歌意象论》，中国社会科学出版社1990年版，第13页。

是汪曾祺抒情小说的一大特质,此处却只是为了引出汪曾祺对自我的反讽式质问,"——我?怎么像那些使用极旧的手法的小说家一样,最先想点明的是时间"①,由此,散文家/小说家汪曾祺以"我"——创作者的身份进入作品之中,"索性我再投效于懒的力量吧,让我想想境地"②。汪曾祺在介绍完小说的时间、地点之后,并未直接引出人物,而是以"我"的视角与口吻去思索人生之路的意义,呈现自我的思想情感与人生理念,这就使作品具有了散文的特性。"如果是冬天,便坐在暖炉旁边的安乐椅子上,倘在夏天,则披浴衣,啜苦茗,随随便便,和好友任心闲话,将这些话照样地移在纸上的东西,就是 essay。兴之所至,也说些以不至于头痛为度的道理罢。也有冷嘲,也有警句罢。既有 humor(滑稽),也有 pathos(感愤)。所谈的题目,天下国家的大事不待言,还有市井的琐事,书籍的批评,相识者的消息,以及自己的过去的追怀,想到什么就纵谈什么,而托于即兴之笔者,是这一类的文章。"③在自我抒情之后,才引出主人公"他"。并且不似其他小说那样对主人公的言行、背景进行描述,而是将笔墨集中于"他"的精神世界——意识流动。如同 1946 年版的意识流作品《复仇》,"太重的序跋"的后半部分,完整呈现了主人公"他"的意识流动,由此可见,意识流是汪曾祺建构文本的常见技法。

在"反刍的灵魂"中,汪曾祺再次以作者的身份进入文章之中,将主人公"他"命名为"荀","他,——我忽然觉得'他'字用得太多,得给我们这位主人公一个较为客气的称呼。于是,我乃想了一想。我派定他姓荀,得他姓荀了"④。汪曾祺在此处又以反讽的技法对文本结构进行了解构,"我居然

---

① 汪曾祺:《匹夫》,载《汪曾祺全集·1·小说卷》,人民文学出版社 2019 年版,第 48 页。

② 汪曾祺:《匹夫》,载《汪曾祺全集·1·小说卷》,人民文学出版社 2019 年版,第 48 页。

③ [日] 厨川白村:《出了象牙之塔》,鲁迅译,北新书局 1935 年版,第 7 页。

④ 汪曾祺:《匹夫》,载《汪曾祺全集·1·小说卷》,人民文学出版社 2019 年版,第 51 页。

能随便派定人家姓氏，这不免是太大的恣意"①。小说家在创作小说时自主命名角色本是最常见的情形，反而散文一般不能恣意、随便地派定人物姓氏，此处的反讽恰恰揭示出汪曾祺对散文的偏爱。介绍完"荀"的身份背景之后，在"反刍的灵魂"的后半部分，作者再次着墨于"荀"的精神世界——意识流动。"荀"的意识流动，由风景联想到诗意的夜晚，"当星光浸透；小草的红根。/一只粉蝶飞起太淡的影子，/夜栖息在我的肩上，它已经/冻冷了自己，又轻抖着薄翅。/两排杨树栽成了道道小河，/蒲公英分散出深情的白絮……"②，深邃的思想意识化为抒情的语言、诗意的表述。在创作过程中，罕见"荀"的言行，也难以探寻任何的矛盾冲突，汪曾祺将描写的重点集中于主人公的精神世界——意识流动。在"不成文法的名义"的前半部分中，"我"——汪曾祺，先是以小说家的身份对"荀"的身份进行描述。描述完毕后，"我"——汪曾祺，又以散文家的身份从"月亮"讲到"农历"，再由"农历"讲回"月亮"，又从"月亮"谈到"风筝"，再从"风筝"聊到"性格"，以夹叙夹议的散文叙述方式抒发情感、谈天说地。"不成文法的名义"的后半部分，又由散文转回小说。通过描写月亮照着"荀"的影子像极了"毛毛虫"，呈现"荀"感到"毛毛虫"掉到脖子里、钻进静脉血管中后的心灵感受，剖析他对恐惧的思考。后又描写了"荀"看到一个人进入学校与女生约会后，他对爱情、婚姻的思考。

在"方寸之木高于城楼"的开头，"我"——汪曾祺从自己幼年时在外国杂志上看到的照片，谈及中学的美术课，再论及庄子，呈现出典型的散文气质。之后，"我"提及画家"郎先生"，"郎先生"的出现使"我"不再单纯是散文家汪曾祺或小说家汪曾祺，而是和"郎先生"一道，成为作品中的人物角色，"我那天陪荀先生到郎先生的残像的雅致的画室里去看郎先生的

---

① 汪曾祺：《匹夫》，载《汪曾祺全集·1·小说卷》，人民文学出版社2019年版，第51页。

② 汪曾祺：《匹夫》，载《汪曾祺全集·1·小说卷》，人民文学出版社2019年版，第53页。

画展,我不明白他二人相识不,礼多人不怪,替他们介绍了一番,大家似有点宿缘,一件就很投机,郎先生当场画了一张画送给荀先生,题曰'方寸之木,高于城楼'"[1]。在创作过程中,汪曾祺借助巧妙的叙事视角的切换,不仅深入文本之中进行抒情、议论,还成为作品的人物角色。"我"不仅是作家汪曾祺,"诸位将说我有点神情恍惚,把前头的线索忘了,随便撩几句,又引导一条支流了"[2],也是文中的人物角色,与主人公和其他角色发生互动,共同推动情节的发展。"荀"在得到画卷后,联想到"草木城楼",他的思想意识再次开始流动。在"方寸之木高于城楼"的后半部分,汪曾祺又完整细致地呈现出"荀"意识流动的全过程。在"图案生活"中,人物角色"我"则消失不见,前半部分是"荀"与其他人物角色之间的对话,后半部分又以他个人的意识流动来建构文本。《匹夫》前五部分的后半段,均采用了意识流的技法。"故事的主人公致作者的信"是"荀"写给作者西门鱼(汪曾祺撰写此作品时使用的笔名)的一封信,从而使"我"——汪曾祺再次进入作品之中,与主人公"荀"形成了一种非面对面的互动,探讨小说的创作理念、写作技法,这实际是作者对自我的心灵拷问,是汪曾祺本人探索小说创作方式的另类呈现。譬如何在小说中塑造人物,"写小说不在熟人里讨材料,难道倒去随便拉两个陌生人来吗!这一点起码是我们应该给一个作家的……有人说一切小说都是自传,这是真话,没有一个人物是不经过作者的自己的揉掺而会活在纸上的"[3]。同时,借"荀"的书信,再次以反讽的技法揭示作品的散文化特质,"我也感谢你不用太史公夹叙夹议的笔法,但如果你真这样,我并不反

---

[1] 汪曾祺:《匹夫》,载《汪曾祺全集·1·小说卷》,人民文学出版社2019年版,第57页。

[2] 汪曾祺:《匹夫》,载《汪曾祺全集·1·小说卷》,人民文学出版社2019年版,第57页。

[3] 汪曾祺:《匹夫》,载《汪曾祺全集·1·小说卷》,人民文学出版社2019年版,第63页。

对"[①]。叙述视角的巧妙设置、散文与小说文体形式的杂糅、新颖的结构布局，使《匹夫》成为了独树一帜的散文化小说。

结　语

汪曾祺"抒情诗人"[②]的气质，使他的小说与严格意义上的小说文体相去甚远，从外延到内核均呈现出一种抒情的特质与诗意的特性。汪曾祺以强烈的人道主义情怀，去关注描摹普通人的平凡人生。在诗意中见质朴，在平凡中见真挚，表现自我之性灵、抒发自我之情感，意境平和隽永、幽婉含蓄，令人回味无穷。在艺术技法上，则擅以意识流和现代主义的艺术技法呈现自我深刻的理性沉思和饱满诗情。

---

① 汪曾祺：《匹夫》，载《汪曾祺全集·1·小说卷》，人民文学出版社2019年版，第63页。
② 汪曾祺：《小说的散文化》，载《汪曾祺全集·9·谈艺卷》，人民文学出版社2019年版，第390页。

后 记

2019年12月，恩师张光芒先生让我加入了《江苏新文学史·小说编》的撰写团队。在以往的研究生涯中，我主要倾向于中国现代诗剧和散文诗研究，对于小说的研究十分欠缺。恩师为了提升我的学术素养、拓展我的研究领域，给予了我这次宝贵的学习机会，让我参与了《江苏新文学史·小说编》的撰写工作。通过参与撰写《江苏新文学史·小说编》的工作，极大拓展了自我的研究视野和研究领域。为了不辜负恩师的无私提携与悉心指导，我搜集购买了大量的第一手资料，刻苦阅读、认真撰写，对江苏现代小说的创作有了一个较为全面的把握，还发现了许多文学史上被遮蔽、被遗忘、被忽视的江苏籍作家作品。窃以为应该让这些作家作品得到学界重新的审视评价，重回大众的视野，《江苏现代小说十三家论》就是以此为基础基础撰写而成的，并于2021年11月在中国文联出版社顺利出版。在写作《江苏现代小说十三家论》的过程之中，我对于搜集整理文学史上被遮蔽、被遗忘、被忽视的江苏籍作家作品，产生了浓厚的兴趣，又深入发掘和重现阐释了一批新的作家作品。因此，产生了出版《江苏现代小说家新论》的念头，当我将这个想法同恩师张光芒先生和中国文联出版社的编辑刘旭老师汇报后，得到了二人的肯定和支持，使《江苏现代小说家新论》得以顺利面世。恩师张光芒先生对两本著作的撰写进行了细致的指导，对写作中出现的种种问题进行了悉心的解答，衷心感谢恩师的谆谆教导和辛勤付出！还要感谢我的工作单位青岛大学与所在学院国际教育学院，学院的领导与师友们分担了我的工作重担，让我安心向学。最后，要感谢我的家人，尤其是我的内子，帮我照顾孩子与家庭，让我免除后顾之忧。在我漫长的求学生涯中，内子一直默默支持，没有她的鼓励与支持，我也无法在学习的道路上走得如此坚定和踏实。